Wall Breaker

2

Rebellion

Biographie

Solenn Sakly aime transformer les émotions en mots. Sa plume sensible et engagée nous transporte dans des histoires d'amour qui résonnent au plus profond de nous, des récits passionnés qui invitent à la réflexion tout en touchant au cœur.

De la même autrice aux Éditions Addictives

Wall Breaker 1. Collision

SOLENN SAKLY

Wall Breaker
2
Rebellion

addictives poche

Avertissement

Attention, certaines scènes peuvent heurter la sensibilité des lecteurs.

Trigger warnings :

Drogue
Homophobie
Meurtres
Misogynie
Séquestration
Sévices physiques
Sexisme
Torture
Transphobie
Violence

1

June

J'ai à la fois l'impression d'être sur un petit nuage et au bord d'un énorme gouffre. L'espace d'un instant, je suis euphorique et le suivant, je panique.

Suis-je en train de sombrer dans la folie ?

Je n'aime pas ce sentiment. Enfin si, je l'aime bien. Je crois. Mais il me fait peur.

J'ai chaud, j'ai froid. Je me sens fiévreuse. Mes mains sont moites, quant à mon cœur, j'ai carrément jeté l'éponge ; il s'échine à vouloir courir un marathon, malgré mes remontrances. Quand j'y réfléchis, ce sont presque les symptômes d'une grippe.

Sans compter le chaos qui règne dans mon esprit. Comme si un raz-de-marée avait tout chamboulé.

Est-ce donc cela, la « maladie d'amour » ?

Si oui, bah, c'est nul.

Ou génial.

Rha, même sur ça, je ne parviens pas à avoir un avis tranché ! Je suis trop perturbée.

Le plus dur étant de s'avouer que je n'ai aucun problème de santé. Je suis juste amou…

Je suis juste amoure…

Non, je ne peux pas le formuler. Pas même en pensée. C'est trop tôt. Et surtout trop invraisemblable.

Un soupir s'échappe d'entre mes lèvres, formant un nuage de fumée. Je règle le chauffage à fond tandis que je quitte le checkpoint. Faire valider le pass de Saul s'est révélé plus compliqué que prévu. Comme je suis véhiculée, et lui non, je lui ai proposé de m'en charger pour qu'il puisse venir chez moi en toute sécurité. Seulement, les gardes sont deux fois plus nombreux depuis la tempête, et la tension est palpable. Ils sont tous sur le qui-vive avec les débordements récents de West River. J'ai dû faire jouer mon statut pour qu'ils cessent leur excès de zèle. Bon, pour être honnête, j'ai aussi dû les soudoyer. En ce monde, il n'y a rien qu'une poignée de billets ne puisse régler. Les hommes sont tous les mêmes : avides d'argent. Prêts à fermer leurs yeux et leur bouche pour remplir leurs poches. Néanmoins, si mon paternel les interroge, leurs intérêts prévaudront sur les miens, je n'ai aucun doute là-dessus. Ils me balanceront sans le moindre scrupule. Un malaise me saisit. Je prends des risques inconsidérés depuis quelque temps. Je dois songer à un plan de secours au cas où mon père apprendrait un jour mes méfaits.

Avec horreur, je réalise que je roule sur le terre-plein et non plus sur la route, je braque le volant tandis que la voiture fait une embardée.

Je dois rester concentrée. Il ne sert à rien de stresser maintenant, il n'y a aucune raison pour que mon père aille fourrer son nez au checkpoint.

Calme, June.

Le véhicule bondit dans les airs tandis que je passe un ralentisseur un peu trop rapidement.

Bon sang ! Je vais finir dans le décor si je continue ainsi.

Je modère mon allure jusqu'à terminer le trajet à la vitesse d'un escargot sous Tranxène. Si Saul était là, son rire résonnerait dans l'habitacle.

Saul. Le pauvre. J'ai refusé de l'amener en voiture jusque chez moi alors que le froid est vif et mordant. J'aurais aimé pouvoir le conduire, mais c'était vraiment trop risqué. Avec le monde qu'il y avait sur le parking, on nous aurait forcément aperçus ensemble. Or, les alliés de mon père sont partout. Je n'ai pas encore perdu tout discernement ; j'agis peut-être de manière inconsidérée, mais jusqu'à un certain point. Le séjour de mon paternel n'est pas indéfini, et quand il rentrera, je ne devrai pas lui donner plus de raisons de me punir.

Malgré tout, je me sens terriblement coupable. Ma poitrine se comprime de le savoir à pied alors que, encore une fois, ses vêtements ne sont pas adaptés au froid. Ce ne sont pas ses vieilles baskets qui le protégeront de la neige. S'il tombe malade, ce sera ma faute.

La seule solution pour obtenir son pardon : le réchauffer. D'abord avec un mug de thé bien chaud. Ensuite, avec mon corps.

Une boule d'excitation mêlée d'appréhension se forme au creux de mon ventre. Je ne connais pas la raison qui a précipité sa décision, mais son « par étapes » semble définitivement enterré. Si j'ai bien interprété ses mots : nous allons coucher ensemble.

Je vais coucher avec Saul !

Aujourd'hui.

Là, maintenant.

Bon sang ! Il faut que je me maîtrise, je commence déjà à hyperventiler. S'il me voit dans cet état, il va croire que je panique et il risque de rétropédaler – ce qui est hors de question. Il doit assumer ses paroles jusqu'au bout.

Bien sûr, j'ai un peu peur, cependant, ce n'est rien comparé à l'ivresse que je ressens. Je meurs d'impatience. Et d'envie. Puis, l'image de nous ensemble, de nos deux corps soudés dans une étreinte passionnée, me procure un sentiment que je ne parviens pas totalement à identifier. Je sais juste qu'il gonfle ma poitrine d'un bonheur indicible.

Une fois rentrée à la maison, je m'active en cuisine, sous le regard étonné d'Esther, pour lui préparer un thé.

– Poste-toi près de la fenêtre et préviens-moi quand tu aperçois Saul.

La remarque de Saul me revient en mémoire. *« June, on ne t'a pas appris à dire "merci" ou "s'il te plaît" ? »*

Je lâche un soupir tendu.

– S'il te plaît, ajouté-je du bout des lèvres.

Elle obtempère non sans me lancer un regard intrigué. Je souffle de soulagement dès que ses yeux perçants délaissent leur inspection pour se focaliser sur l'extérieur.

– Il arrive, m'informe-t-elle après quelques minutes.

Je sors aussitôt sur le perron pour l'accueillir avec mon mug bien chaud. La sensation de malaise qui m'avait envahie plus tôt disparaît à sa vue. Il est sublime. Même transi par le froid, il garde une aura magnétique et sauvage. Son bonnet vissé sur ses oreilles et son éternel cuir sur le dos, il avance d'une foulée assurée. Je grimace en constatant sa mine renfrognée.

Dès qu'il se dresse à ma hauteur, je lui tends la tasse fumante avec un sourire gêné.

– Tu dois être gelé. Si j'avais pu te ramener sans que… dis-je avant de m'interrompre.

Ce qui est fait est fait. Alors, j'abrège :

– Rentrons avant que tu attrapes encore plus froid. Au fait, c'est qui le mec là-bas, tu le connais ?

Il remue la tête de gauche à droite, m'emboîte le pas en frissonnant, mais il ne semble plus aussi contrarié. Je respire à nouveau.

– Esther est en train de réchauffer le dîner que notre cuisinière a préparé avant de partir, l'informé-je. Tu pourras apporter une part à Sevan, je lui ai demandé de prévoir large spécialement pour lui.

Son regard s'adoucit tandis qu'il m'adresse un sourire à tomber. Quelque chose en moi couine, sûrement mes chaussures.

– Merci.

Son merci est comme un baume sur mon cœur. Il me réchauffe, m'apaise, m'enveloppe aussi d'une forme d'humilité. À cet instant, je comprends toute la portée et l'importance de ce petit mot.

Une fois qu'il a avalé son thé, je l'invite à l'étage afin qu'il puisse se débarrasser de ses vêtements mouillés ; mon agitation grimpe en flèche malgré mes efforts pour maintenir une expression sereine.

Ce qui me rassure, c'est que je ne suis pas la seule. Saul semble lui aussi fébrile. Alors que je m'apprête à le questionner, ses lèvres capturent les miennes. Elles sont possessives, exigeantes, intransigeantes. Passé l'effet de surprise, je lui rends son baiser passionné avec une ferveur redoublée. Ma tête cogne contre le mur, mais je m'en fiche. Saul colle son corps au mien.

Nos bouches affamées, nos langues avides, nos corps

enflammés expriment notre besoin viscéral de l'autre. Ils sont le reflet de toutes nos frustrations refoulées ces derniers jours. C'est intense, presque violent. C'est magique et magnifique.

Ses mains se faufilent sous mon pull, puis sous ma chemise, à la rencontre de ma peau brûlante ; la fraîcheur de celles-ci me tire un gémissement. Mon épiderme se couvre de chair de poule alors qu'il dégrafe mon soutien-gorge et que ses doigts titillent mes mamelons qui se durcissent sous son toucher. J'ai chaud, j'ai froid. À l'extérieur, je bous sous ses caresses, à l'intérieur, un vide grandissant tiraille mon bas-ventre. Je ploie sous sa puissance irrépressible.

J'ai besoin de lui. *En moi.*

Toutes peurs annihilées, j'enroule mes jambes autour de sa taille tandis que Saul me porte jusqu'au lit.

Ses gestes sont empressés, son regard est fiévreux et, quand il le pose sur moi, il est d'une telle intensité que je tombe.

Encore.

Encore.

Encore.

Toujours plus profondément.

Jusqu'au point de non-retour.

Je ne peux plus le nier à présent : je me suis fourvoyée. June Harrington est capable d'aimer.

– J'ai tellement envie de toi, souffle-t-il dans un râle presque d'agonie.

– Alors, prends-moi.

Tout entière. Mon corps, mon cœur, mon âme.

Je te donne tout.

Bien sûr, je ne prononce pas à haute voix ces pensées.

Elles viendront s'ajouter aux nombreux secrets que j'enterrerai avec moi.

Moi, June Harrington, j'aime un Westy.

J'aime Saul Fox.

Et il ne le saura jamais.

Je m'émerveille de sa beauté tandis qu'il retire son sweat. Ce dernier se coince au niveau de la tête, et je ris devant sa maladresse. Ce n'est pas dans ses habitudes d'être si empoté. Je crois qu'il est encore plus nerveux que moi.

Il me couvre d'un regard ardent. Puis il m'embrasse. Non plus avec férocité, mais une tendresse qui me fait chavirer. Ses lèvres veloutées glissent sur mon front, mes pommettes, le bout de mon nez. Son haleine chaude et parfumée au thé vert chatouille mes lèvres tandis qu'il les effleure en douceur.

Je me sens ivre. De plaisir, d'allégresse. Et d'amour.

– June, je suis rentré.

Cette voix. Le souffle coupé, je bats des cils, pas sûre de comprendre ce qu'il se passe. Saul me dévisage, interloqué. Son expression de choc confirme ma pire crainte.

Joseph Harrington est de retour.

– June… réitère-t-il depuis le rez-de-chaussée. Tu descends ou je dois monter ?

Une terreur comme je n'en ai jamais éprouvé auparavant s'empare de chaque fibre de mon être. Je suis tétanisée, transie par la peur.

Saul me secoue.

– Désolé, princesse, mais ce n'est pas le moment de s'affoler. Garde ton sang-froid, June !

C'est la remontrance dont j'avais besoin.

– J’arrive ! rétorqué-je d’un timbre fort que j’espère ferme et assuré.

Je pousse Saul sans ménagement et bondis du lit. J’ai encore tous mes vêtements, ce qui est une bonne chose. Une très bonne chose. Voyons le positif, ça aurait pu être pire.

Comment ça, ça aurait pu être pire ? C’est une catastrophe. Je suis dans ma chambre avec Saul alors que mon paternel m’attend en bas.

– Je suis foutue.

Je réajuste mes vêtements de mes doigts tremblants.

– Calme-toi. Tout va bien, me tranquillise Saul. Tu vas descendre sagement, lui parler comme à ton habitude et dès qu’on aura le champ libre, j’en profiterai pour m’éclipser.

À mon air peu convaincu, il enchaîne :

– Je suis un Westy, je suis entraîné à m’échapper en toute discrétion d’un lieu. D’ordinaire, c’est plutôt pour fuir les flics ou un gang rival, mais le résultat est le même, je sais quoi faire, June. Ne panique pas.

Son assurance m’apaise quelque peu.

– D’accord. Ça va aller. Ça va aller, m’encouragé-je.

Des bruits de pas se font entendre depuis l’escalier. Par je ne sais quel miracle je parviens à m’extirper de ma torpeur et à courir vers la mezzanine en prenant garde de bien fermer la porte de ma chambre derrière moi.

– Coucou. Tu es rentré plus tôt que prévu.

Coucou ? Je viens bien de dire coucou à mon paternel ?

La suspicion se peint sur les traits du grand Joseph. Ses sourcils épais et grisonnants se froncent tandis qu’il me détaille d’un œil torve.

– Tu m’y as contraint, oui. Sais-tu à quel point cela me contrarie qu’on saborde mes projets, June ?

Contraint ? Comment ça ? Qu’est-ce que ça signi...

Mon Dieu, il sait.

Mon thorax se contracte si fort que je manque de vomir. Je ravale ce relent nauséabond en déglutissant péniblement.

– Je ne comprends pas…

Mon père rit. Un rire sardonique, cruel, monstrueux.

– Alors, compte sur moi pour te le faire comprendre. Suis-moi.

2

Saul

La soirée ne s'est pas tout à fait déroulée comme prévu, songé-je avec amertume en contemplant l'immense propriété du maire à travers la fenêtre. Me retrouver coincé dans la chambre de June alors qu'elle discute en bas avec son daron ne faisait pas partie de mes plans. J'espère qu'elle va réussir à abréger la conversation et qu'elle trouvera surtout un moyen de créer une diversion ou de le faire sortir de la maison, parce que je n'ai pas vraiment envie de sauter de cette hauteur. Après, la neige pourrait amortir ma chute, mais il suffit d'une mauvaise réception pour se péter une jambe. En dernier recours, j'opterai pour cette solution.

À peine cette pensée formulée, deux silhouettes se dessinent dans le jardin. Harrington, accompagné de June qui le suit, tête baissée.

Où vont-ils ?

Je les observe un instant se diriger vers le fond du domaine, longer ce que je suppose être une dépendance ou un truc du genre, puis disparaître de ma vue.

C'est le moment de se tirer !

June, t'es la meilleure ! Rapide et efficace comme j'aime.

Un sourire aux lèvres et mon sac sur le dos, je descends en catimini.

Dès que mon pied foule l'affreuse moquette du rez-de-chaussée, Esther surgit. Cette femme est incroyable. Limite flippante.

– Tu ne devrais pas traîner ici, m'avertit-elle comme si je n'étais pas au courant de la situation. Et prends ça avec toi, il y a un *mac and cheese* et des lasagnes. Maintenant, file !

Elle me tend un sachet avec deux tupperwares à l'intérieur, que je range aussitôt dans mon sac.

– Merci, Esther. Et tu remercieras June de ma part pour avoir éloigné son daron à une vitesse record. Elle l'a emmené jardiner ou un truc du genre.

Je glousse à cette idée farfelue, mais reprends mon sérieux face à la tristesse soudaine d'Esther. Elle a les larmes aux yeux.

– Pauvre enfant… chuchote-t-elle d'une voix presque inaudible, si bien que je doute d'avoir correctement entendu.

Cependant, cette expression ne dure pas, vite remplacée par de l'agacement dû à ma présence en ces lieux.

– Dépêche-toi de partir ! m'ordonne-t-elle. Tu as déjà fait assez de dégâts. Si Monsieur te voit… Va-t'en !

Elle me pousse, m'obligeant à reculer. Je m'étonne de la rudesse de son comportement, mais la laisse me malmener sans broncher jusqu'à la sortie. Ce n'est pas comme si j'avais prévu de pique-niquer dans le coin, de toute façon.

– Elle a quoi, June ? demandé-je malgré tout, parvenu sur le perron.

– Rien qui te concerne. Va-t'en ou ce sera pire.

Sans demander mon reste, je déguerpis vite fait de la propriété. Ça me gonfle, car je suis à pied, une fois de plus. J'enfonce mon bonnet sur le crâne, espérant ainsi protéger mes oreilles, et scrute le soleil déclinant. La nuit s'annonce glaciale, pour changer.

Au moins, le temps dissuade les résidents de se promener dans la rue, cela m'évitera peut-être les regards désobligeants. En venant, outre l'homme au trench noir qui m'a interpellé, une vieille bique m'a carrément agressé. Elle sortait ses poubelles quand je passais devant sa maison pour rejoindre June chez elle. Comme je détonne dans le paysage, elle m'a tout de suite identifié comme étant un « sauvage ». Il faut dire qu'avec mon cuir et mon jean troué, je pue le 3B à plein nez. Bref, son sachet a fait un vol plané dans ma direction. Par chance, j'ai de bons réflexes et ses ordures ont fini étalées devant son allée. Une anecdote que je suis pressé de raconter à Savannah. Ce n'est pas tous les jours qu'une vieille croûte d'Easty m'attaque par un jeté de poubelles raté.

Je détaille à nouveau le ciel en me demandant ce que je vais pipeauter au checkpoint. Mon passe est validé alors que je suis toujours dans l'enceinte. En voiture avec June, je serais passé incognito du côté des résidents, mais là…

Harrington a bien foutu sa merde en débarquant à l'improviste !

Après une brève exhalation, je me décide à avancer.

Un, deux, trois. C'est le nombre de mes pas avant que je me fige, saisi d'un étrange malaise.

Pourquoi Esther semblait avoir pitié de June ?

June inspire beaucoup de sentiments, mais certainement pas de la pitié. Il se passe quoi, dans cette baraque ? Qu'est-ce qui m'échappe ?

« Pauvre enfant... »

A-t-elle vraiment prononcé ces mots ? Si oui, qu'est-ce que ça signifie ? Et quels « dégâts » lui aurais-je causés ?

Le visage tétanisé de June me revient en mémoire. Ce n'était pas une peur ordinaire. C'était bien trop ancré et profond. Sa terreur reflétait quelque chose de grave, quelque chose qu'elle était incapable de maîtriser. Même dans la ruelle, durant notre première rencontre, elle affichait une assurance étonnante malgré la situation périlleuse dans laquelle elle était. Bien sûr, sa peur était palpable, sauf qu'elle était en mesure de la contenir sans flancher. Alors que, tout à l'heure, sa terreur était absolue.

Une sensation oppressante m'envahit, un mauvais pressentiment me signalant un danger imminent. Or, mon instinct ne me trompe jamais.

L'image de son corps meurtri m'apparaît dans un flash. Il était marqué de sorte de griffures et d'éraflures le long de ses jambes, de ses bras, de son buste et, dans une moindre mesure, de son dos. Son épiderme était comme brûlé par endroits.

Se pourrait-il que son daron la frappe ? Mais, avec quoi ? Une ceinture, une canne ? Je soupire en secouant la tête. Ses blessures sont sûrement dues à une grosse gamelle, comme elle me l'a expliqué ; elles ne correspondent pas à des traces de coups.

Pourtant, il se passe un truc louche. Je le sens.

L'idée qu'elle puisse être maltraitée me noue l'estomac. Elle m'a dit que tout allait bien, mais... si elle mentait pour me protéger ou par peur ? Cette possibilité me rend malade. Je suis trop attaché à elle pour faire comme si de rien n'était.

Non Saul, c'est une mauvaise idée. Une très mauvaise

idée. Écoute Esther et barre-toi ! Non, non, ne rebrousse pas chemin !

Ça, c'est ce que hurlerait ma conscience si elle était sensée. Puisque ce n'est pas le cas, elle applaudit la décision d'aller fureter aux alentours de la dépendance que j'ai aperçue un peu plus tôt.

Au risque de me faire choper par Harrington.

De me faire renvoyer chez moi en pièces détachées.

De me faire virer du lycée.

De compromettre mon plan pour obtenir mon bac et sortir Savannah de là.

De causer plus dc dégâts…

Ayant établi que c'était irresponsable et déraisonnable, je me faufile dans la propriété, en m'aventurant, cette fois-ci, vers l'arrière du domaine. Il n'y a qu'une étroite allée carrelée, déblayée de toute neige, pour me rendre derrière la villa ; je l'emprunte d'un pas pressé jusqu'à parvenir sur la terrasse. June m'a révélé que le lambris surélevé cachait en réalité une piscine. Ils ne la découvrent qu'en été et se contentent de celle d'intérieur en attendant les beaux jours. Je ne sais même pas où elle est située, je ne l'ai jamais vue. June n'y va pas, car, selon elle (et son soupir dépité), elle est trop petite.

Soudain, une ombre se dessine. Je ne réfléchis pas et cours m'abriter derrière un bosquet ; il n'est pas épais et j'ai peur que mes cheveux ne dépassent. Je m'aplatis presque dans la neige et glisse une œillade discrète en direction de l'homme qui s'active. Ce n'est pas Harrington. Il est plus trapu et tient une pelle à la main, j'en déduis donc que c'est un des employés chargés de l'entretien. Un deuxième homme le rejoint. Je grimace.

C'est ma veine !

À la différence du premier, il porte un costume et une cravate. Un garde du corps ?

Je sursaute en lâchant un juron lorsqu'une voix retentit à ma gauche. Ils se sont tous donné rendez-vous dans le jardin ?

Je peste de plus belle en découvrant l'identité du troisième arrivant.

C'est Harrington.

Il s'approche des deux hommes, ordonne à celui qui a la pelle de s'occuper de désencombrer le toit et exige de l'autre qu'il aille lui chercher de la nourriture pour chiens. « Des croquettes et de la pâtée pour au moins une semaine », précise-t-il.

June ne m'avait-elle pas dit qu'ils n'avaient pas d'animaux ?

Il les somme de se dépêcher. Sur cette injonction, les deux gars s'activent et Harrington leur emboîte le pas en grommelant je ne sais quoi.

Je les regarde s'éloigner et décide qu'il serait plus judicieux de me bouger les fesses. Je sprinte à l'opposé de leur direction, c'est-à-dire vers la dépendance. Je passe sous les deux fenêtres en m'accroupissant, puis continue ma course debout dès que la voie est libre.

J'opère un cent quatre-vingts sur moi-même.

Qu'est-ce que June et son père sont venus foutre ici ? Il n'y a rien. Contrairement à la terrasse, la poudreuse est compacte, comme si elle n'avait jamais été déblayée…

Là, des empreintes de chaussures !

Je les suis en prenant garde de poser mes pieds au même endroit, afin de ne laisser aucune trace de mon passage. Après seulement douze pas, je vois que la neige est retournée et je distingue une trappe en acier. Il y a un gros cadenas dessus, mais celui-ci est ouvert.

Ce que je prends comme une invitation.

June m'a parlé d'or. Je ne sais pas si elle était sérieuse ou non, mais si magot il y a, c'est l'endroit idéal pour l'enterrer.

Mon cœur exécute un saut périlleux. Malgré l'affection que je commence à développer pour June, s'il y a du fric planqué là-dessous, je ne vais pas me gêner pour me servir. Ça pourrait nous permettre, à Savannah et moi, de nous tirer plus vite de cette maudite ville.

J'ouvre la trappe : celle-ci débouche sur un escalier en béton. Je la referme derrière moi et suis plongé aussitôt dans le noir. Je m'empare de mon téléphone pour m'éclairer, descends la volée de marches, puis progresse dans un couloir humide et légèrement pentu. Plus je m'enfonce à l'intérieur, plus une odeur pestilentielle m'agresse les narines. Je me croirais de retour dans les ruelles infâmes de West River.

Au fond du corridor, je m'arrête devant une porte en bois défraîchi que trois gros verrous maintiennent fermée. Bizarre… Ils sont placés non pas pour contrecarrer une intrusion, mais de manière à empêcher quelqu'un ou quelque chose de sortir. Un chien ?

Ce taré confine son chien là-dedans ?

Mon instinct m'alerte. Cette histoire pue les emmerdes plutôt que le fric. Et ce n'est pas qu'au sens figuré.

Il y a également un vieil interrupteur jauni par l'usure. Je l'observe avec hésitation, j'y verrai sûrement plus clair avec.

Ou pas…

Il est encore temps que je me barre.

Sauf que j'en suis pas capable.

Si cet enfoiré maltraite un animal, je dois non seulement le libérer, mais en avertir la population. Je tiens peut-être l'info cruciale qui pourrait le faire plonger dans les sondages. C'est tout ce dont j'ai besoin pour satisfaire Nichols, Bible et Tad et qu'ils me lâchent la grappe.

Certes, j'aurais préféré du pognon, mais c'est déjà ça de pris.

J'allume la caméra de mon téléphone et débloque les trois verrous avant d'actionner la poignée.

L'odeur est encore plus forte dans cette pièce. Je réprime un haut-le-cœur et tente de me protéger en relevant mon pull jusqu'à mon nez.

Je plisse les yeux pour essayer de distinguer quelque chose. J'entends bien un gémissement plaintif, signe évident d'une présence, mais je ne vois rien. Si le couloir est sombre, cette alcôve lugubre est plongée dans un noir impénétrable.

Je tâtonne le mur froid à la recherche de l'interrupteur aperçu plus tôt et continue, pendant ce temps, de filmer.

Je devrais faire un direct !

Tandis que je me demande sur quelle application le lancer, je détecte enfin ce satané bouton. La tête levée, je zoome sur l'ampoule au plafond qui grésille et tapisse la pièce d'un rai couleur pisse.

Je démarre le direct.

« Je vous parle depuis un sous-sol situé dans le jardin de Joseph Harrington, le cher maire de notre ville. Un lieu sinistre et macabre où il enferme… »

Mes yeux percutent deux billes affolées qui me dévisagent avec horreur.

J'en lâche mon smartphone, qui tombe dans un bruit sourd.

Mon corps comprend ce que mon cerveau refuse d'analyser. Mes muscles se tétanisent, mon souffle se perd dans mes poumons, mon cœur descend en piqué vers le sol terreux alors que mon estomac remonte dans ma trachée.

Ça ne peut pas être vrai.

June ne peut pas être enfermée ici, derrière ces barreaux. Dans cette cage monstrueuse où elle se tient prostrée et nue, souillée par cet endroit infâme qui pue la pisse, le moisi et l'humidité.

C'est une hallucination. Un mauvais rêve.

Un putain de cauchemar !

Seulement, ce foutu mirage ne s'évapore pas.

June pousse un geignement déchirant qui me sort de ma torpeur. Je comble la distance qui nous sépare et agrippe les barreaux.

– Je vais te sortir de là.

– Non, non, non, non… psalmodie-t-elle. Tu ne devrais pas être là, dégage d'ici ! Vite !

– Hors de question.

– Saul, si tu tiens un tant soit peu à moi, va-t'en. Mon père va revenir d'un instant à l'autre. Il est parti me chercher de quoi manger.

Je rejette en force l'idée effrayante qui me traverse l'esprit. C'est impossible, il ne peut pas être si abject.

– Je ne peux pas te laisser…

– Non, tu préfères me filmer et partager ça sur les réseaux. Tu es assuré d'avoir ton buzz, vocifère-t-elle, amère.

Même dépouillée de sa dignité, elle garde son air bravache et me toise avec défi.

– Qu'est-ce que tu racon…

Merde ! Mon téléphone, le direct !

Je le récupère aussitôt.

– Par chance, il s'est éteint en tombant. (Ma voix tremble sous le coup de l'émotion.) Je pensais découvrir un chien maltraité…

Je secoue la tête et crispe les poings, secoué de frissons et d'horreur.

– Pas toi. Je ne…

– Peu importe, me coupe-t-elle. Tu dois partir, vite ! S'il revient…

– Attends, je te libère ava…

– La seule chose que tu puisses faire pour m'aider, c'est de t'en aller !

Elle me darde d'un regard rempli de résignation et de lassitude qui me crève le cœur.

– *S'il te plaît*, souffle-t-elle d'un timbre à peine reconnaissable. *S'il te plaît*, Saul, pars.

Je ploie. Sa supplique me met presque à genoux tant elle est douloureuse. Elle l'a murmurée du bout des lèvres, pourtant : dans sa bouche, ce mot se révèle aussi puissant et dévastateur qu'un ouragan. Ce n'est pas ainsi que je souhaitais l'entendre.

J'acquiesce, la boule au ventre.

Soudain, un bruit métallique retentit au loin. C'est la trappe.

Ses prunelles terrorisées croisent les miennes.

J'abaisse les paupières avec fatalité.

Je n'ai plus le temps de m'enfuir. Et nous le savons tous les deux.

3

Saul

Je détaille mon environnement en quête d'une solution d'urgence. Hormis une armoire métallique, il n'y a rien. Est-ce que je songe à me planquer dedans ? Tout à fait.

Je l'ouvre en espérant y trouver suffisamment d'espace pour m'y engouffrer.

Par chance, si on peut l'exprimer ainsi, celle-ci ne contient qu'une étagère à mi-hauteur. Je ne perds pas mon temps à examiner les chaînes rouillées entreposées dessus et j'évite de penser à leur usage. Ce n'est pas le moment.

– La lumière… couine June, complètement paniquée, quand elle me voit me contorsionner pour me faire une place.

Je me redresse et me rue sur cette dernière en priant pour qu'Harrington soit trop loin pour distinguer ma main tendue vers l'extérieur ou la lumière qui s'éteint.

Un noir abyssal imprègne aussitôt les lieux tandis que je ferme avec précaution le battant.

Pratique pour se diriger…

Je n'ose pas utiliser la fonction lampe torche et me guide grâce au faisceau lumineux de mon écran de téléphone.

Je me glisse sans trop de difficulté à l'intérieur de

mon abri de fortune. Mon sac me rentre dans le dos, je bataille pour le dégager de mon épaule. Le grincement de la porte en bois se fait entendre au moment où je tire celle de l'armoire sur moi ; je ne la ferme pas complètement de peur d'être dans l'impossibilité de la rouvrir après et préfère garder un minuscule entrebâillement qui passera sûrement inaperçu dans la semi-pénombre. Et ce n'est pas l'ampoule qui vient de s'allumer, avec son faible rayonnement, qui lui permettra de me repérer.

Ma vue étant entravée, je ne peux à présent me fier qu'à mon ouïe.

Les verrous étaient ouverts après mon passage, l'a-t-il remarqué ? Il pensera peut-être à un oubli. Après tout, le cadenas de la trappe n'était pas fermé lui non plus.

Mon cœur tambourine si violemment que je n'entends pas ses premiers mots.

– … apporté de quoi te sustenter ces prochains jours. Rationne tes portions, tu en as largement assez.

Il articule d'une voix calme, mais étrangement dérangeante, en totale contradiction avec l'agitation qui crépite dans tout mon corps.

– C'est de la nourriture pour chiens, balbutie June.

Enfoiré ! Le putain d'enfoiré ! C'est malheureusement bien ce que j'avais imaginé, j'avais fait le rapprochement avec sa demande incongrue de tout à l'heure.

– Oui, et ? N'avons-nous pas acté un peu plus tôt que tu n'étais qu'une chienne à Westy ? C'est donc approprié, n'est-ce pas ?

Il balance son insulte d'un ton doucereux qui me file la chair de poule. Je veux le tuer. L'étrangler de mes mains.

– Ça l'est, oui, confirme-t-elle, et je perçois sa douleur à travers son timbre enroué.

Il pousse un long soupir dramatique.

– Tu me déçois tellement. Pourquoi faut-il toujours que tu me déçoives ? Je t'avais ordonné de ne pas approcher les Westies, et toi, qu'est-ce que tu fais ? Tu t'amuses avec l'un d'eux.

– Je n'ai pas eu le choix, c'est notre prof de SVT qui a attribué les binô…

– Allons, allons… Ne te cherche pas d'excuses, veux-tu ! Un Harrington a toujours le choix. Que t'ai-je appris durant toutes ces années ? Tu commandes, les autres obéissent. Même tes professeurs. Ce n'est pourtant pas si difficile à comprendre et à appliquer. Pendant combien de temps vas-tu encore me décevoir ?

Son timbre transpire l'autorité et la condescendance. L'arrogance de June est du menu fretin, à côté.

– Tu es faible, poursuit-il. Tellement faible. Heureusement que je suis là pour t'endurcir. Tu sais que je fais tout ça pour toi ?

– Oui, je le sais.

– Bien. Les Harrington sont nés pour diriger le monde.

– Les Harrington sont nés pour diriger le monde, reprend June d'une voix forte, comme si elle savait que c'était ce qu'il attendait d'elle.

– Encore.

– Les Harrington sont nés pour diriger le monde.

Il l'oblige à énoncer cette stupide phrase si longtemps que j'en perds le compte. Puis il change de refrain.

– Les Westies sont de la vermine, des êtres violents, dangereux. Des criminels qu'on se doit d'éradiquer.

June imite son daron, reformulant après lui ses principes arbitraires et archaïques, à l'instar d'un disciple endoctriné par son gourou.

Le temps s'écoule. Harrington poursuit sa leçon interminable, tel un maître intraitable, la forçant à répéter sans relâche.

Je suis sidéré par ce que je viens de découvrir.

Si j'avais cerné la fêlure dans les prunelles de June, j'étais loin d'imaginer qu'elle cachait en réalité un océan de souffrance.

Et de maltraitance.

À ce stade, je ne crains plus qu'Harrington détecte ma présence. Je veux faire barrière de mon corps pour protéger June. Je veux me battre, le rosser de coups jusqu'à ce que sa face ne soit plus qu'un amas sanguinolent de chairs meurtries, je veux contempler ses yeux vitreux et moribonds pendant qu'il rend son dernier souffle.

Je veux qu'il crève !

Tandis qu'il continue son matraquage psychologique, je m'occupe l'esprit en énumérant tout ce que je rêve de lui faire et me promets de mettre au moins l'une de mes idées à exécution. C'est la seule manière que j'ai trouvée pour ne pas sortir de cette fichue armoire et fracasser jusqu'au plus petit de ses os.

Une liste de noms se déroule dans ma tête, les individus que je rêve de voir morts.

Tady Fox. Pour avoir tué ma mère.

Jacob Hall. Pour être une merde sans nom et pour venger Penny.

Et vient s'ajouter en gros caractères :

Joseph Harrington. Pour être l'un des plus grands fumiers que la terre ait portés.

Un jour, ils paieront pour leurs crimes. Je m'en assurerai.

Ma rage est telle que je suis étonné qu'Harrington ne perçoive pas les battements déchaînés de mon cœur. Mon ressentiment m'étouffe, j'ai besoin de l'expulser, de le lui cracher au visage.

Enfin, après ce qui me paraît une éternité, Harrington conclut son sermon.

– Toi et ta mère, vous faites partie de mes biens les plus précieux. J'ai le devoir de prendre soin de vous, quitte à me montrer sévère. C'est un mal nécessaire, June. Plus tard, tu me remercieras. Un enfant est comme un animal, il faut le dresser pour obtenir de bons résultats. Je suis exigeant, mais juste. N'es-tu pas d'accord ?

La réponse de June ne me parvient pas, mais au son du soupir satisfait du maire, je suppose qu'elle a abondé dans son sens.

– On se revoit demain pour une nouvelle conversation, conclut-il sur le ton de la badinerie, comme s'il ne venait pas de torturer sa fille.

Humiliation, brimades, dépossession de son identité… c'est un putain de taré !

Les gonds de la porte protestent, signe qu'il est sur le point de partir.

– Quoique, pour demain, ça ne va pas être possible, rectifie-t-il. Mon emploi du temps est chargé. Remettons cela à plus tard. Disons, dans deux jours… ou trois. Je ne sais pas encore. En attendant, utilise ce temps à bon escient, profites-en pour accomplir une introspection approfondie et réfléchir avec discernement à ce qui est bon pour toi. Ne me déçois plus, June.

Sur ce dernier avertissement, la pièce est plongée dans un noir sépulcral et un silence funèbre s'installe.

Quand le bruit de la trappe indique que nous sommes à nouveau seuls, je profère un juron qui résonne dans la froideur de notre geôle. Puis un autre et encore un autre. Groggy et les membres engourdis, je m'extirpe en grognant de ma cachette. Mon équilibre est précaire, mes jambes sont comme anesthésiées d'être restées si longtemps dans une position inconfortable. Muni de mon téléphone, je titube jusqu'à la cage. Il me faut un petit temps pour repérer June. Elle est prostrée tout au fond de celle-ci, à l'instar d'un animal blessé qui se terre pour ne pas être débusqué.

Cette image me broie le cœur.

– Hey… l'appelé-je d'une voix feutrée. June ?

– Va-t'en.

Je m'apprête à lui désobéir, mais elle me devance :

– Va-t'en ! Sors d'ici ! Je ne veux plus te voir.

Elle hurle à s'en déchirer les cordes vocales et fonce sur moi, agrippe les barreaux et crache, plus vindicative que jamais :

– DÉGAGE !

Je recule, troublé par sa virulence, mais n'en prends pas ombrage. Je voudrais la serrer dans mes bras, la réconforter, seulement, les mots se coincent au fond de ma trachée. Je ne sais pas comment apaiser son âme, alors je fais l'unique chose qu'elle souhaite à cet instant : je pars.

– On n'en restera pas là, June… Toi et moi, ce n'est pas fini, l'avertis-je en abaissant la poignée de la porte.

Cette dernière résiste.

– DÉGAGE ! aboie-t-elle à nouveau, des larmes dans la gorge.

– Ça ne va pas être possible… Tu vas devoir me supporter, j'en ai peur, murmuré-je de manière irrévocable.

Parce que nous sommes enfermés tous les deux…

4

Saul

Quand je l'entends s'effondrer, que des sanglots lourds et étouffés éclatent dans une complainte déchirante, mon cœur explose.

Je me précipite à ses côtés. Je tâtonne à la recherche de son corps frêle, puis l'encercle et l'attire vers moi malgré les barreaux qui nous séparent.

Sa peau est si froide sous mes doigts chauds que son contact me brûle.

Je retire mon cuir et le glisse à travers les tiges métalliques. June se laisse manipuler, telle une poupée inanimée tandis que je le lui enfile. Je galère pour le zipper, mais elle reste amorphe, les bras ballants sur ses flancs, comme si plus rien n'avait d'importance.

Je déteste qu'elle soit ainsi. Je préfère encore qu'elle me crie dessus comme un peu plus tôt.

Une fois la fermeture de ma veste remontée jusqu'à son cou, mes mains encadrent son visage et, de la pulpe des pouces, j'essuie ses joues mouillées de larmes.

– Ça va aller, ça va aller, ça va aller… dis-je, la cajolant, mais ne sachant pas qui j'essaie de convaincre.

Elle se laisse choir, à bout de force ; je la rattrape in extremis avant qu'elle s'écroule sur le sol crasseux. Toutefois, je réalise qu'il n'y a pas d'autre solution que de s'asseoir sur cette terre humide et froide ; l'endroit est dépourvu du moindre confort. Elle se positionne, blottie contre les barreaux, ses bras entourant ses jambes qu'elle a rabattues contre sa poitrine.

– Ton père t'enferme souvent ici ?

Silence.

– Depuis combien de temps dure ce cirque ?

Toujours pas de réponse.

– June, réponds-moi, c'est quoi ce bordel, putain ! Comment c'est même possible ? Comment il peut te faire subir ça ? Et pourquoi ? Pourquoi il fait ça ?

Je pousse un cri de rage en empoignant mes cheveux dans mon poing.

– C'est un taré. Un putain de taré ! T'en es consciente, j'espère ? Tout ce qu'il t'a obligée à répéter, c'est de la merde ! C'est faux. Puis t'es pas faible ! Bordel, non, t'es pas faible !

Je lance une bordée de jurons pour libérer un peu de ma frustration. Puis je continue d'une voix plus douce :

– C'est même tout le contraire. Tu es forte, bien plus forte que ton connard de daron ne le sera jamais. Ça doit le rendre fou d'avoir une fille si forte, si belle, si rebelle.

Et je pense chaque putain de mot.

Je ne sais pas depuis combien de temps June se fait maltraiter ainsi, mais j'imagine que cela ne date pas d'hier. Pourtant, quand on la voit parader dans le lycée avec sa démarche princière et son aura écrasante qui exsude d'autorité et d'assurance, personne ne peut se douter du calvaire qu'elle subit. La tristesse que j'avais décelée dans son regard n'est que la face visible de l'iceberg. Si je ne l'avais pas vue de mes propres yeux, jamais je n'aurais soupçonné une telle scène. D'ailleurs, même en en étant témoin, j'ai encore du mal à assimiler l'horreur de ce qu'elle endure en secret.

Pour moi, tous les Easties étaient des privilégiés dont le seul souci consistait à choisir quel vêtement porter dans leur énorme penderie. Le soleil brillait forcément plus de l'autre côté du mur, l'air y était plus pur, le quotidien plus agréable. C'est la vie qu'aurait dû avoir June ! Une vie de facilité et d'insouciance.

Qu'est-ce que ce connard essaie de faire d'elle ? Un modèle à son image ? Un copyright dont il jouirait du droit absolu ?

J'ai toujours été convaincu que la seule chose qui ne pouvait nous être ôtée, c'était notre conscience. Que si notre destin était parfois tracé, nos choix limités, pour ne pas dire inexistants, nous avions tout de même la liberté de nos pensées. Harrington, ce roi des enflures, vient de me prouver le contraire. Il s'immisce dans la tête de sa fille, la parasite jusqu'à gangrener sa volonté.

Mais June est forte ! C'est une guerrière, une putain de guerrière ! Non seulement elle ose le défier en s'aventurant à West River malgré ce qui lui en coûterait s'il venait à le découvrir, mais elle lui fait également un pied de nez magistral en me fréquentant. Son choix n'était pas anodin, il démontre une résilience incroyable. Je devrais me vexer de n'être que le fruit de sa rébellion, mais c'est tout l'inverse. J'éprouve une fierté sans commune mesure. June a toute mon estime, elle est admirable, courageuse.

Qu'elle se serve de moi pour s'affranchir et se libérer de son emprise ; je serai l'outil qui lui permettra de briser ses chaînes.

Je ne sais pas d'où vient ce besoin presque viscéral de la protéger, mais je ne peux m'y soustraire. Mon souffle se coupe lorsque je me rends compte que je serais prêt à tout pour la délivrer. Prêt à tout pour *elle*.

Quand a-t-elle pris une place si importante dans ma vie ?

Je sombre dans une réflexion si profonde que je finis par m'assoupir légèrement.

– Sevan est seul à la péniche…

Le murmure de June me sort de mon état somnolent. Ce sont les premiers mots qu'elle prononce depuis que nous sommes confinés dans cette cave sinistre. Et ils sont pour ma petite sœur. Elle s'inquiète pour elle.

Je ne devrais pas être ébranlé à ce point, mais je le suis. C'est la première fois qu'une personne, autre que moi, se préoccupe de Savannah. Forcément, sa prévenance me touche.

– Je vais l'appeler pour l'avertir.

Le réseau n'est pas très stable, une barre seulement s'affiche sur mon écran, mais si j'ai pu lancer un live plus tôt, je pense que l'appel téléphonique passera aussi.

Après quelques sonneries, sa voix enjouée retentit.

– Je suis coincé chez June, lui dis-je sans ambages. Je ne pourrai pas rentrer cette nuit. Et peut-être la suivante. Je ne sais pas trop.

Savannah éclate de rire.

– Y en a qui ont la belle vie.

Je ne la détrompe pas. Je ne veux pas qu'elle s'angoisse pour nous, alors autant qu'elle s'imagine que je passe du bon temps avec June.

– Oui, mais ça m'embête. Je déteste te savoir seule. Surtout dans le contexte actuel.

– Je vais faire attention, me promet-elle. Je vais éteindre les lumières, m'enfermer à double tour et faire la morte si quelqu'un vient. Et demain, si t'es pas de retour, j'irai chez North.

– Je ne suis pas…

– Ça ira, me coupe-t-elle avec une certaine impatience. Je ne suis pas en sucre. Puis il y a un flingue sous la banquette, un autre planqué dans le tiroir sous l'évier et un dernier dans la salle de bains. Tu pensais que j'étais pas au courant des endroits où notre vieux cachait ses armes ?

– Tu ne sais même pas t'en servir…

– Si un crétin comme Jacob y parvient, je devrais pouvoir m'en sortir. Depuis toute petite, je vois le daron les manier, je saurai les utiliser.

– Tu ne me rassures pas du tout, là. S'il te plaît, ne prends aucun risque.

– Ne t'en fais pas. C'est en dernier recours, je n'ai pas l'intention de jouer à Lara Croft.

– D'accord… Mais si jamais…

– Saul ? Profite ! Pour une fois que tu penses d'abord à toi, amuse-toi, mon frère ! Et passe le bonjour à la jolie Easty.

Sans me laisser le temps de rétorquer, elle raccroche.

Je connais ma petite sœur. C'était du bluff censé me rasséréner. Mais au fond d'elle, elle a peur. Qui ne serait pas effrayé à sa place ? 13 ans et livrée à elle-même alors qu'une guerre des gangs est sur le point d'éclater et que son nom fait d'elle une cible de choix pour nos ennemis. Depuis que la rumeur s'est répandue sur la soi-disant implication des Eagles dans la propagation de cette nouvelle drogue sur le marché, les WEN sont les premiers en ligne de mire dans ce qui s'annonce être « une guerre sans précédent », dixit les journalistes. Par effet de ricochet, Savannah et moi, en tant que Fox, risquons d'être malgré nous embarqués dans ce cataclysme. Le climat est si tendu, pour ne pas dire explosif, qu'à tout moment les rues de West River peuvent se transformer en rivière sanglante. Et les médias en rajoutent une couche, ils alimentent la psychose en ne parlant plus que de ça, ils sont en boucle H24 sur le sujet, allant jusqu'à balancer des faits non vérifiés. Untel a entendu ça ? Hop, l'info est aussitôt relayée sans la moindre preuve pour l'étayer. C'est à se demander s'ils ne font pas exprès, ces cons.

Alors, bien sûr qu'elle flippe. Et moi aussi.

Je soupire.

Avec tout ça, j'avais presque oublié le merdier qu'est West River.

Parfois, mon impuissance me donne envie de hurler, de tout péter et de... pleurer. C'est terrible de se sentir démuni, dans l'incapacité de protéger les gens qu'on aime.

Savannah, Penny... June.

Un souffle tremblant se dérobe à mes lèvres. J'essaie de relativiser.

Savannah est en sécurité. Du moins, autant qu'elle puisse l'être au vu de la situation.

Je suis avec June, et même si notre condition est merdique, nous sommes ensemble. C'est le plus important.

Reste Penny. Après sa fuite de la péniche, je n'ai plus eu de nouvelles d'elle. Quand je l'appelais, cela me renvoyait directement sur la messagerie vocale. J'avais pour projet de fouiller tout West River et de la ramener chez moi par la peau des fesses, s'il le fallait. Projet compromis par mon enfermement, par les tensions rivales des gangs et les clivages que cela engendre entre les quartiers.

Je vérifie l'état de ma batterie. Elle est à soixante-trois pour cent. Je dois faire attention à l'économiser au maximum, car elle ne tiendra pas longtemps avec la lampe torche allumée en continu. C'est notre unique source de lumière, elle nous épargne un noir dévorant puisque l'interrupteur est dans le couloir. Une légère toux brise le silence qui s'est abattu sur la pièce. Si je ne peux pas aider Penny, je peux aider June dans cette épreuve. La distraire, la libérer de cette cage nauséabonde même si ce n'est que pour un temps chimérique.

– Tu veux qu'on fasse un jeu ?

Je ne sais pas d'où me sort subitement cette idée qui semble presque déplacée dans ce lieu sordide.

J'insiste devant son absence de réponse :

– June ? Ça te dit un jeu ? N'importe lequel. Ça nous changerait les id…

– La première fois que mon paternel m'a emmenée dans cette cave, j'avais 6 ans… déclare-t-elle en m'interrompant.

Elle a chuchoté ces paroles ; pourtant, je les perçois comme un tremblement qui me secoue jusqu'au tréfonds de mon être.

Elle n'avait que 6 ans… 6 ans !

L'espèce de fumier !

Sa révélation me paralyse, mon cœur s'arrête. Du moins, c'est l'impression que j'ai tant la douleur dans ma poitrine est extrême. C'est comme si une main invisible tentait d'extraire mon palpitant de ma cage thoracique.

Puis, d'un timbre atone, elle me raconte comment tout a commencé. Elle m'explique qu'au départ c'était surtout pour formater son esprit, il la trouvait trop altruiste, à pleurer pour les autres. La disparition de son chien, un dessin animé émouvant, un nécessiteux ou encore la condition précaire des Westies... Son innocence d'enfant la poussait à parler, à poser des questions et à s'interroger. Elle a vite compris néanmoins que le silence était d'or. Alors, doucement, elle s'est adaptée, elle a revu sa position et a abondé dans le sens de son père. D'abord pour éviter sa colère, puis pour lui plaire. Pour chercher un peu de son amour. Malgré cela, il a continué ses sévices. En grandissant, les punitions sont devenues plus fréquentes et arbitraires, juste par « prévention », comme la fois où elle m'a posé un lapin.

Je voudrais l'interrompre pour l'interroger sur certains points ou ne serait-ce que pour la consoler lorsqu'elle me décrit un moment particulièrement éprouvant, mais je n'ose pas intervenir de crainte qu'elle se mure à nouveau dans le silence.

Alors, je l'écoute.

Je suis étonné par sa clairvoyance. Elle me confie cependant qu'elle n'a compris que récemment l'ampleur de la mégalomanie de son père et ses conséquences. Son jugement a longtemps été altéré par son lavage de cerveau, et aujourd'hui encore, elle est en lutte perpétuelle contre elle-même.

La plupart du temps, elle se comporte en petite fille exemplaire pour son daron, elle endosse son rôle de June Harrington, l'héritière légitime de la ville, et ça lui convient parfaitement. Mais elle a aussi des aspirations qu'elle ne parvient pas à faire taire. Son envie d'émancipation est ancrée en elle, si bien qu'elle ne peut la réprimer. Dans ces moments-là, elle agit d'instinct, son esprit rebelle se libère, peu importent les répercussions. C'est ce qui l'a conduit à m'accepter en tant que binôme, malgré les risques qu'elle connaissait. Ce qui lui vaut sa présence ce soir dans ce sous-sol immonde.

– En vérité, lâche-t-elle soudain, Mme Alvarez m'a proposé de changer de binôme… J'avais la possibilité d'être avec Megan.

Je me tourne pour l'observer dans la semi-obscurité. Elle fixe un point devant elle, l'air totalement hagarde.

– Mais comme, de toute façon, il trouve toujours un motif quelconque pour me punir, autant décider de ce que *moi* je veux.

– Et tu me voulais ?

Ma perplexité est palpable, mon empressement aussi, hélas.

Elle ricane.

– Je ne voulais surtout pas de Meg.

Puis après une courte réflexion, elle précise :

– Mais je ne regrette pas.

Je fais abstraction du tambourinement de mon cœur à cette révélation.

– Je peux te poser une question ?

Le sujet est délicat, mais il me turlupine depuis que je l'ai vue emprisonnée dans cette cellule.

Elle acquiesce.

J'ai le cœur dans la trachée rien qu'à prononcer ces mots.

– Il te… *touche* ?

– Non.

Sa négation n'atténue pas le tremblement qui me parcourt. Je voudrais la croire, mais… l'angoisse est trop forte. Et les faits sont étalés devant moi : elle est nue, son corps couvert de griffures.

– Pourquoi tu es nue, dans ce cas ?

– Cela fait partie de sa stratégie. Son but est de m'humilier, de me déshumaniser. Ainsi, je suis plus malléable, selon lui. Je t'ai raconté sa façon de procéder, le pourquoi de cet endroit, la cage, la gamelle du chien, le sol en terre, l'absence de toilettes, l'air conditionné qui ne se déclenche qu'à une certaine température. Tout, absolument tout est calculé. Il en va de même pour ma nudité.

– Et les marques sur ton corps ? Ce n'est pas dû à une chute, je suppose. Il te bat ?

– Non. Il n'a jamais levé la main sur moi, m'assure-t-elle d'un ton péremptoire. Il ne se rabaisserait jamais à me frapper comme un rustre. Il est plus malin. Et vicieux. Sa violence est insidieuse. Ses coups sont uniquement mentaux et ses sévices indécelables aux yeux de tous.

Elle est pourtant bel et bien abusée *physiquement*, dans cette cage, dans le froid, par terre et dans des conditions abominables…

– D'où viennent tes blessures alors ? Et ne me sors pas l'excuse bidon de la glissa…

– En me lavant.

– Quoi ?

– Tu as bien entendu. Je me les suis faites toute seule en me douchant.

– Mais… Mais pourquoi ?

– Comme tu as pu le constater par toi-même, cet endroit pue. L'humidité, le renfermé, l'urine et… tout ce que tu veux. Bref. L'odeur est tenace et il est difficile de s'en débarrasser. Mon père m'avait menacée de me frotter lui-même, s'il n'était pas satisfait de ma toilette. Menace qu'il a déjà mise à exécution par le passé, alors, j'ai fait ce qu'il attendait de moi. En décapant ma peau jusqu'au sang. Ainsi, il était content et ça m'épargnait une humiliation supplémentaire.

– Donc, c'est déjà arrivé que ton père te touche… insisté-je.

Elle soupire.

– Pas de manière sexuelle, si c'est ce que tu insinues. Ses gestes étaient mécaniques. Cruels aussi, car il n'y allait pas de main morte, mais sans perversité. Et la dernière fois, j'avais 12 ans. Depuis, j'ai appris à répondre à ses attentes.

Je ravale un grognement incrédule. Bien sûr que si, c'est pervers. Et tordu, et sadique. Et ce pourri devrait croupir en prison pour ça.

Il aurait une place de choix chez les West Eagles Nation, il possède tous les critères du gang, songé-je avec écœurement.

Soudain, June fond en larmes. Ses gémissements étranglés, qu'elle tente de réprimer, sont un supplice.

Je me retourne pour la serrer contre moi, mais elle s'éloigne.

– Ça va aller, soufflé-je bêtement, désireux de la consoler, mais ne sachant comment procéder.

– Non, ça ne va pas aller. Ça ne va pas du tout, me contredit-elle.

– Je suis là. On est ensemble, dorénavant. Quoi qu'il se passe, on est ensemble. D'accord ? À deux, c'est toujours plus facile.

– Justement, non. J'ai… J'ai…

– Tu quoi, June ? Qu'est-ce qui ne va pas ?

– Pipi. J'ai besoin de faire pipi, me confesse-t-elle dans un sanglot.

Ah…

Un chuintement soulagé m'échappe. Un pipi, je peux gérer.

– D'accord. OK… C'est pas grave. Tu n'as qu'à…

– Je ne peux pas faire pipi, gémit-elle entre deux spasmes.

Je regarde autour de moi, le rai de mon téléphone éclaire tour à tour le sol terreux et les murs.

Je me souviens qu'à la péniche déjà, elle se dandinait, refusant de faire pipi. Ici, ça doit encore plus la gêner.

– Tu peux faire pipi, lui dis-je d'une voix douce. Je t'assure qu'il…

– Il n'y a pas de toilettes, au cas où tu l'aurais oublié ! Je ne peux pas faire pipi par terre devant toi.

– Je vais éteindre la lampe du téléphone, si tu préfères. Dans cette pénombre, impossible que je voie quoi que ce soit. Puis, de toute façon, c'était pas mon intention, June.

– Peut-être, mais tu sauras. Puis tu vas entendre le bruit. Je ne veux pas. C'est trop…

– Tu n'as pas à avoir honte d'un besoin naturel. On est enfermés pour un moment, tu ne vas pas te retenir indéfiniment. Maintenant que t'en parles, moi aussi, j'ai envie. On n'a qu'à faire ça en même temps. Toi, au fond là-bas. (Je pointe du doigt la partie de la cage la plus éloignée.) Moi, euh… je vais arroser ce mur, tiens, annoncé-je en désignant ma droite.

– C'est glauque…

– C’est *innovant*. Certains dînent en amoureux, nous, on fait pipi.

Je grimace devant ma piètre tentative de blague.

– Je te crois, maintenant, quand tu affirmes ne jamais avoir eu de petite amie.

Son ton est froid, mais le rictus qui naît aux commissures de ses lèvres ne m’échappe pas.

Je me retiens de lever le poing en l’air, fier d’avoir réussi à lui soutirer un sourire, aussi fugace soit-il.

– Hey, j’ai des lingettes, si tu veux.

– C’est vrai ? s’écrie-t-elle avec enthousiasme, me donnant l’impression d’être le maître de la situation.

Je m’oriente vers l’armoire où j’ai laissé mon sac à dos, puis retourne d’un pas rapide vers la cellule où June m’attend.

Je ne peux pas m’empêcher de la trouver belle, même à cet instant.

Je lui tends le paquet, qu’elle serre contre son cœur tel un objet précieux, puis j’éteins la lampe du téléphone.

– C’est parti.

Je tâtonne jusqu’au mur, puis chantonne pour couvrir tout bruit éventuel qui pourrait la mettre mal à l’aise.

– Afin de préserver ton image de bad boy, je vais museler ma curiosité sur le fait que tu trimballes des lingettes pour bébé dans ton sac, plaisante-t-elle, une fois son affaire et la mienne terminées.

J’éclate de rire.

– J’apprécie ta grande mansuétude.

– *Mais*… si toutefois tu insistes pour me dire pourquoi…

Je m’esclaffe plus fort.

– À McFly, la propreté aurait pu rivaliser avec cette pièce, alors j'ai pris l'habitude d'avoir toujours de quoi me nettoyer les mains. Faut croire que cette manie m'est restée.

– Le gel hydroalcoolique existe…

– Mes mains sont délicates et fragiles. Et j'aime l'odeur des lingettes, lui confessé-je.

– C'est… *trop chou*, se moque-t-elle.

Je suis content qu'elle reprenne du poil de la bête, même si c'est à mes dépens.

– Tu as faim ?

– De croquettes et de la pâtée pour chiens ? Hum, comment dire ? Je vais passer mon tour pour aujourd'hui.

– Comme tu veux. Je garde le *mac and cheese*, du coup ? Idem pour les lasagnes ?

– Quoi, quoi, *quoi ?* Tu as à manger ?

– Je suis un gars plein de ressources.

– Dépêche-toi, j'ai faim ! grommelle-t-elle quand elle m'entend lambiner avec la fermeture de mon sac.

Je dispose le sachet par terre et ouvre l'un des tupperwares. Ce sont les lasagnes. Miam.

– C'est si gentiment demandé. Princesse, veuillez accepter mon modeste repas, déclaré-je avec emphase en refermant la boîte et en la lui donnant à travers les barreaux.

– Techniquement, c'est le mien, rectifie-t-elle avec malice. Ces plats proviennent de ma cuisine.

– Et m'ont été offerts. Donc… *techniquement*, ils ne t'appartiennent plus, m'amusé-je à mon tour.

Elle renifle avec un dédain que je sais feint.

– Mouais… Et j'imagine que tu n'as pas de couverts cachés dans une de tes poches ?

– Ça a été prouvé que manger avec ses doigts rend le goût de la nourriture meilleur. (Je hausse les épaules.) Qui sommes-nous pour contredire la science ?

Enfin, un rire. Cristallin, joyeux… Magnifique ! Si doux à mes oreilles qu'un agréable frisson dévale mon échine.

– Après le pipi en amoureux, nous voici à dîner aux chandelles dans un cadre que l'on pourrait qualifier de non conformiste et pittoresque. Ça fait très couple, tout ça, lancé-je tout à trac tandis qu'elle essuie ses doigts à l'aide d'une lingette.

– Sauf qu'on n'est pas un couple.

Son rappel n'est ni cinglant ni condescendant. En vérité, il est presque mélancolique.

Comme si… *elle le déplorait* ?

Nan, j'extrapole sûrement.

– C'est vrai.

Un silence pesant s'installe.

June mange sans plus parler, quant à moi, je tergiverse. Une folie me trotte dans la tête, mais c'est tellement énorme (ou stupide, je ne sais pas trop) que j'hésite à la balancer.

– Il ne tient qu'à nous de changer ça.

– Quoi ?

Le téléphone n'éclaire pas suffisamment la pièce pour que je puisse déceler l'expression de son regard. Dommage.

– Le fait d'être un couple, précisé-je, ça ne tient qu'à nous de changer ça. On pourrait l'être… en secret.

Voilà, c'est dit. C'est l'idée la plus débile que j'ai jamais eue, je crois. Cependant, si je suis honnête avec moi-même, notre nouveau statut de sex friends ne correspond pas à la réalité. Je ne saurais définir notre relation avec exactitude, j'ai l'impression qu'elle ne correspond à aucun schéma existant.

Ma suggestion est accueillie par le plus indifférent des silences. Si, tout à l'heure, je me sentais gêné, maintenant, je me sens con.

– Quand j'avais 8 ans, il y avait une fille dans ma classe avec de magnifiques boucles rousses. Elle était très jolie. Trop jolie. Elle me faisait perpétuellement de l'ombre. Or, je devais être la plus belle. Mon père me l'avait ordonné. Parfaite, dans tous les domaines. Un jour, elle est venue à l'école vêtue d'une splendide robe blanche à froufrous, un peu comme celles des princesses. Sa robe était plus jolie que la mienne, et je savais que mon père serait furieux. C'était moi qui aurais dû la porter, parce que j'étais une Harrington, tu comprends ? J'ai donc exigé qu'elle me la donne. Elle a refusé. Pour me venger, j'ai demandé à chaque élève de notre classe de tacher sa belle robe avec des feutres. À la fin de la journée, son beau vêtement était ruiné. La maîtresse a convoqué mon paternel ainsi que les parents de ma camarade. L'entretien terminé, c'est la fille qui a dû me demander pardon, en larmes. Et mon père m'a félicitée. Quelques jours plus tard, j'ai reçu une robe identique en cadeau de la part des parents avec un mot d'excuse pour le comportement déplacé de leur fille. C'est ainsi que le monde fonctionne chez les Harrington. Tout le monde se courbe devant nous.

– O… K…

Perplexe, je fronce les sourcils face à cette confession pour le moins inattendue.

– Si tu me dévoiles ça dans le but de changer de conversation, sache que ça manque de subtilité.

– Je te raconte ça pour que tu comprennes qui je suis.

Elle pousse un soupir désœuvré.

– C'est ce que je suis, Saul.

– *D'accooord.* Et ? Ce n'est pas un scoop. J'avais remarqué qu'il ne fallait pas se mettre sur ton chemin, au risque d'être piétiné.

– Tu ne comprends pas… Je n'ai pas changé depuis mes 8 ans, et je ne changerai jamais. *Tu* ne me changeras pas. C'est dans ma nature.

– Déjà, au vu de ce que j'ai découvert aujourd'hui, je ne serais pas aussi catégorique sur ce que tu es ou n'es pas. Avec le bourrage de crâne que tu subis depuis des années, ta nature, comme tu dis, a été altérée. Même toi, tu ne dois plus savoir faire la différence entre les paroles de ton daron et les tiennes, entre ses idéologies et les tiennes.

– Peu importe la manière dont mon caractère a été forgé, c'est le résultat qui compte.

– OK, oui… tu peux parfois être une garce, concédé-je.

Je saisis sa main à travers les barreaux.

– Mais je veux toujours sortir avec toi…

5

June

« Mais je veux toujours sortir avec toi... »

Sa déclaration résonne dans ma tête en un écho assourdissant. Elle enflamme ma poitrine d'un immense feu de joie, qui me coupe la respiration et crépite dans chaque fibre de mon être.

Et puis, il y a mon cœur. Ce satané organe qui martèle mes côtes tel un cheval au galop. Ses battements sont si puissants que je suis presque sûre qu'il peut les entendre.

Saul n'a aucune conscience de la portée de ces mots sur moi.

J'ai besoin d'envoyer une vacherie pour masquer mon émoi. Je décide de reprendre ses termes. Ça lui évoquera sûrement un souvenir.

– L'air d'East River t'a grillé les neurones, c'est ça ? À moins que ce ne soit le froid ?

Pourquoi ne comprend-il pas ce que je m'échine à lui expliquer ?

Je ne suis pas une fille pour lui. Je ne suis pas quelqu'un de bien, encore moins quelqu'un de gentil.

Il ne pourra jamais m'aimer.

Contrairement à moi, qui suis déjà... amou... amoureuse...

– Et puis, pourquoi ce revirement soudain ? Ça n'a aucun sens.

Une pensée horrible me traverse.

– Tu as pitié de moi, en déduis-je. La pauvre June Harrington maltraitée par son paternel. Enfermée tel un animal et forcée de manger de la nourriture pour chiens.

– Je ressens beaucoup de choses pour toi. Certains de mes sentiments sont confus, c'est vrai, mais tu peux être sûre que la pitié n'en fait pas partie. J'éprouve de la colère, de la rage même, quand je te vois nue et séquestrée dans cet endroit infâme. Je bous d'envie d'aller casser la gueule à ton daron. Je vais pas te mentir, je le hais à un point que tu n'imagines pas. Et… il y a aussi…

Il hausse les épaules avec timidité, et mon idiot de cœur bondit.

– … ce truc qui me trouble. T'inquiète, c'est pas de l'amour, hein ! clarifie-t-il avec précipitation. C'est juste, je sais pas. J'aime bien être avec toi, en fait. C'est tout. Et puis tu m'aimes bien, toi aussi.

– Ah oui ? Tu te bases sur quoi pour prétendre ça ?

Il éclaire son visage de son téléphone, touche le bout de son nez tout en me décochant son sourire indécent.

– Mon intuition.

Je ne le contredis pas, je n'en ai pas la force. Surtout qu'il a raison.

– Et donc, c'est quoi la différence entre sex friends et couple secret ? On est censés développer des sentiments l'un pour l'autre, maintenant ? me renseigné-je, caustique.

Il repose son smartphone entre nous, le rai de lumière fiché dans le plafond moisi.

J'éclate d'un rire sardonique pour cacher mon amertume.

– Tu es au courant que nous deux, c'est impossible ? On n'a pas d'avenir ensemble. On n'est pas du même monde, on ne le sera jamais. En plus, je suis fiancée à Ethan, détail que tu as l'air d'avoir occulté.

– Non, je n'ai pas oublié ce crétin. Puis, je ne te parle pas d'engagement, June. Je veux seulement qu'on soit honnêtes l'un envers l'autre. Notre relation est particulière, admets-le.

– Et après ? Pourquoi faire miroiter quelque chose que l'on ne pourra jamais obtenir ? C'est bête, utopique. Une perte de temps !

Ne me fais pas espérer ainsi. Mon cœur n'y survivra pas.

Son téléphone vibre au même instant. Il coupe l'appel sans même répondre.

– C'est qui ?

– Tu as raison. Je t'ai déjà causé assez de problèmes, se ravise-t-il en éludant ma question. Une fois libérés, on redeviendra des étrangers, se reprend-il en changeant de discours.

– Non !

Malgré l'absence de clarté, l'expression ahurie de Saul est flagrante.

– On a un deal, je te rappelle. Et il est toujours d'actualité.

– Ton daron va péter un plomb s'il apprend qu'on se voit encore en cachette.

– Ça ne semblait pas te déranger lorsque tu me l'as proposé tout à l'heure.

– Sous le coup de l'impulsion, je n'y avais pas pensé, murmure-t-il, et je sens de l'affliction dans son timbre.

– Quoi que je fasse, il me punira, de toute façon. À choisir, je préfère au moins qu'il y ait une raison. Puis on fera plus attention. Là, il l'a su à cause de Megan. D'après ce qu'il m'a dit, elle a cafté auprès de sa mère qu'on était en binôme. (Je grogne de frustration.) Je me doutais qu'elle le ferait tôt ou tard, c'était une question de temps.

– Elle est au courant de ce que ton daron t'inflige ? s'enquiert-il avec colère alors que son portable vibre à nouveau et qu'il l'ignore sciemment.

– Non. Personne ne le sait. Pas même ma mère.

– Esther semble informée, me détrompe-t-il.

– Esther connaît beaucoup de nos secrets de famille, en effet. Mais comme je te l'ai déjà dit, c'est une tombe. Elle a compris que le silence était la qualité primordiale pour survivre dans cette maison.

Saul m'examine avec attention, je frissonne sous son regard inquisiteur. J'ai l'impression qu'il essaie de me sonder jusqu'à l'âme, à moins qu'il ne tente seulement de distinguer mes traits dans la semi-pénombre.

Son téléphone vibre à nouveau.

– Tu vas me dire qui t'appelle en continu ?

– Jacob, grommelle-t-il, irrité. Il finira par se lasser.

Pourtant, je décèle une inquiétude profonde dans sa voix. Sûrement craint-il qu'en l'absence de réponse ce dernier se rende à la péniche et embête Sevan.

Un silence s'installe.

Soudain, il enlève son sweat, qu'il me tend à travers les barreaux.

– Ça te protégera un peu du froid.

Il retire ensuite ses chaussettes et ses chaussures.

– Et couvre tes pieds, aussi.

Quand il se lève pour déboutonner son jean, je l'arrête.

– Oh, oh ! Ne t'emballe pas.

– Tes jambes sont…

– Mes jambes vont bien, j'ai l'habitude. Puis ton cuir est bien plus chaud que je ne l'aurais pensé.

Et il sent divinement bon.

– Je ne peux pas rester habillé alors que, toi, tu gèles devant moi.

– Je garde ton cuir, ton sweat et…

C'est vrai que mes orteils sont congelés. Toutefois, j'hésite. Je ne vais pas non plus tout lui piquer.

– … je prends tes chaussettes, également. Elles sont propres, au moins ?

– Elles sont moins sales que cet endroit, ricane-t-il.

Ce n'est pas faux. Puis, je ne suis pas en position de chipoter.

– Bref, pour en revenir à nos moutons. On n'a toujours pas couché ensemble. Notre deal est donc maintenu, prétexté-je pour justifier mon refus de m'éloigner de lui.

Certes, je ne désire pas qu'il m'embarque dans une relation vouée au néant parce que je vais y croire – jusqu'à me briser –, toutefois, cela ne signifie pas non plus que je souhaite couper les ponts. C'est hors de question ! Rien qu'à la pensée de le perdre, mon bide se tord.

– Quant à ton histoire insensée de… de couple secret… C'est d'accord. Mais ne viens pas pleurer après si tu tombes follement amoureux de moi.

Saul rit à gorge déployée, et ce son est le plus incroyable du monde.

– Je ne te promets rien, me taquine-t-il une fois un peu calmé, ça va être difficile de résister à ton charme diabolique.

Voilà, c'est typiquement le genre de phrases que je redoutais. J'exhorte mon cœur à ne pas s'emballer.

Il blague. C'est de l'humour. Seulement de l'humour.

– La vache ! Il est deux heures vingt ! s'exclame Saul en scrutant l'écran de son portable. Finalement, le temps passe plutôt vite quand on est enfermé à tes côtés. Bon, j'aurais préféré être dans tes draps chauds avec ton corps lové contre le mien, mais ce n'est pas aussi affreux que je…

– Attends de devoir t'allonger sur la terre humide pour gratter quelques heures de sommeil. Le froid va te pénétrer jusqu'à l'os. Tes membres seront si crispés que tu ne seras plus que douleur, tu auras la gorge et la poitrine en feu, des irritations cutanées, un mal de crâne carabiné, le n…

– OK, OK, j'ai compris. On s'apprête à passer une nuit de folie. Mais, June ? Au moins, cette fois, tu n'es pas seule. (Je détecte le mouvement de son bras qui s'étire vers moi pour venir caresser ma joue d'un geste tendre.) Je suis avec toi, et je ne vais pas te lâcher, d'accord ?

Ne pas pleurer.

Surtout, ne pas pleurer.

Il m'a déjà vue faible tout à l'heure, un écart que je ne dois pas renouveler. Quand j'ai compris qu'il était bloqué dans cet enfer, lui aussi, alors qu'il venait d'assister à mon humiliation, cela a été la goutte de trop. Ce secret, je voulais l'enterrer avec moi.

Et maintenant, Saul le connaît.

Après chaque conversation avec mon paternel, je suis toujours à fleur de peau. Triste et désespérément seule. Mais, aujourd'hui, il est là, avec sa gentillesse et sa prévenance. Par ses mots, il berce mon esprit, apaise mon âme et gorge mon cœur d'un amour éclatant, presque violent. Si puissant qu'il menace de déborder et de s'exprimer au grand jour.

Heureusement, je parviens encore à me maîtriser, mais pour combien de temps ?

Toujours. Pour toujours. Il ne doit jamais l'apprendre.

Et pourquoi pas ? Qu'est-ce qui m'empêche de le lui avouer ?

Tout. Moi, ma peur. En l'exprimant à haute voix, ça rendrait mes sentiments plus tangibles, puis surtout ça me mettrait en position de faiblesse. Aimer est une faiblesse, m'exposer ainsi, c'est trop…

– On devrait essayer de dormir un peu, grogné-je alors que mon esprit bouillonne de pensées contradictoires. Je suis fatiguée.

Saul acquiesce, puis tente, pour je ne sais quelle raison, de faire passer son sac entre les barreaux. Cependant, l'espacement est trop étroit.

– Attends, je vais le vider, décide-t-il. Comme ça, tu pourras l'utiliser comme oreiller.

Ne pleure pas !

J'accepte son sac d'un bref signe du menton, même si je doute qu'il puisse voir mon geste, unique manière de lui montrer ma gratitude sans m'effondrer.

– Ton cuir va prendre cher, le préviens-je.

– Ça se lave…

Il se munit d'un manuel de cours qu'il cale sous sa tête.

– Ta main, m'ordonne-t-il en tendant la sienne vers moi.

J'entrelace mes doigts aux siens et Saul éteint son téléphone.

Ne reste plus que le noir, infini et insondable. Néanmoins, grâce à lui, il n'est plus aussi terrifiant et glacial.

– Bonne nuit, June.

Du pouce, je caresse sa peau jusqu'à ce que ma respiration se calme et que mes yeux se ferment.

6

June

Je suis coincée dans une cave infâme, froide et puante, après presque une nuit sans sommeil.

Mais !

Je suis heureuse…

Clairement, quelque chose ne tourne pas rond chez moi.

En outre, une sensation étrange a envahi ma poitrine depuis hier. Ce n'est pas désagréable ; assez perturbant, néanmoins. Un peu comme des chatouillis qui suscitent au fond de moi une irrépressible envie de glousser.

Comme une idiote, stupide et amoureuse.

Bon sang ! Je suis devenue une de ces filles qui couinent en présence du garçon qu'elles convoitent.

Même Saul a remarqué mon changement d'humeur, il n'arrête pas de se féliciter parce qu'il suppose – à raison – qu'il est la cause de mon nouvel entrain.

Je devrais le maudire, mais je n'ai qu'une envie à l'heure actuelle : embrasser ses divines lèvres, emmêler mes doigts dans ses beaux cheveux noirs tandis que ma langue s'amuserait avec la sienne…

Bref, je suis foutue.

Je voudrais me frapper la tête contre les barreaux, vomir ce comportement pathétique et indigne de moi, sauf que je minaude, la bouche en cœur.

AU SECOURS !

– Tu souris encore, constate Saul d'un air narquois, à la lumière de son téléphone. C'est ma compagnie qui te rend si joyeuse, ce matin ?

– Ne prends pas tes rêves pour la réalité, le Westy ! cinglé-je, les lèvres pincées afin d'éviter qu'un nouveau sourire y fleurisse par mégarde.

– Même ta verve manque de mordant et de crédibilité. Tu te ramollis, princesse.

– Ne m'appelle pas comme ça !

– Pourquoi ? Tu es ma princesse.

Si tu souris, June, je te pends aux barreaux !

– Donc, tu aimerais faire médecine si tu en avais la possibilité ?

Oui, je change de sujet sans aucune finesse. À la guerre, on ne choisit pas toujours ses armes ; s'adapter avec rapidité et efficacité est ma priorité. Ne pas me laisser déborder par l'envahisseur, aussi.

Surtout que l'ennemi, ici, n'est pas un adversaire commun, puisqu'il s'agit de moi. Une lutte acharnée contre la dégénérescence de mon cerveau.

Des papillons dans le ventre ? Mon œil ! C'est un essaim bourdonnant qui essaie de dévorer tout mon être, de m'abrutir dans une mièvrerie écœurante.

Tandis que Saul me raconte avec passion ses rêves les plus intimes, je lui prête une oreille attentive.

En l'écoutant, je réalise que je n'ai pas d'ambition, autre que celle de me libérer du joug de mon géniteur. Saul, lui, a des plans, des projets. J'ai mis les miens de côté depuis trop longtemps. Petite, j'avais aussi des rêves. Je voulais sauver le monde. Je m'imaginais plus avec une cape de super-héroïne qu'une blouse blanche, mais cette dernière idée n'est pas pour me déplaire, à présent.

Médecin...

Soigner mon prochain.

Mon père en ferait un arrêt cardiaque. Un autre bon point.

Médecin...

– Tu penses que je ferais un bon médecin, moi aussi ?

À cet instant, je suis contente que la pénombre masque mon visage et qu'il ne puisse pas lire l'appréhension qui me secoue.

Il va me rire au nez. C'est certain.

June Harrington, médecin ? La blague. Comment appelle-t-on deux mots opposés déjà ? Ah oui, un oxymore. June Harrington médecin, c'est l'oxymore du siècle.

Puis, à quoi bon rêver ? Mon géniteur ne me laissera jamais faire ; c'est lui qui dirige ma vie, je ne dois pas l'oublier.

– Laisse tomber. Je plaisante.

– Dommage. Je suis sûr que tu ferais un très bon médecin, m'assure-t-il sans une once de moquerie.

– Empathique, bienveillante, douce, attentionnée...

– Sérieuse, déterminée, appliquée, diligente, rétorque-t-il en faisant fi de ma raillerie. On pourrait faire nos études ensemble et...

Dès qu'il comprend la portée de ses mots, il s'interrompt dans un raclement de gorge. De mon côté, je suis en apnée. Dans ma poitrine, c'est la zumba. Mon cœur hurle si fort son amour que je suis étonnée qu'il ne l'entende pas.

Non, non, non. Et NON ! Ne te projette pas avec lui. Parce que c'est impossible ! On arrête ça tout de suite !

Indifférent à mon débat interne, Saul repart dans une diatribe enflammée. Sur les cours, les universités, les spécialités. J'adore le son de sa voix, grave et chaude. Je pourrais l'écouter pendant des heures.

« J'adore le son de sa voix, grave et chaude. Je pourrais l'écouter pendant des heures », me singé-je mentalement avec indignation.

C'est bon, on a compris. Tu aimes tout en lui. Formidable. Passe à autre chose, maintenant !

Puis, il ne m'aide pas, lui non plus ! Il pourrait être un peu moins attirant ou un peu plus soporifique. Ce n'est pas compliqué d'être ennuyeux. Ethan y arrive à la perfection, alors pourquoi pas Saul ? Pourquoi faut-il que tout ce qui sort de sa bouche soit intéressant, intrigant, percutant ou drôle ?

Mince à la fin, sois barbant !

Et moche !

Parce que, soyons honnêtes, s'il n'était d'une beauté incroyable, vif d'esprit, intelligent, attentionné et qu'il ne possédait pas ce satané sourire qui me fait craquer, jamais je ne serais tombée sous son charme, c'est évident !

En fait, il n'a qu'un défaut : être un WEN.

Cependant, mon cerveau néglige cet élément, pourtant capital, préférant barboter dans un bain de roses, parfumées de niaiserie. Il y plonge avec allégresse et une ingénuité affligeante.

Ce qui m'exaspère.

Je m'exaspère !

– Je te fatigue à trop parler, désolé.

Sa main se pose sur mon front.

– Promis, je me tais, mais arrête de frapper ta tête contre la barre.

– Je suis en train de devenir folle…

De toi.

– C'est cet endroit qui affecte notre moral, joue sur nos émotions. Moi aussi, je me sens… *bizarre*, assure-t-il.

Aussitôt, je m'agite, dans l'expectative.

– Bizarre comment ?

– Je ne sais pas. C'est difficile à décrire.

– Mais encore ? le pressé-je.

Dis-moi que toi aussi, tu m'aimes. Vas-y ! Dis-le, bon sang !

– Je n'ai jamais été claustro, pourtant, j'ai l'impression d'être oppressé depuis que je suis ici.

Ah…

– J'ai parfois des palpitations, je suis plus nerveux et fébrile. Le silence me pèse également, alors je le comble en bavardant. Tu l'as d'ailleurs constaté, précise-t-il avec un petit rire gêné. Tu sembles sur le point de te pendre avec mon sweat pour échapper à mon monologue.

– J'aime t'écouter, au contraire.

Je soupire.

– Les microparticules de cette pièce moisie ont dû s'infiltrer dans mon organisme et détériorer mon système limbique. J'ai du mal à brider mes émotions et ça influence mon cortex frontal.

Ma réflexion lui tire un gloussement adorable. Sa main descend avec tendresse sur ma joue.

– Quand tu me balances des bizarreries comme ça, sorties de nulle part, je te trouve trop mignonne. C'est plus fort que moi, ça me donne envie de te croquer.

– Je te plais, alors ?

– Oui.

Son oui est aussi ferme que naturel. Il n'a pas hésité.

Mon cœur s'envole. Je plane, je vogue… toujours un peu plus loin dans les profondeurs de cette maladie avilissante.

– Je ne t'aurais pas suggéré de sortir avec moi, sinon. Tu me plais, je te plais. C'est acté, il me semble.

– Et après, c'est moi qu'on qualifie d'arrogante.

– Ce n'est pas de l'arrogance, c'est un fait.

Le silence retombe. Il n'est ni lourd ni pesant, il est simple, facile. Nous nous comportons comme si nous nous connaissions depuis toujours.

Une sorte de routine s'installe. Nous discutons, voire nous chamaillons dans une ambiance bon enfant. Dès que je commence à me dandiner, il décrète un « pipi en amoureux » sans que j'aie à le formuler. Je doute qu'il ait une vessie aussi capricieuse que la mienne, cependant, il feint à chaque fois un besoin pressant. C'est bête, mais je trouve ça « trop chou », à croire que c'est devenu mon expression fétiche. Nous mangeons avec modération pour économiser au maximum la nourriture. Saul, en habitué, m'a expliqué comment duper mon estomac avec beaucoup d'eau. Par chance, il a accès au robinet, donc nous pouvons boire sans nous restreindre.

La journée s'écoule avec lenteur, mais de manière agréable, indépendamment des circonstances. Cette proximité forcée a créé un lien indéfectible et unique entre nous. Du moins, c'est la sensation que j'ai.

De plus en plus, j'ai le sentiment que lui et moi, c'est une évidence. Comme si nous étions les deux faces d'une même pièce ; à jamais différents, et pourtant, indissociables.

Et voilà, je tombe encore dans le fleur bleue.

Une chance que Saul ne puisse pas entendre mes élucubrations, je serais mortifiée qu'il connaisse mes pensées.

De son côté, tout paraît plus aisé. Il est décontracté et aucun conflit interne ne semble le parasiter. Ça me contrarie. Pas par jalousie, mais par désir. J'aimerais que mes sentiments naissants soient partagés. Parfois, j'ai l'impression que c'est le cas ; hélas, cela ne dure jamais très longtemps. Dès qu'une étincelle d'espoir jaillit, il l'étouffe sans remords.

– Ma batterie est presque morte, m'informe-t-il d'une voix atone.

– Tu devrais appeler ton frère avant que ton portable s'éteigne complètement. Il pourrait être inquiet s'il ne parvient pas à te joindre.

À travers la faible lueur de la torche du smartphone, Saul me contemple d'un air indéchiffrable, puis il finit par acquiescer. Quelques secondes plus tard, il a Sevan en ligne. Sa discussion est brève et bien qu'elle ne soit pas mensongère, il omet volontairement des informations. Une fois son petit frère rassuré, il raccroche avec un soupir.

– Elle est chez son ami North. Je suis soulagé de savoir qu'elle n'est pas seule à la péniche avec Jacob qui rôde sans cesse dans les parages. C'est déjà ça.

– Elle ?

Saul émet une sorte de bruit bizarre.

– Il, il. La fatigue, fais pas gaffe. Cet endroit rend fou…

Il est parcouru d'un frisson si violent qu'il frémit.

– Tu as froid ?

– Un peu. C’est supportable.

Je ravale un ricanement. Je ne suis pas dupe. Il se les pèle en tee-shirt.

C’est alors que je me remémore une chose.

– Tu recommences à te frapper le front contre les barreaux, me signale-t-il en me protégeant aussitôt de sa main.

– C’est juste que je suis bête ! Et je déteste être bête !

– Tu développes ?

– Mes vêtements…

– Oui, bah quoi ?

– Ils sont quelque part, par terre. Normalement, mon paternel les pousse loin de la cage pour que je ne puisse pas m’en emparer. Mais toi, tu peux !

Je me fustige.

– Pourquoi je n’y ai pas pensé plus tôt ?

Saul oriente son smartphone vers le bas et scrute le sol à la recherche de mes affaires. Certes, je n’ai pas de manteau, mais rien qu’avec mon pantalon, ma chemise et mon gros pull, ce sera d’un confort sans pareil.

« Tu vas devoir rendre le cuir à Saul », chouine mon idiote petite voix interne.

Au moins, il ne sera plus gelé ! Arrête d’être aussi futile !

– Je les ai ! s’exclame-t-il, tout content.

Avec rapidité, nous échangeons nos affaires. Une légère pointe de regret compresse ma poitrine lorsque je lui rends son blouson ; son odeur va me manquer.

– Quand ton père reviendra, il faudra se dépêcher de remettre les fringues là où elles étaient si on ne veut pas être démasqués.

En espérant qu'elles ne soient pas trop sales à la lumière du jour.

– Oui, on doit rester sur nos gardes. Au moindre bruit de la trappe, je me déshabille et toi tu te réfugies dans l'armoire. Le temps qu'il traverse le couloir, c'est jouable.

– Tu penses qu'il réapparaîtra ce soir ?

– Il est quelle heure ?

– Un peu plus de vingt-deux heures.

– Non, il est trop tard. Mais c'est possible qu'il soit là demain dès l'aube. Comme il peut débarquer à n'importe quel moment de la journée ou ne pas du tout se pointer.

Saul jure. Je le comprends, c'est stressant, cette situation.

Subitement, nous sommes plongés dans les ténèbres.

– Eh merde ! grogne-t-il. Putain de tél qui se décharge trop vite !

– Je peux te tenir la main si tu as peur du noir, le charrié-je.

À peine ma phrase lancée, des doigts tâtonnent ma peau. Je les saisis et les entrelace aux miens.

– C'est bien mieux, tu as raison.

Oui, c'est beaucoup, beaucoup mieux.

– J'imagine qu'on n'a plus qu'à essayer de dormir, souffle-t-il ensuite.

Je me cale sur sa respiration, mon corps collé contre les barreaux pour être au plus près de lui. Il pose sa main libre sur ma hanche.

Lorsque son souffle ralentit, je murmure :

– Saul ?

– Hum…

– Tu me plais, toi aussi.

Il ne me répond pas, mais je jurerais que son sourire éclaire un instant la pénombre.

7

Saul

Depuis mon réveil, j'ai une affreuse barre au crâne. L'absence de lumière plombe mon moral et malgré mon sweat et mon cuir, je grelotte. C'est fou, mais le froid paraît plus intense dans l'obscurité totale ; il s'engouffre dans mes vêtements et glace mon épiderme.

Plus le temps passe, plus je réalise avec horreur l'ampleur de ce qu'a dû supporter June ces dernières années, sachant que nos conditions actuelles sont bien meilleures que ce qu'elle subit d'ordinaire. Seule, nue, frigorifiée, avec quelques croquettes pour chiens en guise de repas et à peine de quoi boire. Puis ce noir… On ne s'imagine pas ce que c'est avant de l'avoir vécu. C'est comme être emprisonné dans un tombeau, un abîme sans fond.

Mon humeur est morose. Je m'emploie à le camoufler pour June, mais merde, c'est inhumain, ce traitement ! Je ne sais même pas si nous sommes le matin, le midi, le soir. Toute notion du temps nous échappe, dorénavant ; cependant, j'ai le sentiment qu'il s'égrène dans une lenteur déprimante.

Et puis, au moindre craquement suspect, nous sursautons tous les deux, le cœur tambourinant. Cette attente est affreuse.

Quand j'arguais que June était une guerrière, j'étais en réalité loin du compte. Ce n'est pas qu'une simple combattante, c'est la cheffe suprême. Elle endure cette torture avec impassibilité et calme. Certes, elle se tape parfois la tête contre les barreaux, mais je suis presque sûr que ce n'est pas à cause de notre détention. Plutôt de ma présence. Mais je ne sais pas dans quelle mesure exactement. Peut-être ressent-elle des sentiments contradictoires ? Elle m'aime bien et me déteste en même temps. Ou, plus probable : elle déteste le fait de bien m'aimer. Ça ne m'étonnerait pas d'elle, ça doit la rendre folle d'apprécier un Westy.

Seulement, maintenant, je comprends pourquoi.

J'aimerais lui poser la question pour vérifier si je suis dans le vrai, cependant, j'ai peur de la braquer. Avec elle, j'ai l'impression de me tenir au bord d'un précipice ; au moindre faux pas, je glisse. Enfin, ça, c'est si elle ne m'y pousse pas avant.

Et, bordel, je dois être maso, mais j'adore ça ! J'aime sa complexité, ses ambiguïtés, son caractère. Même lorsque je pense avoir rassemblé toutes les pièces du puzzle, elle parvient à me surprendre, que ce soit par ses mots ou par ses actions.

Si June Harrington est une garce, c'est la plus magnifique et incroyable des garces. Non pas parce que c'est une Harrington ou parce qu'elle est riche, mais parce qu'elle possède une résilience à toute épreuve. Rien que ça, ça la rend exceptionnelle à mes yeux.

– Il reste un peu à manger ?

– Que dalle… réponds-je dans un bâillement.

– Ta main devant ta bouche quand tu bâilles ! me sermonne-t-elle.

– Comment tu peux savoir que je n'ai pas porté ma main à la bouche, d'abord ? Il fait plus noir ici que dans le trou de balle d'un mineur de fond.

– Je te demande, moi, comment tu connais cette partie spécifique de l'anatomie des mineurs ? (Son estomac gargouille.) J'ai faim.

– Tu veux de l'eau ?

C'est marrant, je suis incapable de distinguer son visage ou de lire les émotions qui la traversent, malgré cela, je suis certain que ses traits expriment, à cet instant, une envie de m'étriper ou de me balancer une remarque bien sentie.

Elle maugrée, mais finit par accepter par dépit. Quelques minutes plus tard, je perçois un ronflement léger, signe qu'elle s'est endormie. Je sonde l'obscurité à la recherche de son corps étendu jusqu'à trouver une de ses mains. Je la serre dans la mienne avec délicatesse et suis aussitôt submergé par une vague de réconfort. Mon ancre dans cet abîme sans fond.

Les instants se suivent et se ressemblent. Nos ventres grondent, notre humeur vacille, l'ennui nous pèse et notre conversation s'épuise. Sans oublier ce froid persistant.

Contrairement à moi, June ne montre aucun signe de faiblesse.

– Tu penses qu'il est quelle heure ? m'enquiers-je en essayant de dompter mes cheveux sales.

Ne pas pouvoir me repérer, que ce soit dans le temps ou l'espace, m'ébranle particulièrement.

– Plus on reste enfermés, plus notre perception est altérée. Une heure paraît un jour, un jour, une semaine. Notre seule balise est notre sommeil. Enfin, tant que notre cycle n'est pas perturbé, parce que lui aussi finira par être déboussolé en l'absence de lumière.

– Le plus longtemps où tu es restée dans cette cage, c'était combien de temps ?

– Quand j'avais 14 ans, il m'a cloîtrée ici durant quatre jours. C'était pendant l'été, alors le froid n'était pas si vif.

– Putain de merde ! Qu'est-ce qu'il te reprochait ?

– On fêtait le 4 Juillet avec Ashley et Ethan, et on avait réussi à piquer une bouteille de brandy. On l'a bue en cachette pendant que nos parents étaient rassemblés dans le jardin pour un déjeuner. Il y avait tout le gratin d'East River. Ce qu'on n'avait pas prévu, c'est qu'on finirait complètement ivres et que l'alcool nous rendrait intrépides. Si Ethan s'est assoupi comme un bébé, Ashley et moi, on s'est mis en tête de refaire la déco du salon. Il y avait une grande fresque d'un peintre célèbre qui coûtait horriblement cher, mais que je trouvais extrêmement laide, alors j'ai décidé de l'embellir à ma façon. Sauf que mon paternel n'a pas été ému par mon sens artistique. J'en parle avec dérision maintenant, mais en vérité, j'ai cru devenir folle durant ces quatre jours. D'ailleurs, à ce moment-là, j'avais l'impression d'avoir passé une vie entière ici. Je pensais même y mourir. Après ça, j'ai filé droit pendant des années.

– Jusqu'à moi ?

– Je m'autorisais déjà quelques escapades à West River avant de te connaître, précise-t-elle avec malice.

J'opine du menton, bien qu'elle ne puisse le voir.

– En effet, je me souviens de la souris mouillée que j'ai sauvée dans la ruelle. Vraiment, vous avez des jeux tellement cons ! Ça finira mal un de ces quatre, l'un de vous y laissera sa peau. J'espère qu'avec ce climat tendu, vous avez cessé vos virées stupides ?

– Je crois qu'ils en ont prévu une pendant Thanksgiving. J'ai déjà refusé d'y participer.

– Ils n'ont pas vu les infos ?

– Si, si. C'est ce qui pimente encore plus le défi. On s'ennuie vite à East River, alors un peu d'adrénaline de temps en temps, ça permet de casser la monotonie.

– Hum… On appelle ça la « sélection naturelle », chez nous. L'instinct de survie n'est pas donné à tous. Ce crétin d'Ethan sera parmi eux ?

Rien qu'à prononcer son nom, j'ai les poings qui me démangent.

– Il ne rate jamais une virée.

– On est quoi pour vous ? Une attraction ? Une sorte de gigantesque manège à sensations ?

– C'est ça, oui, confirme-t-elle d'un ton catégorique, comme s'il n'y avait pas à débattre sur le sujet. C'est comme visiter une prison avec les plus dangereux criminels du pays.

OK, les gangs ne sont pas des enfants de chœur, cependant, mon orgueil est piqué.

– Je t'ai vexé ?

Oui.

– Non.

Je suis sûr que ma jolie garce sourit.

– Si ça peut te rassurer, toi et ton frère n'entrez plus dans cette catégorie.

– Waouh, qu'est-ce qui nous vaut l'honneur de ce surclassement ?

Je crois entendre le mot « toi », mais comme elle l'a

chuchoté, c'est peut-être mon subconscient qui interprète selon son bon vouloir.

Doute ou pas, je fonce.

– Moi ? Tu dois beaucoup m'aimer alors, la titillé-je dans un rire discret.

Elle renifle.

Et, c'est tout… Pas d'interjection, d'objection, ni de critique acerbe.

À ma grande surprise, un doux picotement se propage dans mon thorax et éclate telle une bulle de bonheur. Ses sentiments à mon égard devraient m'indifférer ; d'ailleurs, c'était le cas auparavant. Pourtant, à un moment ou à un autre, cette perception a changé. J'aime l'idée que son cœur batte la chamade en ma compagnie ou que je puisse accaparer, malgré elle, ses songes et ses pensées.

Cette constatation me laisse perplexe, mais je décide de ne pas trop m'y attarder. Nos émotions sont exacerbées dans cet enfer. Puis, je l'apprécie aussi, c'est une vérité que je ne me cache pas. Au-delà de sa beauté physique, son tempérament me plaît. En fait, on s'est attachés l'un à l'autre, ce qui me paraît plutôt normal vu tout ce qu'on a traversé ensemble.

Soudain, un bruit caractéristique nous fait tressaillir.

– La trappe ! souffle-t-elle, alarmée.

Je perçois le son de vêtements qui se froissent ; elle doit être en train de se désaper.

– Il ne faut surtout rien laisser traîner. Ton sac, les tupperwares ou tout objet qui n'a pas sa place ici. Dépêche-toi !

Le cœur au bord des lèvres, on s'active tous les deux dans le noir – ce qui n'est pas une mince affaire.

– Prends mes fringues et remets-les où elles étaient ! Tiens !

Je tâtonne sans trouver ce qu'elle me tend.

– T'es où ?

– Là ! Bon sang, grouille-toi ! Il sera ici d'un instant à l'autre.

Comme si je l'ignorais !

À présent, on entend très distinctement un bruit de pas dans le couloir. Il est tout près.

Enfin, j'intercepte les affaires de June, que je lance… n'importe où, faute de temps et de visibilité.

La porte grince. Serait-ce les verrous ?

Bordel de bordel de bordel de merde !

Je trébuche en direction de l'armoire, ne sachant si mon sens de l'orientation est juste ou erroné. Si ça se trouve, je suis à l'opposé de celle-ci ! Je n'ai aucun moyen de le vérifier.

Bordel de bordel de bordel de BORDEL !

À tâtons, les mains tendues devant moi, j'hésite vers la droite, puis vers la gauche. Quand mes doigts frôlent le froid spécifique du métal, je retiens un cri. Je jette mon sac et m'engouffre dedans si vite que l'armoire bascule dangereusement dans une détonation assourdissante. Cela me paraît aussi bruyant qu'une explosion.

Impossible que ce son lui ait échappé.

C'est alors qu'un claquement encore plus perçant retentit. Je n'ai aucune idée de ce que cela peut être.

Un faisceau lumineux apparaît. Harrington est dans la pièce.

Une nausée violente contracte mon bide. J'ai peur pour June. Terriblement peur. S'il ose la…

J'interromps le fil de mes pensées lorsqu'il s'exprime.

– C'est quoi, ce vacarme ?

La voix d'Harrington est doucereuse. Son impavidité est carrément flippante.

– Je cherchais à boire, mais ma gamelle a cogné contre les barreaux, argue June sans se démonter.

Son ton est assuré, presque hautain.

Cette fille ne cessera jamais de m'impressionner par son courage et sa force mentale.

Un silence s'installe. Je me demande ce qu'il peut bien fabriquer.

– J'espère que tu as mis à profit ce temps pour réfléchir.

– Oui.

– Hum. Tu n'as pas beaucoup mangé, dis-moi.

June se racle la gorge.

– Je n'avais pas d'appétit.

– C'est embêtant, ça. C'est important de se nourrir.

Connard, c'est de la bouffe pour chiens, tu t'attendais à quoi ?

– J'ai prévenu l'école de ton absence, tu n'auras qu'à récupérer tes cours à l'administration. J'ai également profité de ta brève période de méditation pour remettre un peu d'ordre dans ton lycée.

Méditation ? Il est sérieux, lui ?

L'image de Savannah m'apparaît dans un flash.

Ne va pas tout gâcher sur un coup de pression, si tu le défonces, c'est Savannah qui paiera indirectement les pots cassés.

– Mais avant que je t'en dise plus, mange.

Son ordre ne claque pas comme un fouet, il est affecté, à l'instar d'un père qui se soucie de la santé de son enfant.

Je distingue le chuintement d'une boîte de conserve qu'on ouvre.

– Mange.

– Je n'ai pas de cuillère.

Il éclate de rire comme si elle venait d'énoncer une bonne blague.

– As-tu déjà vu un animal manger avec une cuillère ?

– Non.

– Tant que tu es dans cette cage, tu es moins que rien. C'est seulement une fois remontée à la surface que le nom de Harrington te sera restitué. Allez, mange.

Je vous en prie, donnez-moi la force de ne pas le massacrer sur-le-champ. Ce serait bon ni pour elle ni pour Savannah. Mais qu'est-ce que ça me soulagerait !

– Voilà, c'est bien. Tu vois que ce n'était pas compliqué. Un peu de croquettes en dessert ?

Cet enfoiré se fout de sa gueule !

– Ça ira.

J'imagine que le maire affiche une mine peu satisfaite, car June rajoute :

– Je vais en prendre quelques-unes.

– Tu es enfin raisonnable, je préfère ça. Donc, je disais que j'avais remis un peu d'ordre dans ton lycée. Pour commencer, Mme Alvarez a été congédiée, elle ne créait que des problèmes par son incompétence flagrante. C'est un nouveau professeur très qualifié qui la remplace. M. Simmons. Il t'a attribué un autre binôme, ton amie Megan Fish. Sinon, puisque tu as été incapable de l'ignorer comme je te l'avais ordonné, tu vas tuer dans l'œuf toutes les rumeurs que tu as pu engendrer en t'associant à ce criminel de Westy pour ton devoir commun. Tu as carte blanche pour le tourmenter. Je veux que tout le monde constate à quel point tu le méprises, c'est clair ? Puis, s'il est intelligent, il quittera le lycée de lui-même. C'est quelque chose dans tes cordes, non ?

– Ce sera fait, certifie-t-elle avec conviction.

– Je l'espère pour toi. Je crains qu'une déception supplémentaire de ta part ne m'oblige à employer des moyens qu'aucun de nous ne souhaite.

Il pousse un soupir dramatique tandis que des clés s'entrechoquent.

Va-t-il enfin la libérer ?

8

June

Depuis l'apparition de mon paternel, la peur s'est engouffrée en moi comme un mauvais virus. Je lutte pour reprendre le dessus et ne pas me tétaniser. Saul est calfeutré dans l'armoire et, même d'où je suis, je peux déceler sa présence. Mon père la sent-il aussi ? Et puis, il y a mes vêtements couverts de terre disséminés dans la pièce au lieu d'être rassemblés dans un coin. Les a-t-il remarqués ? Pire encore, une lingette usagée traîne sur le sol. J'essaie de ne pas me focaliser dessus afin de ne pas attirer son regard dans cette direction. Cependant, j'ai l'impression qu'on ne distingue que ça ; petit morceau blanc sur la terre brunâtre.

Le cœur au bord des lèvres, j'acquiesce à toutes les demandes de mon paternel. Lorsqu'il m'invite à manger, un goût de bile acide tapisse mon palais. Malheureusement, je n'ai pas le choix. De mes doigts sales, je m'empare d'une boulette entourée d'une sauce épaisse et graisseuse et l'avale d'une traite, sans plus réfléchir. Je sais qu'une bouchée ne sera pas assez. Alors, je réitère l'opération. Une fois, deux fois, trois fois. Je retiens un haut-le-cœur à plusieurs reprises. En un temps record, j'ai englouti la moitié de la boîte de conserve « bœuf mijoté aux légumes bio, qui répond aux besoins nutritionnels de votre chien ».

Cependant, Joseph Harrington veut pousser l'humiliation jusqu'au bout et me propose des croquettes en guise de dessert.

Je décline malgré ses traits crispés. Néanmoins, lorsque je le vois s'éloigner vers la sortie, je me ravise et accepte d'en goûter quelques-unes. Je refoule mes larmes tandis que je déglutis pour avaler, sans toutefois y parvenir ; elles sont trop grosses pour être ingérées sans avoir été croquées au préalable. Un goût âcre inonde ma bouche alors qu'elles craquent sous mes dents.

Il m'observe d'un œil impassible, presque ennuyé. Après un soupir, il s'avance et ouvre la cage.

– Allez, habille-toi. Tu as beaucoup de travail à rattraper, il ne faudrait pas que tes notes pâtissent de ton comportement subversif.

Je bondis littéralement hors de la cellule et récupère mes affaires en vitesse. Comme à son habitude, mon paternel ne s'attarde pas et ne me laisse pas le temps de me vêtir. À peine ai-je enfilé ma culotte qu'il est déjà dans le couloir. Je profite d'être hors de sa vue pour ramasser la lingette, puis m'échappe à mon tour de ce tombeau.

– La porte ! tonne-t-il.

Mince ! Je rebrousse chemin et la claque sans toutefois la verrouiller. Si Saul se retrouve piégé, je n'aurai peut-être pas la possibilité de le délivrer avant un long moment.

– N'hésite pas à avoir la main lourde pour te laver, comme la dernière fois. Un chien sent moins mauvais.

– Mon nouveau gant en chanvre est très efficace, il nettoie en profondeur.

De nouveau à la surface, je suis étonnée de constater

qu'il fait nuit. Je ne sais pas pourquoi, je m'attendais à ce qu'on soit en plein jour. C'est une aubaine. Ainsi, la lumière du soleil n'agresse pas mes rétines et la boule de vêtements sales que j'ai en main échappera plus facilement à sa vue.

De toute façon, pour ça, il faudrait qu'il m'accorde un peu d'attention, ce qui n'est pas le cas.

Quand mon géniteur se saisit du cadenas pour verrouiller la trappe, mon cœur rate un battement.

Non, non, non ! Saul ne pourra pas s'enfuir !

Une diversion, j'ai besoin d'une diversion !

Mes oreilles bourdonnent, ma vue se brouille sous l'effet de la panique. C'est alors qu'une idée germe.

Mes jambes ploient et je m'effondre sur la poudreuse en feignant un malaise.

Mon père grommelle et me pousse du bout de sa chaussure. Face à mon inertie, il lâche un soupir mécontent et saisit mes bras avant de me traîner dans la neige, tel un boulet encombrant.

Une lame de déception me lacère la poitrine.

Il aurait pu me porter au lieu de me tirer comme une charrue.

« Le plus important, c'est que Saul soit libre », me souffle une petite voix qui se veut rassurante.

– Relève-toi, bon sang ! Si le personnel te surprend à moitié nue allongée dans le jardin, que crois-tu qu'il va penser ? Aie un peu de dignité, June. Tu n'es plus dans la cage, tu es une Harrington, nom de nom ! Allez !

Mon père s'énerve. Il est rare qu'il s'emporte ainsi ; je dois vraiment l'embarrasser.

Ne souhaitant pas aggraver son humeur, je me redresse péniblement.

Il soupire en secouant la tête d'un air affligé.

– Si tu t'étais nourrie convenablement, tout ceci ne serait pas arrivé. Dépêche-toi de rentrer et sois discrète, m'ordonne-t-il sans m'attendre.

Il tourne les talons. Après un instant, je récupère en vitesse mes habits laissés à mon point de chute, vérifie d'un coup d'œil que le verrou est bel et bien ouvert et clopine en direction de la terrasse. La baie vitrée est entrouverte, je m'introduis par là et me faufile jusqu'à l'escalier.

Esther croise mon chemin. Ses yeux s'écarquillent brièvement devant mon corps sale et dénudé avant qu'elle se détourne.

– La cuisinière est rentrée de son congé, me signale-t-elle d'un ton égal. Je vais lui demander de te préparer un bouillon.

– Je n'ai pas faim.

Je m'éloigne d'un pas tremblant, m'arrête un pied sur la marche, pivote et l'interpelle à voix basse :

– Fais en sorte que Saul rentre chez lui et qu'il passe le checkpoint sans encombre.

– Comment j… ?

– Débrouille-toi comme tu veux, prétexte n'importe quoi pour quitter la villa, mais ramène-le chez lui. Tu le trouveras dans le jardin.

– Mais comment…

– Ça suffit ! Assez de questions, maugréé-je d'un timbre étouffé alors que mes mauvaises manières reviennent au galop.

On ne se défait pas de son sale caractère en un claquement de doigts. Je m'en veux malgré tout d'avoir usé d'un ton si mordant. Elle capitule d'un mouvement du menton. Je l'observe s'engager dans le couloir avant de m'éclipser à mon tour dans ma chambre.

Mon téléphone est posé sur ma table de nuit, je m'en empare aussitôt et envoie un message à Saul. Je sais que ce dernier ne pourra pas me répondre dans l'immédiat puisque son portable est déchargé, malgré tout, j'ai besoin de le savoir en sécurité.

June
Préviens-moi
dès que tu es
à la péniche !

Malgré les heures qui s'égrènent imperturbablement, Saul ne donne aucun signe de vie. Il n'a même pas ouvert mon message, alors que j'ai eu le temps de me récurer sous un jet brûlant, puis de me poser sur mon lit.

Est-ce qu'Esther a réussi à le raccompagner ? Ont-ils été interceptés au checkpoint ?

Une autre forme de terreur me noue le ventre. Elle ne m'est pas destinée, elle concerne Saul. Avoir peur pour autrui, se ronger les sangs pour quelqu'un au point de s'en rendre malade, c'est une nouveauté dont je me serais bien passée.

À force, je vais finir par croire qu'aimer n'apporte que des ennuis.

Agacée par cette interminable attente, je décide de descendre en repérage. Ne serait-ce que pour vérifier si Esther a suivi ou non mes consignes.

Au moment où je franchis le pas de ma porte, une vibration chatouille la main qui tient mon smartphone, annonçant une notification.

Saul
Désolé pour ma réponse tardive, je suis passé récupérer Sevan chez son pote avant de rentrer. Suis à la péniche. Je vais bien. Sevan aussi.

Je suis tellement soulagée que j'en ai le tournis. Je ferme les paupières et m'adosse au chambranle pour reprendre mon souffle.

Il est sain et sauf.

Il est sain et sauf.

Je me répète cette phrase en boucle, la savoure jusqu'à l'overdose.

June
Ça a été au checkpoint ?

Saul
Ta gouvernante est une folle. Elle m'a fourgué dans son coffre de voiture ! Soi-disant, c'était la seule façon de passer le contrôle. Je suis courbaturé de partout, mtn.

J'éclate de rire en imaginant la scène tandis que la pression redescend doucement. Esther a été maligne sur ce coup-là. C'était le seul moyen pour échapper à la vigilance des gardes. Ces derniers sont précautionneux lorsqu'un véhicule extérieur pénètre dans l'enceinte d'East River, et la fouille est automatique : il ne faudrait surtout pas que des membres de gangs armés menacent notre paisible quartier…

Dans le sens inverse, en revanche, les fouilles sont plus rares. Puis, Esther est connue, c'est la gouvernante du maire, après tout. Le coffre était la cachette idéale.

Saul
Ça fait bizarre de te MP au lieu de discuter de vive voix avec toi. Ta voix condescendante me manque. 😈

Son smiley me tire un gloussement.

Saul
Je viens de m'allonger sur mon lit. J'ai l'impression d'être étendu sur un nuage de coton.

June
Tu vas au lycée demain ?

Saul
Et toi ?

June
Oui.

Saul
Alors, moi aussi.

June
Tu sais que je vais devoir te faire la misère devant les autres ?

Saul
J'ai hâte.

June
Tu ne sais pas à quel point je peux être mauvaise. Tu vas morfler.

Saul
Alors, je me vengerai...

Je lis et relis son message. Il se vengera ? Cela signifie-t-il que nous allons redevenir de vrais ennemis ? Je déglutis en ayant l'impression d'avaler du verre pilé.

Je m'assois sur mon lit, le regard fixé sur mon écran, puis pianote :

June
Comment ça ?

Je me sens pathétique de lui demander, cependant, la boule qui s'est logée au fond de ma trachée ne se dissipera pas si je reste dans l'expectative.

Saul
Je procéderai en toute discrétion et attaquerai à n'importe quel moment de la journée. Tu devras être sur le qui-vive et surveiller tes arrières.

June
Tu comptes me faire quoi, au juste ?

Saul
T'embrasser comme un fou.

Mon soulagement est tel que mes paupières s'humidifient. Je lâche un petit rire nerveux avant d'esquisser un large sourire.

Saul
Entre autres choses…

Enfin, si tu en as envie, bien sûr. 🤍🔥

Si j'en ai envie... ?
Mon cœur bat plus vite rien que d'y penser.

Saul
Bonne nuit, June.

Bonne nuit, Saul...

9

Saul

– Je suppose que tu ne vas pas m'expliquer pourquoi tu donnes l'impression de t'être roulé dans une bouse de vache géante… bredouille Savannah en avisant mon look dépenaillé.

J'ai filé tout droit chez North dès qu'Esther m'a déposé à la péniche, sans me soucier de mon apparence. Ni de mon odeur corporelle. Ma priorité était de récupérer ma sœur pour qu'elle soit auprès de moi. Elle m'a tellement manqué et j'étais si inquiet à son sujet que j'ai enfourché ma Harley sans plus réfléchir. Grossière erreur.

Maintenant, je le regrette ; l'inquiétude dans son regard prouve que j'ai agi trop précipitamment. J'aurais dû me doucher avant.

– J'ai pas pu résister, ricané-je pour donner le change alors que mon esprit est encore embrouillé par tout ce que j'ai vécu et découvert ces derniers jours.

Si je devais les décrire, ce serait un immense : *WHAT THE FUCK !*

Je sais depuis longtemps qu'il ne faut pas se fier aux apparences, étant moi-même un archétype parfait de membre d'un gang. Néanmoins, comme tout le monde, j'ai – j'avais – des idées préconçues sur certaines choses.

Notamment sur les Easties et leur vie de luxe. À croire qu'il y a toujours une part de vérité dans les adages ; la richesse ne fait pas le bonheur.

June vit un putain d'enfer au quotidien. Et personne ne s'en doute.

Toutefois, il est hors de question que je le raconte à Savannah. Ce n'est pas mon secret, il ne m'appartient pas de le dévoiler. Et June n'aimerait pas ça.

June…

– Mon tél est éteint, faut que je le branche ! m'écrié-je subitement. Je dois appeler June !

– Saul… Tu n'as pas seulement l'allure du mec qui a barboté dans une fosse septique, tu en as aussi l'odeur. Pour le bien de tous, enfin, surtout le mien : va d'abord te doucher, s'te plaît.

Je me renifle.

– À ce point ?

Ma sœur acquiesce d'un air dramatique.

– Merde.

– C'est le mot approprié, oui. D'ailleurs, je pense que tes fringues sont bonnes à jeter, impossible que tu puisses les récupérer vu leur état.

– Même mon cuir ? Nan, pas lui… Hein ?

Les traits de Savannah sont pleins de compassion.

– On peut essayer de le nettoyer, mais je te garantis rien. On dirait des taches de… moisissure ? Mais qu'est-ce que t'as foutu ? Comment c'est possible ?

– J'ai confiance en toi ! dis-je en esquivant ses questions. T'es la meilleure.

– Je sais.

Elle me lance un clin d'œil tandis que je me dirige vers la salle de bains.

Il me faut presque quarante minutes pour parvenir à me débarrasser de l'odeur de renfermé et d'humidité. Elle a imprégné mes cheveux si profondément que trois shampooings sont nécessaires pour en venir à bout.

Je n'ai pas beaucoup de vêtements, alors, avec l'aide de Savannah, nous passons l'heure qui suit à tenter de les sauver. Sauf qu'ils sont marqués de terre... et d'autres choses. Après nous être acharnés durant un siècle, je capitule. Mon jean brut est mort, les taches sont incrustées et notre savon peu efficace. Mon cuir, en revanche, j'y tiens. Non qu'il possède une valeur symbolique, c'est le seul blouson que j'ai. J'ai moyennement envie de me peler les miches. Du coup, Savannah, bien plus patiente que moi, redouble d'efforts pendant que je l'encourage par d'innombrables compliments. Au final, elle parvient à limiter les dégâts et je lui en suis infiniment reconnaissant.

Une fois la corvée de lessive terminée, je m'octroie enfin un peu de repos.

Avec June.

À défaut de l'avoir à mes côtés, nous discutons par messages. Je suis bêtement heureux de constater que, non seulement elle m'a contacté en premier, mais qu'elle commente aussi instantanément ma réponse, qui a pourtant tardé, comme si elle l'attendait.

Elle est mignonne à me rappeler qu'elle va me faire la misère. Je sais qu'elle ne fera pas dans la dentelle demain ; son daron a été clair. Je serai sa cible numéro un, ça me convient parfaitement. Je ferai d'ailleurs tout pour lui faciliter le travail. On offrira à tous un spectacle haut en couleur, si réaliste et tangible que Joseph Harrington ne pourra que la féliciter.

On divertira le lycée. On sera ennemis en public et amants en secret.

Je me laisse tomber sur mon lit, un sourire aux lèvres, qui s'efface vite quand une autre pensée me traverse. Penny ! Aussitôt, je lance un appel, puis un autre. Et encore un autre. Elle est injoignable. Son téléphone est sûrement éteint. Je la bombarde malgré tout de messages, dans l'espoir qu'elle y réponde plus tard. Ne pas savoir où elle est, ni comment elle va me rend dingue. J'ai l'impression d'être le plus pitoyable des amis, de la lâcher lorsqu'elle a le plus besoin de moi.

Si je veux la retrouver, je n'ai qu'une solution : accompagner Jacob dans ses soirées glauques. Rien que l'hypothèse de traîner avec lui me file la gerbe.

– Putain de boloss ! T'es où connard ? me salue-t-il dès qu'il décroche à mon appel. Des jours que j'essaie de te joindre ! Chuis passé à la péniche hier, mais y avait personne. Bible et Nichols veulent qu'on ait le maximum d'effectifs pour la guerre qui se prépare, tu dois rabouler ton cul au Nation au plus vite. Ton frangin aussi. À 13 ans, il peut bien se battre.

Un sentiment de panique s'engouffre dans mes veines. Je tente de garder mon calme.

– Si l'intronisation est à 16 ans, c'est pas pour rien. L'ordre vient de qui ?

– De moi. Et ? Tu vas faire quoi ? Je suis ton supérieur. N'oublie pas qu'on te tolère seulement.

Il crache sa dernière phrase sans masquer son écœurement. Pour lui, on m'accorde une faveur que je ne mérite pas. Un putain de cadeau empoisonné, ma vie serait plus facile si je n'étais qu'un simple Lambda.

Aucun compte à rendre, je me tire avec Savannah quand je veux sans craindre les représailles.

– Y a des règles, même chez les WEN.

Avant que Jacob embraie, je dévie de sujet :

– Ça fait longtemps que je ne l'ai pas trempée, y a quoi comme bonne soirée en ce moment ?

Un éclat de rire résonne.

– Bordel ! Enfin, tu retrouves tes couilles. Viens au Nation, y a toutes les putes que tu veux.

J'avise l'heure. Presque une heure du matin. Si je me pointe maintenant au club, c'est un coup à ce qu'ils m'embarquent dans une de leurs descentes punitives – elles ont toujours lieu au milieu de la nuit. Je n'ai aucune envie d'y participer.

– Il est tard, là. Je passerai demain après les cours.

– Tafiole un jour, tafiole toujours, l'entends-je siffler au moment où je coupe la conversation.

***

Le lendemain, reprendre les cours comme si de rien n'était est presque indécent après les derniers événements et la situation chaotique de West River. J'ai la sensation de ne pas être à ma place, et pourtant, c'est ce semblant de normalité qui me fait avancer.

Et June.

Surtout June.

Ma démone de princesse n'avait pas menti, je n'ai pas le temps de descendre du bus que, déjà, les hostilités commencent. Sauf que c'est une mise en scène et nous le savons tous les deux. Ses remarques acerbes sont en réalité des caresses, une manière de dire « je pense à toi ». En plus, si chaque mot qu'elle me balance lui permet de s'éloigner de cette cave horrible, alors je les accueille sans réserve.

Déchaîne-toi, ma princesse. Sors le grand jeu !

En TP de chimie, je peux enfin approcher June – contrairement au cours de SVT où un nouveau binôme m'a été attribué, tandis que Mme Alvarez a été remplacée sur les consignes d'Harrington. J'ai conservé ma place à son carré de table. De la journée, c'est la première fois que je peux la toucher. Certes, il ne s'agit que de nos pieds sous la table, puisque June est assise en face de moi, mais c'est déjà ça.

M. Mendes distribue des polycopiés. Nous avons deux heures pour répondre à l'ensemble des questions. C'est un devoir commun.

June rassemble ses cheveux en une queue basse avant de saisir ses instruments.

– Meg, occupe-toi des essais. Aaron, prends des notes. Moi, je me charge de ces données, déclare-t-elle avec autorité.

Bien sûr, je suis exclu du projet.

– Et moi ?

– Toi, je n'ai ni le temps ni les feutres pour t'expliquer la leçon.

Aaron et Meg ricanent de cette pique bien sentie.

– Pas mal, pas mal, dis-je en reniflant avec ce que j'espère être une once de dédain pour ne pas foutre son jeu en l'air. Tu en as d'autres ?

Son pied caresse ma cheville.

– Tout un tas.

Je baisse la tête sur mon tube à essai pour masquer mon amusement, mais la redresse lorsque j'entends mon nom.

– Nan, mais t'as raison, Meg. Tout le monde a le droit d'être moche. Mais Saul décroche le premier prix, tu ne trouves pas ?

– Je suis moche, moi ?

– Te regarder fait mal aux yeux.

– Ça, c'est parce que tu es éblouie par mon charme !

Elle émet un soupir las.

– Et crétin avec ça… Ton ego est aussi grand que le *Titanic*, j'attends de te voir couler de la même manière, siffle-t-elle tandis que son pied continue de taquiner le mien sous la table.

– Je ne coule pas, très chère, je flotte. Comme un iceberg, réponds-je du tac au tac.

Et c'est ensemble qu'on flottera malgré les courants et les intempéries, lui révèlent mes yeux.

Les siens se plissent, intrigués.

Je crève d'envie de te renverser sur la table et de te dévorer, lui avouent-ils ensuite pendant que je la bouffe du regard.

Elle bat des cils, ses joues se colorent tandis que ses pupilles s'embrasent. En une fraction de seconde, l'atmosphère s'est modifiée en se chargeant d'un voile de lubricité.

Et j'adore cette nouvelle ambiance.

10

Saul

Je pensais que June et moi pourrions nous retrouver dans une alcôve afin de s'offrir un moment en privé, même furtif, mais la réalité est tout autre. Le lycée a beau être géant, aucune opportunité ne s'est présentée. Et ça commence à me chauffer.

Deux semaines ! Cela fait deux *putains* de semaines que je vais d'échec en échec.

C'est bien simple, je ne l'ai pas embrassée depuis… une éternité ! La dernière fois remonte au moment où elle était à la péniche ; lorsque nous étions piégés dans cette cave, l'unique geste que je me suis autorisé était de lui tenir la main. Tenter autre chose, dans cet endroit sinistre, aurait été déplacé. D'ailleurs, l'idée ne m'a pas traversé l'esprit. Puis, si nous avions infiniment besoin l'un de l'autre, ce n'était pas de cette manière. C'était dans un sens bien plus intime et puissant.

Sauf que, maintenant, je rêve de sa peau contre la mienne, de ma langue dans sa bouche, de mes mains caressant son corps et des siennes parcourant mon sexe. C'est cru, mais réel.

Les seuls moments de complicité que nous avons échangés ces derniers jours se cantonnent à des messages. Dès qu'elle me provoque verbalement, mon téléphone ne tarde pas à biper. Bien sûr, elle ne s'excuse pas. D'ailleurs, ce n'est pas ce que je souhaite non plus, puisqu'elle n'est coupable de rien. Non, nos conversations sont un mélange de légèreté, de banalités, de sensualité et de taquineries. Par exemple, après une pique particulièrement sournoise, elle vient prendre la température en MP pour voir si je suis vexé – ce qui n'est jamais le cas. Ou alors, elle s'autocomplimente – ça, ça se produit souvent, en revanche. En vérité, nos joutes m'amusent, comme dirait Savannah, nous sommes en pleine « parade nuptiale ». Malgré tout, je n'oublie pas qui est derrière tout ça, ce connard de Joseph Harrington devra payer pour toutes les monstruosités qu'il lui fait subir. Puis, aussi fun que soient nos échanges, cela ne comble pas le vide qui se creuse un peu plus profondément chaque jour. June me manque ; son odeur, son toucher. Elle, tout simplement. Hélas, ce n'est pas encore aujourd'hui que je vais pouvoir goûter le velouté de sa peau. C'est à nouveau frustré que je quitte l'enceinte d'East River.

De retour à la péniche, je m'enferme dans ma chambre sous les rires de Savannah. Elle n'arrête pas de se foutre de ma gueule, en ce moment. Selon elle, je suis « amoureux ». N'importe quoi !

J'aime bien June. Beaucoup même. Le nier serait mentir. Après Savannah, c'est sûrement la personne que j'apprécie le plus. En peu de temps, elle a pris une place énorme dans mon cœur. Nous avons été confinés plusieurs jours ensemble ; d'abord, dans le confort de sa chambre, puis dans les geôles de l'enfer. Forcément, cela nous a rapprochés.

Cependant, nous n'en sommes pas au stade des déclarations d'amour et compagnie. Loin de là. Et je doute que ce soit le cas un jour. Elle et moi, même si nous aimerions nous laisser emporter avec insouciance dans cette histoire, nous savons qu'elle est à durée limitée. La date de péremption étant clairement définie : avant l'été, tout sera terminé. Peut-être même avant. Sûrement avant même.

– L'amoureux souhaite-t-il manger quelque chose ? m'interpelle ma sœur depuis derrière le battant.

– Toi, tu cherches les embrouilles ! OK. Allons-y.

J'ouvre la porte et l'attrape par le col tout en la forçant à reculer jusqu'à l'entrée.

– Mets tes pompes. On va régler ça dehors.

Ses yeux pétillent d'excitation à cette annonce.

– Tu veux une humiliation de plus, c'est ça ? me provoque-t-elle dans un élan de confiance. Hier ne t'a pas suffi ?

Savannah a remarqué que mon moral n'était pas au beau fixe ces temps-ci. En plus de June, il y a Penny, dont je n'ai toujours aucune nouvelle. Malgré mes quelques descentes au Nation, je n'ai aucune piste à son sujet. Même ce connard de Jacob ne l'a pas vue depuis un moment. J'ai les nerfs. Mon impuissance me ronge, me dévore. Alors, ma petite sœur s'est mis en tête de me changer les idées. Quoi de mieux qu'une bataille de boules de neige entre frère et sœur pour ça ?

– C'est un combat en plusieurs rounds, une victoire ne signifie pas gagner la guerre. En plus, tu as triché ! Tu as profité d'un moment de distraction pour m'attaquer en fourbe.

– Pauvre chou.

– Ma vengeance sera terrible !

L'heure qui suit n'est qu'un enchaînement de rires, de batailles de neige et de courses-poursuites.

Ces moments de détente sont précieux dans le contexte actuel. Ils nous permettent à tous les deux d'évacuer la pression, ça nous fait un bien fou.

Savannah est la plupart du temps seule à la péniche. Elle est isolée, ne va plus à l'école et, hormis North, elle ne voit plus aucun de ses amis. Je sais que cette situation lui pèse, elle d'ordinaire si sociable. Mais c'était l'unique option pour qu'elle soit en sécurité. Ici, au moins, nous avons des WEN qui montent la garde et se relaient jour et nuit. Ordre de Nichols. Bon, cette décision, ce n'est pas par charité ou en raison d'une envie soudaine de nous materner, c'est en réalité pour surveiller mon daron – enfin, pour surveiller le potentiel retour de mon daron, puisque ce dernier continue de jouer l'homme invisible. Qu'importe son dessein premier, cette protection est inespérée. Je peux ainsi aller en cours l'esprit tranquille.

En revanche, en ville, c'est le chaos qui règne. La Bee – c'est le nom donné à la nouvelle drogue qui circule sur le marché, en raison de la vitesse à laquelle elle a colonisé nos rues – a été le déclencheur d'une guerre qui grondait depuis trop longtemps. À croire que les gangs n'attendaient que ça pour se foutre sur la gueule. Les règlements de compte se pratiquent dorénavant en plein jour, sous les regards impuissants et terrifiés des Lambdas. Comme je passe la majeure partie de mon temps chez les bourges, j'en oublie souvent le foutoir qu'est devenu West River. J'avoue que je suis un peu déconnecté de la réalité. Par chance – ou pas –, mes « frères d'armes » sont toujours là pour me la rappeler. Par deux fois cette semaine, ils m'ont convié à leur partie de chasse ; invitation si gentiment proposée que je n'ai pu la refuser, au risque d'y laisser un ou deux testicules. (C'est que j'y suis attaché, à ces petites choses.) Puis, j'ai tellement peur qu'ils mêlent Savannah à tout ça si je n'obéis pas, comme Jacob l'a suggéré, que je préfère me plier à leur demande. J'ai ainsi pu confirmer que défoncer du BSB ou du Brother ne me fait pas bander. Contrairement à d'autres.

– Tu crois qu'ils vont te réquisitionner, cette nuit ? me questionne Savannah comme si elle avait suivi le fil de mes pensées.

– Possible.

Sûrement. Mais je ne veux pas l'inquiéter avec ça. Alors, je préfère jouer la désinvolture, comme si tout ceci ne me touchait pas et que ce n'était qu'un détail sans intérêt. Ça ne l'est pas. Ça ne le sera jamais. Dès que je suis au Nation, dès que je côtoie ces enfoirés et qu'ils me forcent à les imiter, je me sens comme la dernière des merdes. Aussi minable qu'eux.

Je m'approche de Savannah avec nonchalance, les mains derrière le dos. Dès qu'elle se détourne pour se diriger vers le bord de la berge, je glisse une grosse boule de neige dans son sweat.

Savannah crie, gesticule dans tous les sens, tandis que je m'écroule de rire en me tapant les cuisses.

– Putain, que ça fait du bien !

– Parle pour toi ! grogne-t-elle.

Elle me lance un regard courroucé qui accroît mon hilarité.

– Tu peux courir pour que je te cuisine un dîner !

– C'est moi qui régale, ce soir. Macaronis au fromage ?

Son nez mutin se plisse.

– Et comment !

***

Ce n'est que tard dans la soirée que je délaisse ma sœur pour l'intimité de ma chambre. Nous sommes vendredi, ce qui signifie que je ne verrai pas June avant lundi matin. Cette perspective ne m'enchante guère. Je rigole de moi-même. « Ne m'enchante guère ? » Ça m'emmerde royalement, oui !

J'hésite à l'appeler, de crainte qu'elle ne dorme déjà. Alors, j'opte pour un message. Encore un. Je soupire avec dépit tandis que je pianote :

Saul
Princesse, tu dors ?

June
Non.

Saul
Tu fais quoi ?

June
Je déprime.

Saul
Parce que je te manque ?

June
Non... parce que je suis toujours vierge.

Saul
?!

June
TU TRAÎNES !

Saul
C'est pas faute d'essayer, j'te jure !

June
T'as vu où ça nous a menés ton plan « par étapes » ? Pffff ! À cause de toi, Ethan aura ma première fois. Il devient de plus en plus insistant et veut que je retire mon anneau de pureté.

Saul
Ethan te touche, Ethan est mort. Je plaisante pas, June !

June
Et toi, quand c'est que tu vas me toucher ?

June
En attendant, je suis obligée de m'en occuper moi-même…

J'ai à peine le temps d'imaginer June en train de se faire plaisir, et de bander instantanément, qu'elle m'appelle en visio.

11

June

– Alors comme ça, tu veux que je prenne le relais ? me questionne Saul d'un air taquin avant que j'aie pu parler.

Ça tombe bien : je ne sais même pas réellement ce que je m'apprêtais à lui dire, ni pourquoi je l'ai appelé. Je crois que… j'avais juste envie de le voir.

Et de continuer cette discussion très intéressante en direct…

– Oui, si seulement on arrive à avoir un moment juste tous les deux… On n'en a pas eu un seul, regretté-je.

– Je sais. Je te jure, ça me tue. Mais y a du monde partout dans ce putain de lycée. Même la salle d'art est pleine à l'heure du déjeuner. Et je te parle même pas de celle de sport.

– Dehors, dans ce cas ? Il y a plein de coins isolés, on aura l'embarras du choix.

– Avec ces températures, si je la sors, c'est un coup à se choper une stalactite au bout du gland.

– Charmant…

– Ça dépend des points de vue, se moque-t-il en mode premier degré. Puis, dehors avec toutes les caméras récemment installées, c'est mort, me précise-t-il.

Rha, bon sang ! C'est vrai que mon père en a mis

dans toute la ville pour « protéger » ses citoyens. L'extérieur de notre établissement en est bardé. Les couloirs également. Seules les salles de classe sont épargnées. Malheureusement, elles sont soit fermées à clé, soit occupées.

– Y a bien un fichu endroit tranquille dans ce bahut ! m'agacé-je.

– Tu connais le lycée mieux que moi…

Et soudain, la lumière jaillit dans mon cerveau, aussi fulgurante qu'un éclair. Je *cricouine* – croisement entre le cri et le couinement.

– L'infirmerie ! L'infirmerie, Saul ! Y a des lits, pas de caméras et la porte se verrouille même de l'intérieur.

– Mais oui ! L'infirmière m'aime bien, en plus. Je pense pouvoir l'amadouer, jubile-t-il en fourrageant ses cheveux épais de ses longs doigts agiles.

– Dommage qu'on n'y ait pas songé plus tôt. Tout ce temps gaspillé bêtement.

– Et c'est le week-end, se lamente-t-il, faudra patienter jusqu'à lundi. En espérant qu'on y arrive tout de suite, parce qu'après c'est Thanksgiving et…

– Lundi, à l'heure du déjeuner, on l'aura enfin notre moment d'intimité.

– Aux chiottes la spontanéité, vive la planification, rit-il.

L'essaim d'insectes volants qui a élu domicile dans mon corps chatouille ma poitrine jusqu'à provoquer un gémissement honteux que je masque en m'agitant.

– On se voit lundi, du coup, énoncé-je en sentant mes joues chauffer. Bonne nuit.

– T'es fatiguée ? Pourquoi tu veux raccrocher si vite ? Tu n'as pas envie d'entendre encore ma voix, de contempler mon beau visage sur ton écran ?

– Je n'aime pas les conversations qui traînent en longueur ou parler pour ne rien dire.

– OK, taisons-nous.

– Dans ce cas, bonne nu…

– Non, non, ne raccroche pas ! me gronde-t-il à moitié. On peut faire autre chose que parler.

– Han, oui… Comme se regarder dans le blanc des yeux jusqu'à ce qu'on s'endorme ?

Je lève les miens pour lui montrer l'absurdité de son propos.

– On va laisser ce genre de débilités pour les films romantiques, renchéris-je.

– Et jouir, tu aimes ? lance-t-il tout à trac.

– Quoi ?

– Jouir. Avoir un orgasme. Prendre ton pied. Tu aimes ?

Mon cœur tambourine, ma respiration s'accélère.

– C'est plutôt sympa, oui…

– Tu veux me remontrer comment tu fais ?

Mon incisive se plante dans ma lèvre alors que j'acquiesce. J'en meurs d'envie, mais je me sens d'un coup timide. Je veux tellement qu'il me trouve sexy et pas empotée.

– Descends la caméra, montre-moi comment tu es habillée.

– Je suis en pyjama. Rien de fascinant à voir.

– Tu as raison. Tu devrais retirer ton pyjama moche, suggère-t-il d'un ton taquin.

– Il est très beau !

– Il est de trop, rectifie-t-il en me décochant son sourire décadent.

Le traître ! Il sait parfaitement l'effet qu'il a sur moi.

– Je fais quoi alors, exactement ? demandé-je pour qu'il me guide.

– Déshabille-toi et caresse-toi.

Mon visage se fend d'un sourire amusé.

– La douche ne t'a pas suffi ?

– C'était il y a longtemps, plaide-t-il dans une moue adorable. Et t'es tellement belle quand tu te touches.

Mon palpitant est pris de frénésie, je le sens s'exciter dans chaque partie de mon corps.

Bambambambambambambambambam.

Je crains de faire un infarctus. Je dois reprendre le contrôle.

– Et toi, alors ? Si je me mets à poil, toi aussi. C'est donnant-donnant, Fox !

Il se mord la lèvre comme pour réprimer un gloussement.

– Vos désirs sont des ordres, princesse ! réplique-t-il en s'exécutant aussitôt. Attends, je pose le tél, j'ai besoin de mes deux mains pour aller plus vite.

L'écran affiche son plafond, et quelques secondes plus tard, il réapparaît, torse nu.

– Et le bas ? le défié-je alors que je n'ai toujours pas enlevé le moindre vêtement.

Il oriente la caméra vers ses jambes.

Je retiens une exclamation. Il est nu. Entièrement nu ! Et bel et bien excité.

– Waouh. OK. La pudeur, c'est pas ton truc. C'est noté.

Un rictus coquin retrousse le coin de ses lèvres.

– Ce n'est pas le tien non plus, d'après ce que j'ai pu constater.

En effet.

À mon tour, je pose mon portable pour libérer mes

mains et me délester de mon magnifique pyjama en satin blanc.

Une fois en tenue d'Ève, je saisis mon smartphone et l'incline en direction de mon corps nu.

Il lâche une interjection peu distinguée avant de toussoter.

– Waouh. T'es… t'es canon, c'est ce que je voulais… Euh… Vraiment, vraiment banda… canon.

– *Bandante*, ça me va aussi.

– J'essaie de ne pas être trop grossier pour ne pas froisser tes chastes oreilles.

– Elles se sont habituées en te fréquentant.

– Si tu m'y exhortes, je me soumets à ta volonté.

– Qu'est-ce que tu veux que je fasse, maintenant ? m'enquiers-je avec une moue mutine.

Sa voix se tapisse de raucité.

– Caresse doucement tes seins, puis pince tes tétons, June.

Je sens mon pouls battre entre mes cuisses.

L'assurance dans son ton me désinhibe, sa décontraction et son naturel viennent à bout de mes dernières réserves.

L'objectif de son téléphone expose son visage. Le mien, lui, dévoile mon buste qui se soulève à chacune de mes respirations. Mes mamelons sont durs, leurs pointes tendues sous l'excitation. J'obéis à ses directives sans le quitter du regard. Celui-ci s'enflamme tandis qu'il me complimente.

Quand il me demande de faire glisser ma main le long de mon ventre jusqu'à mon intimité, je retiens mon souffle, mais m'exécute aussitôt. Je remarque que celui de Saul est plus lourd également. Se masturbe-t-il en me reluquant ?

– Ne me laisse pas seule, Saul. Je veux te voir, moi aussi.

– Bordel, oui.

Après un plan flou, l'image de son sexe bandé se révèle enfin. Ses doigts l'encerclent dans un mouvement de va-et-vient maîtrisé. Je n'aurais jamais imaginé être envoûtée par une telle scène. C'est cru, impudique, érotique. Presque obscène, même. Mais diablement excitant. Saul est diablement excitant.

Il continue de me diriger d'un timbre tantôt impérieux, tantôt suppliant ; il m'attise par ses mots osés, m'électrise de sa voix grave. Me consume, tout entière.

Au moment culminant, comme si nos esprits étaient reliés et sans même nous concerter, nos caméras remontent sur nos visages enivrés de plaisir. Lorsque je jouis, qu'un cri muet entrouvre ma bouche, ce sont ses onyx flambants que je contemple. Lorsqu'un râle sensuel s'échappe de ses lèvres, qu'un soubresaut le saisit, ce sont mes yeux qu'il fixe avec férocité.

Un petit rire nerveux gonfle ma poitrine.

– J'ai hâte d'être à lundi, me confie-t-il avec une gravité troublante. Je vais te serrer fort dans mes bras. T'embrasser à en perdre haleine. P'tain, si tu savais comme je voudrais que tu sois à mes côtés, là, maintenant. Je déteste dormir seul.

C'est nouveau ça…

– Ah bon ? Depuis quand ?

– Depuis toi.

Waouh ! Faut avertir avant de sortir une chose pareille !

Mon cœur s'élance dans un triple axel, suivi d'un lutz avant d'enchaîner avec un saut piqué retourné pointé. Je ne sais même pas si cela existe, mais il les exécute avec brio tel un patineur émérite.

Je pose ma main sur ma poitrine.

Chut, calme-toi mon petit, ce n'est pas une déclaration d'amour. Ne t'emballe pas.

Quoique, si. Qui a estimé que ça ne l'était pas ? Ah oui, moi. Sauf que je ne suis pas experte dans le domaine. Donc, après délibération entre moi et moi-même, je décrète que cela équivaut à un « je t'aime ».

Saul m'aime.

Saul m'aime !

– Ça a l'air de te faire plaisir, cet aveu, commente-t-il d'un œil espiègle. Tu es heureuse ?

Très.

– Fatiguée, surtout.

Il m'offre le plus doux des sourires.

Mon Dieu, je ne pensais pas cela possible, mais je tombe encore plus amoureuse.

On n'a pas le droit d'être aussi beau. Ni aussi craquant. Et charmant.

– On s'appelle demain ?

J'acquiesce, la gorge nouée par un amour étourdissant.

– Bonne nuit, June.

– Je t'... Hein ? Quoi... Oui, bonne nuit.

Je raccroche sans attendre.

M'a-t-il entendue ?

12

Saul

Je souris comme un abruti, mon téléphone à la main. Si Savannah me voyait à cet instant, elle se foutrait de ma gueule, je l'aurais sur le dos pendant des jours.

Seulement, c'est plus fort que moi, June est trop mignonne. Cet adjectif dont je ne cesse de la qualifier n'est pas celui qu'on emploierait de prime abord. Mais cette fille est un paradoxe. Malgré sa langue acérée et ses réflexions souvent caustiques, elle est adorable.

Un petit ricanement idiot m'échappe.

Oh, putain, c'était quoi ce gloussement ridicule ? Mes traits se figent.

De l'eau. Avec un peu d'eau, ça va passer.

Je me redresse dans mon lit et plisse le nez en avisant mon état.

Je suis nu et mon récent orgasme parsème encore mon ventre. La grande classe.

Un passage à la salle de bains s'impose avant toute chose. Après une douche expéditive, je me sens déjà bien mieux. Certes, mes pensées sont accaparées par June, cependant, j'ai retrouvé un peu de lucidité. C'était moins une avant que je donne raison à Savannah.

De retour dans ma chambre, je m'étale sur mon lit et m'endors comme une souche en un temps record.

Lorsque je me réveille en sursaut en plein milieu de la nuit, j'ai le cœur au bord des lèvres.

Il y a un vacarme de tous les diables en ce moment même dans mon salon. Des éclats de voix, du verre qui se brise, le craquement du bois lors d'un choc, la péniche qui tangue, puis la détonation d'une arme à feu.

Bordel de merde ! On nous attaque ! Savannah !

Je sors mon *gun* de sous mon matelas ; il est toujours chargé et prêt à l'emploi. Une protection indispensable dans ce monde de fous.

Je me mets aussitôt en branle et, sans plus réfléchir, ouvre ma porte avec fracas, mon 45 pointé devant moi.

Je cligne des yeux face au spectacle qui se joue devant moi. Des connards se foutent sur la gueule. Chez moi.

Au départ, je n'en reconnais aucun avec leurs tronches sanguinolentes, la faible luminosité et la panique qui m'envahit. Mon cœur s'emballe tandis que tout mon corps est pris de tremblements. Savannah ! Je fouille la pièce d'un regard fou. Puis je distingue enfin la silhouette de Tad, suivie de celle de Nichols, Ian, Brett, Bible et… mon daron ? Il est rentré, lui ?

Elle n'est pas là. Je lâche un soupir saccadé, encore sonné par ce chaos.

Mon irruption n'interrompt en rien leur bagarre. À six dans cette place si étriquée, forcément, ça déménage. La péniche oscille au rythme de leur échauffourée. Impossible de comprendre qui met sur la gueule de qui.

– C'est quoi ce bordel ? hurlé-je pour me faire entendre.

Autant parler dans le vent.

La pièce étant seulement éclairée par la télévision allumée qui affiche l'heure – deux heures trente-huit –, j'appuie sur l'interrupteur pour que la lumière perce cette semi-pénombre. C'est une scène de chaos total qui m'attend. Notre table est à moitié pétée, les coussins de notre banquette sont éventrés, une vitre est fissurée, il y a un trou au plafond – le coup de feu entendu, je suppose. Des éclats de bouteilles d'alcool, des canettes de bière et des mégots de cigarettes jonchent le parquet. Mais putain, qu'est-ce qu'ils ont foutu ?

Au moins, cette lumière soudaine stoppe leur rixe. Ils me dévisagent tous avec ahurissement, surpris par ma présence.

Eh oui, j'habite un peu ici.

– Où est Sa-van ? m'énervé-je en profitant de leur silence stupéfait.

Ma langue a fourché sur son prénom. Je grimace mais me ressaisis, ce n'est pas le moment de me laisser déborder par mes émotions.

– Parce que Sevan est là aussi ? grogne mon vieux d'un timbre enroué par le tabac et les abus en tous genres.

Il a l'arcade gauche défoncée et saigne du nez.

– On vit ici, au cas où tu l'aurais oublié.

– Ah ouais, c'est vrai…

– Chuis dans ma chambre, crie Savannah à travers le battant. Enfermée à double tour. Tout va bien.

L'air quitte mes poumons dans un souffle soulagé.

– OK. Ne cherche pas à en sortir.

– Ce n'était pas mon intention, me rassure-t-elle.

– Et vous, vous glandez quoi, au juste ?

– On s'amuse un peu, grommelle Nichols.

– Ouais, on s'est pas vus depuis un bail, alors on se salue, sourit Ian, à qui il manque une dent.

– Notre partie de poker a dégénéré, se marre Brett.

Parce qu'ils jouaient aux cartes ?

Je scrute le sol. En effet, elles sont dispersées.

Moi qui pensais que c'était un règlement de compte, conséquence directe de la disparition du daron. Mais il semblerait que non.

Je souffle mon exaspération.

– T'étais où ?

Cette question s'adresse à mon vieux qui cure ses ongles noirs de saleté à l'aide d'un canif.

– Un peu partout. Je suivais la piste de la Bee.

– De la Bee ?

Mon vieux a disparu avant qu'elle inonde West River alors sa révélation me surprend un peu.

– Ouais. J'avais un indic qui m'a informé qu'un truc louche se tramait, c'est pour ça que je suis parti en urgence.

– Et alors ? C'est les BSB ou les DRB qui ont introduit la Bee ? m'enquiers-je, les dents serrées.

L'expression sinistre des membres indique que le sujet est grave. La tension est palpable.

Je lance avec provocation :

– Ou bien un WEN ?

– C'est plus compliqué que ça, m'explique mon daron. Au départ, je pensais juste que c'était une petite merde de sous-fifre, motivé par l'appât du gain, qui se pensait plus malin que les autres et voulait se la jouer solo. Mais en remontant la piste, j'ai compris que c'était une affaire plus grosse. C'est un putain de haut placé qui est derrière tout ça. Un chef.

Je frémis. Si la Bee est le fruit d'un des chefs de gang, quel qu'il soit, cela signifie que les accords, signés quelques années plus tôt, ont été bafoués et sont donc rompus, plus aucune trêve ne tient dans ces conditions. Et c'est une putain de mauvaise nouvelle.

– Tu sais qui c'est ?

– La Bee est d'abord apparue dans les quartiers des Snakes, puis chez les Brothers. De là, la rumeur comme quoi on était derrière tout ça s'est répandue comme une traînée de poudre. C'est forcément quelqu'un qui nous a en ligne de mire. Et bientôt, je l'aurai ce fumier. Quand ce sera fait, je l'attacherai au poteau des tortures pour lui arracher les couilles.

– Pourquoi revenir maintenant si le coupable n'est pas encore démasqué ? ne puis-je m'empêcher de demander.

Il essuie le sang qui dégouline sur sa joue et l'étale sur le sofa.

Tu vois, June, c'est pratique, le rouge.

– À cause de ces glands ! rugit-il.

Il darde sur ses frères un regard peu amène.

– Limite si ces connards n'ont pas foutu ma tête à prix, j'avais pas le choix, j'ai dû rentrer.

Je détaille le salon en chantier.

– Vous avez tout saccagé…

Brett ricane.

– T'auras qu'à ranger derrière nous, puisque tu aimes tant l'ouvrir.

– Sevan s'en chargera, dit Tad d'un ton cassant. Saul vient avec nous, il a besoin de s'endurcir.

– Il n'a pas encore juré fidélité aux WEN, objecte mon daron, et il vise comme une brêle.

Je fronce les sourcils. Si en effet mon intronisation « officielle » n'a pas encore eu lieu en raison de l'effondrement du lycée, puis de ma mission chez les Easties, la dernière partie de son affirmation est totalement erronée. Je suis un bon tireur. Il est bien placé pour le savoir puisque c'est lui qui m'a appris.

– En plus, Brett a raison, Saul est bien plus doué pour nettoyer, une vraie petite fée du logis, continue-t-il d'un air moqueur.

– Nous avons besoin de tous les hommes disponibles, argumente mon oncle, sans émouvoir le moins du monde mon géniteur.

Je soupire.

– Tu préfères que Sevan nous accompagne ? poursuit-il, et cette fois, il fait mouche. C'est vrai qu'il est temps qu'il fasse ses armes. Il a quel âge, 15 ans ? Faudrait pas en faire une lopette comme son frère.

Y a pas à dire, lui et Jacob ont été forgés dans le même moule à merde !

– Il n'a que 13 ans, laisse-le en dehors de ça. Quoi que vous ayez prévu, j'en suis, décidé-je avec autorité.

Tad savait très bien qu'en mentionnant Sevan, j'allais obtempérer sans broncher, qu'importe leur programme pour la nuit.

– Garde ton flingue avec toi, intervient Bible pour la première fois. Tu en auras besoin.

– C'est parti ! hurle Brett en aboyant.

Brett, c'est un peu l'équivalent de Jacob avec quarante ans de plus et le sadisme en moins. Niveau stupidité et machisme, en revanche, il serait difficile de les départager.

– Je peux enfiler un futal ou je dois y aller en caleçon ?

– Grouille-toi, on t'attend dehors, conclut Nichols.

J'observe avec mauvaise humeur le bouchon qu'ils

forment pour passer la porte en songeant à quel point ils sont débiles, puis pars m'habiller en vitesse.

Mon daron et moi enfourchons nos Harley, lui une Road King noire, et moi, une Sportster gris métallisé. Bien que leur look diffère complètement, elles sont toutes les deux ultra classe.

– On va où ?

– On se rejoint tous au Nation pour trois heures trente, puis on fait une descente à Howl Town.

Génial, allons ôter des vies et nous repaître de sang frais…

Je réprime un soupir.

Si June me reposait la question aujourd'hui « as-tu déjà tué quelqu'un ? », ma réponse serait plus hésitante. Lors d'un échange de tirs croisés, tout est confus et précipité. Je vise toujours les jambes, mais je ne peux pas garantir à chaque fois d'atteindre ma cible. Alors, c'est possible que… J'essaie de ne pas trop y penser pour ne pas devenir fou.

Je fais ce qui doit être fait pour m'en sortir et protéger Savannah. Je me débrouillerai après avec ma conscience. Et mes cauchemars…

Quelques minutes plus tard, nous sommes rassemblés devant le Nation. Je ne sais pas combien nous sommes, mais ça fout la trouille. Une armée de bikers, de voleurs, de violeurs, de tueurs. Ce n'est pas une simple chasse, cette nuit, c'est un véritable carnage qui est orchestré.

Howl Town est divisé en deux secteurs que se partagent les DRB et les BSB par un consentement tacite. (Du moins, avant que la Bee pollue nos rues.) Les WEN ont toujours voulu mettre la main sur la partie basse du quartier gérée par les DRB, ce qui leur permettrait d'agrandir leur territoire puisqu'elle est collée à Little Park, qu'ils occupent. Cependant, le traité signé des années plus tôt rend tout projet d'élargissement impossible. La Bee a tout changé ; dorénavant, l'accord est caduc.

Après avoir exposé les informations qu'il a glanées sur la distribution de la Bee et les probables instigateurs, mon daron termine sa diatribe sur un prêche sanglant. Selon lui, le nom des West Eagles Nation a été sali, et il y va de leur honneur de répliquer. Le mot d'ordre : aucune pitié.

Comme je le craignais, le chaos dans West River n'en est qu'à son commencement.

Les West Eagles Nation rentrent en guerre !

Je lance une bordée de jurons tandis que tous, le poing dressé au ciel, explosent dans un cri de liesse. Jacob exulte littéralement, en sautillant comme un chiot fou.

Mon instinct me hurle de me tirer d'ici. J'aimerais. Bordel, j'aimerais tellement !

– Saul, tu viens avec moi, ordonne mon daron.

Nous sommes en train de former les équipes. Cette attaque est tout sauf spontanée. Mon vieux a dû y réfléchir longtemps à l'avance, car rien n'est laissé au hasard. En tout cas, leur partie de cartes de tout à l'heure, entre chefs et avec les deux membres les plus anciens du club, était sûrement en lien avec tout ça. Poker ? Mon cul. Ce qui se jouait était bien plus important qu'un carré d'as.

– Je le prends sous mon aile, intervient Tad.

– Je préfère garder un œil sur lui.

– Tu as trop à gérer pour l'avoir dans les pattes, lui

rappelle-t-il. Puis, c'est mon neveu, mon sang. Je le protégerai au péril de ma vie.

À d'autres...

Mon daron hésite un instant avant d'acquiescer, non sans un avertissement.

– Il vaudrait mieux pour toi qu'il revienne sur ses deux jambes…

– On ne part pas jouer à la marelle. C'est risqué et tu le sais. Mais je te le ramènerai vivant, promis.

Je ne suis absolument pas rassuré par ses paroles. « Vivant » ne signifie pas être en bonne santé. Mon daron en a conscience lui aussi, mais serre la main de son frangin comme si l'affaire était entendue.

Putain de merde !

– En plus, son meilleur pote, Jacob, sera avec lui, ajoute Tad avec un sourire vicieux.

« Meilleur pote » et « Jacob » dans la même phrase, j'en ai la chair de poule.

Ce dernier pousse un cri de hyène en entendant son nom.

Cette histoire sent le guet-apens à plein nez. Seul, avec Jacob et Tad, au milieu de la nuit et dans un quartier ennemi. *Ça pue. Ça pue. Ça pue.*

Mon oncle me pousse dans le dos jusqu'à sa bagnole. Ma Harley reste au Nation, je la récupérerai au retour.

Si je suis vivant.

– Dommage que ton frangin n'ait pas pu se joindre à nous, me chuchote-t-il à l'oreille sur un ton faussement badin, avant que je monte dans sa caisse.

Lorsque je constate que Brett et Ian grimpent avec nous en voiture, mes muscles se décrispent un peu. Mais la tension est toujours là ; elle me noue le bide au point que j'en ai la nausée.

Je suis en mode survie. Quoi qu'il se passe, je dois rester sur mes gardes.

Chaque groupe a une mission précise, la nôtre est de foutre le feu à la Grange, le plus grand bar à putes tenu par les Brothers. Tous leurs échanges se font là-bas, dans les carrés V.I.P. Je le sais, car mon daron m'y a emmené une fois. Le boss des Brothers avait invité les chefs des autres gangs pour son anniversaire, une façon de ressouder les liens ténus qu'ils entretenaient à l'époque. Mais ce temps est dorénavant révolu. C'est un endroit stratégique et je comprends pourquoi il est ciblé, néanmoins, j'ai la gerbe à l'idée que des innocents risquent de cramer en même temps.

– Bloque la sortie de derrière, m'ordonne Ian en me donnant des chaînes et un cadenas, tandis que Brett me dépose dans une rue parallèle au club. On te récupère ici dans cinq minutes.

Pendant que je sécurise les lieux, eux prépareront les cocktails Molotov qu'ils balanceront à travers les vitres de l'établissement en passant en trombe en bagnole. Le but étant de faire le plus de dégâts possible en un minimum de temps. Dès que je donnerai le feu vert à Ian, les dés seront jetés. La réussite de l'attaque dépend de notre rapidité d'exécution.

Je contourne le bâtiment. La porte arrière est située dans une ruelle étroite et sombre. Un vrai coupe-gorge qui t'invite à rendre ton dernier souffle.

Je retiens le mien tandis que je longe le mur de la Grange pour éviter l'angle des caméras.

Une femme fume sa clope. Elle est vêtue d'un manteau court en fourrure léopard qu'elle serre contre sa poitrine d'une main aux ongles manucurés de rouge.

Un triangle à paillettes plus petit que ma paume couvre son entrejambe. J'en déduis que c'est une serveuse, les danseuses et les hôtesses étant habituellement nues.

Elle me lance un regard intrigué, mais nullement effrayé.

– Bah alors, tu t'es perdu ?

– À part l'entrée principale et cette porte de service, y a une autre sortie ?

– T'es bien curieux, gamin.

– Réponds-moi. C'est dans ton intérêt, crois-moi.

Elle redresse la tête et me considère d'un œil nouveau. Méfiant et agité.

– T'es qui ?

– Réponds ! ordonné-je, énervé, en pointant mon flingue sur elle.

– Calme, joli cœur. On a une porte dérobée sur le côté qu'on utilise en cas d'intrusions.

Elle m'indique sa droite d'un mouvement du menton.

– Un conseil : rassemble le plus de tes collègues possible sans te faire remarquer et dégagez d'ici.

– T'es un WEN ?

– Fais ce que je te dis, si tu veux rester en vie.

Elle avise les chaînes dans ma main.

– C'est pour quoi ?

Je tire la glissière de mon arme vers l'arrière.

– Rentre ! Je compte jusqu'à trois. Un…

– Y a des caméras, ricane-t-elle.

– Et je suis dans l'angle mort. Deux…

– OK, OK. Quoi que vous fassiez, ça va échouer. Mais merci pour l'avertissement.

Elle écrase sa clope et se décide enfin à pénétrer à l'intérieur.

Je range mon *gun* dans ma ceinture, puis cours en me collant au maximum au mur. Je dois me grouiller. Elle va sûrement prévenir ses boss.

Mes mains moites tremblent pendant que je tente de cadenasser la porte. Le froid est mordant, malgré cela, de la sueur coule sur mes tempes.

En quelques secondes, je parviens à bloquer la poignée. Dès que c'est fait, j'envoie le signal à Ian pour que les autres puissent intervenir et foutre le feu.

Avant de rebrousser chemin, une curiosité irrépressible m'oblige à vérifier si la serveuse a dit vrai au sujet de la porte dérobée. J'aperçois aussitôt de l'agitation. Très peu, mais suffisamment pour estimer qu'elle n'a pas menti.

Je m'élance comme un dératé. Des sifflets retentissent derrière moi, signe que je suis repéré.

Putain de merde, hors de question que je crève dans cette ruelle infâme. Hors de question que je crève, tout court !

Mon rythme cardiaque est aussi effréné que ma course. Je zigzague en entendant des tirs. Des projectiles sifflent à mes oreilles.

Je jure. Ma vie défile devant moi. Je pense à Savannah, à June. Pas comme ça, ce serait trop con de mourir ainsi. J'accélère, puisant dans mes dernières forces. J'aperçois enfin la caisse, le moteur tourne. Ian et Jacob ont la tête sortie par la vitre et canardent mes poursuivants. Soudain, une douleur fulgurante me lacère l'épaule alors que je ne suis qu'à quelques pas de la voiture. Je chancelle. Une balle m'a atteint. Provenant de l'arme de Jacob.

Ce dernier ricane et me pointe à nouveau.

– Qu’est-ce que tu fous ! l’engueule Ian. Tu sais pas viser, connard ! C’est Saul que t’as blessé, merdeux.

– Oups, désolé.

Je titube.

Une autre balle me perfore ; mon bras, cette fois.

La portière arrière s’ouvre. Du noir obscurcit ma vision. Une main m’attrape, me tire vers l’avant.

Et je sombre dans le néant.

13

Saul

Lorsque je reprends connaissance, je suis transbahuté dans une voiture qui roule à toute allure. Les pneus dérapent sur la chaussée verglacée et la caisse fait des embardées. Ma tête cogne la vitre à plusieurs reprises, je suis incapable de la soutenir. Mon champ de vision est toujours flouté par des points noirs, sûrement la conséquence du sang qui s'échappe de mes plaies ouvertes.

Je gémis. Mon épaule et mon bras sont en feu.

Malgré mes oreilles bourdonnantes, j'entends les hurlements joyeux de Jacob et de Brett qui s'éclatent alors qu'on est poursuivis… et que le pourcentage de chance pour qu'on finisse notre course encastrés dans un mur grimpe de façon exponentielle à chaque seconde qui s'écoule.

– T'es réveillé, Little Fox ?

Ian me tapote la cuisse d'un geste amical qui se veut rassurant. Sauf que je me vide de mon sang.

– Doc va s'occuper de toi dès qu'on parviendra à se débarrasser de ces colle-cul.

– Je serai mort avant.

Je n'ai peut-être pas d'organes vitaux touchés, cependant, je saigne abondamment. Ce que je trouve, pour ma part, assez alarmant.

D'ailleurs, je me sens à nouveau partir, je lutte pour ne pas sombrer.

– Tout est dans ta tête, certifie Tad. C'est qu'une égratignure. Si tu clamses avec si peu, c'est que t'es vraiment la reine des tafioles.

– Jacob, t'es qu'une merde, grogné-je.

– Tu barrais la route, se défend-il. Quelle idée de rester au milieu d'un tir croisé. Fallait te mettre à couvert.

– Oh, j'y avais pas pensé, merci. T'es con ou quoi, j'en avais pas la possibilité !

– J'y peux quoi, moi.

– On t'a sauvé les miches, tu ferais mieux de nous remercier au lieu d'être ingrat, soupire mon oncle.

Je suis trop fatigué pour me battre contre eux. Soudain, le véhicule fait une énorme embardée, la bagnole oscille dangereusement avant de se remettre sur ses quatre roues. Brett, notre conducteur, jubile.

– Youhou ! Ça, c'est de la putain d'adrénaline, les mecs !

Mes yeux se ferment. Mes paupières sont collées, je ne parviens pas à les rouvrir. Je crois distinguer des voix avant que toute force m'abandonne.

***

Je me réveille, allongé dans l'arrière-salle du Nation Club. Will, alias Doc, un ancien vétérinaire reconverti en spécialiste du corps humain, est penché au-dessus de moi.

– J'ai extrait la balle de ton épaule. Pour ton bras, elle t'a seulement effleuré sans pénétrer la chair. Une chance.

Ouais, une chance...

– Tu vas morfler salement pendant plusieurs jours, il te faudra sûrement des semaines pour retrouver la mobilité de ton épaule, mais ça ira. Elle n'était pas logée profondément. Une chance.

– Vas-y, dis encore une fois « une chance » et je te fais bouffer tes compresses par le cul.

Ma voix est aussi rocailleuse qu'un métalleux après un concert.

Doc s'esclaffe.

– Tu te remets vite, à ce que je vois.

– Alors ? s'enquiert mon daron, adossé au chambranle de la porte. Comment va-t-il ?

– Il est déjà presque sur pied, affirme Doc. C'est un costaud.

Presque sur pied ? Presque un pied sous terre, oui. Je ne veux pas faire ma chochotte, mais, *bordel*, j'ai horriblement mal. Comme si on me brûlait de l'intérieur avec un fer chauffé à blanc.

– Un peu de repos, et le tour est joué.

– Bien.

– Son oncle nous l'a ramené à temps. Une chance.

Ah, parce que maintenant, Tad m'a sauvé la vie ? C'est la meilleure. Une *chance* qu'il ne m'ait pas tué, plutôt !

– C'est Jacob qui m'a tiré dessus.

– C'est ce que j'ai cru comprendre, oui, confirme mon daron sans sourciller.

– Il l'a fait exprès.

– Tu ne devrais pas proférer ce genre d'accusation sans preuve.

– Je l'ai vu de mes yeux. C'est une preuve suffisante ?

Mon vieux soupire.

– Repose-toi pour l'instant.

Sans plus de cérémonie, il tourne les talons en direction du brouhaha ambiant.

– On fête notre réussite, me précise Doc. Toutes les missions ont été des succès, à l'exception de deux, dont la vôtre d'ailleurs, qui est considérée comme un semi-échec puisque les Death's River Brothers n'ont pas tous cramé avec la Grange. Mais bref, ce jour marque le début d'une nouvelle ère, celle où les West Eagles Nation dominent West River et bientôt Harrington tout entier.

– Top… marmonné-je pour donner le change alors que l'horreur m'assaille.

L'honneur des Eagles, la Bee, tout ça… c'est du vent. C'est une conquête de territoire. De pouvoir. Et en attaquant les premiers, les WEN s'assurent une avance non négligeable.

– On a même rapporté quelques divertissements pour célébrer ça. Si t'es assez en forme, rejoins-nous au poteau des tortures. Ce sera festif !

Je trouvais aussi que ça manquait d'hémoglobine tout ça…

Le sarcasme est l'unique arme qu'il me reste pour ne pas vriller. J'essaie d'endurcir mon cœur et de bloquer mes émotions, seulement la tâche est dure. Je ne parviens pas à être indifférent. Alors pour ne pas sombrer dans la folie, j'abaisse les paupières et laisse mon esprit voguer ailleurs. J'espère que Savannah va bien, seule à la péniche. Si tous les WEN sont réunis ici, cela signifie qu'elle est sans protection et donc vulnérable. Il suffit qu'un de nos ennemis apprenne où l'on habite pour que sa vie soit menacée.

Et maintenant des ennemis, ce n'est pas ça qui manque.

Sur cette pensée, je plonge dans le sommeil. C'est la douleur qui me réveille, j'ai l'impression que des doigts invisibles écartèlent ma blessure.

Je me redresse dans un grognement sonore. Aux hurlements qui me parviennent, j'en déduis que la fête bat son plein. Je n'ai peut-être pas dormi aussi longtemps que je le pensais.

Je tangue comme si je marchais sur le pont d'un bateau pris dans la tempête et progresse non sans mal vers les cris perçants. Le bar est désert. Ils sont donc tous dehors.

Je n'ai aucune envie d'assister à leur spectacle, mon but est de monter sur ma bécane et de rejoindre Savannah pour veiller sur elle.

– Ah, t'es réveillé, c'est cool !

Jacob passe un bras sur mon épaule. Je tressaille avant de l'insulter. Forcément, il fallait qu'il s'appuie sur celle qui est blessée. Cet enfoiré s'excuse en me tapotant le bras. Pas la peine de préciser lequel il cible.

Je lui décoche mon poing dans la gueule. La force n'y est pas, mais il chancelle sous la surprise du coup.

– Rancunier, Little Fox, se gausse Brett que je n'avais pas vu derrière lui.

Jacob me lance un rictus perfide en se massant la mâchoire.

Lorsque tous deux m'encadrent pour me conduire au poteau, je comprends que je ne pourrai pas m'éclipser aussi facilement.

Je suis frustré, stressé et perclus de douleurs. Je voudrais juste pouvoir me coucher dans mon lit en sachant Savannah en sécurité. À croire que je demande la lune.

Un Brother est attaché au poteau. À ses viscères exposés et son teint diaphane, son temps de vie est écoulé ou sur le point de l'être. Je ne peux réprimer une grimace d'horreur en constatant que mon daron tient un couteau de boucher ensanglanté. Il essuie la lame sur son jean déjà couvert de matières visqueuses non identifiées.

Merde, je vais gerber.

Je ravale in extremis la remontée acide qui inonde mon palais et avance d'un pas incertain.

Je voudrais être partout sauf ici.

Ian et Jackson défont ses liens et le prisonnier s'écroule sur la neige rougie. Un autre prend aussitôt sa place et des cris de liesse accompagnent l'arrivée de ce nouveau jouet.

– Ils en ont ramené combien, ces tarés ?

– Une vingtaine, se réjouit Jacob.

Je suis tellement à l'ouest que j'ai formulé ma pensée à voix haute.

– Regarde, ils sont là-bas.

Je pivote en direction de son doigt. Je dénombre sept gars, yeux bandés, poings et pieds liés, qui attendent en caleçon et assis sur la poudreuse de passer de vie à trépas.

Je les plains. Sincèrement.

Une énorme bouffée de compassion me pique la poitrine. Je meurs d'envie d'aller les libérer ; malheureusement, c'est impossible. Pas sans mettre ma vie en danger – et par conséquent, celle de Savannah. Encore une fois, je suis impuissant.

Je les détaille avec plus d'attention. Ce sont les fils de quelqu'un, des amis, des frères, peut-être même des pères. Certes, ce ne sont pas des oies blanches eux non plus ; les Brothers possèdent une salle des tortures qui alimente un milliard de rumeurs, mais dont personne ne sait grand-chose, car ceux qui ont eu le malheur de l'apercevoir ne sont plus là pour en témoigner. Les Brothers sont des enfoirés, j'en conviens.

Mais quand même...

C'est alors que je remarque deux mecs dont le front est vierge de tatouage.

– C'est qui, eux ? Ce n'sont pas des Brothers.

– Ce sont des Lambdas, me révèle Tad, qui se pointe à ma gauche.

Je décèle dans son timbre un sadisme qui me file le frisson.

– Ouais, c'est mes voisins, précise Jacob, en sautillant comme un chien fou.

– Qu'est-ce que tes pauvres voisins ont pu te faire pour se retrouver là ?

– Ils respirent le même air que moi, ces tapettes.

– C'est un couple de sales petits pédés, s'écœure mon oncle.

À cette phrase, j'ai l'impression que mon cœur s'arrête. Je ne réussis même pas à déglutir. J'ai toujours su qu'ils étaient homophobes, je ne devrais pas être surpris, pourtant, je suis au-delà du choc.

Impossible de masquer l'horreur qui me soulève l'estomac. Jacob se méprend sur ma grimace.

– Ouais, gerbant ! approuve-t-il en crachant à ses pieds.

Tad soulève une queue de billard que je n'avais pas encore remarquée.

– Puisqu'ils aiment se la prendre dans le cul, on va leur en donner pour leur compte.

Malgré moi, une image atroce se forme dans mon esprit. Un haut-le-cœur m'envahit. Je me courbe et gerbe mes boyaux, le corps saisi de spasmes violents.

Je dois rentrer. Je veux rentrer. J'ai besoin d'être auprès de Savannah.

– Hé, Doc ? Y a Little Fox qui vomit ses tripes, raille un WEN sans que j'identifie sa voix.

– Je vais le ramener à la péniche, intervient mon daron.

Enfin, un acte de mansuétude.

– Il n'a pas participé à la fête, bougonne Jacob, le regard arrimé au poteau où des cris déchirants s'échappent de la bouche du pauvre Brother qui leur sert de divertissement pervers.

– La faute à qui ? s'agace mon vieux en m'aidant à marcher.

Il me soutient jusqu'à ma Harley. Les quelques mètres que nous effectuons sont aussi éprouvants que des centaines de miles.

– Tu peux conduire ?

Ce n'est pas comme si j'avais le choix. Hors de question que je laisse ma moto ici. Ça signifierait devoir revenir la chercher demain. Moins je vois ces dégénérés, mieux je me porte.

– Ouais… croassé-je en enfourchant maladroitement ma bécane une fois mon casque mis sur la tête.

– Je te suis. Au moindre problème, tu t'arrêtes.

C'est maintenant qu'il essaie de jouer au père attentionné ? Un peu tard, son réveil.

Je n'ai pas le qualificatif pour décrire le trajet, je dirais juste qu'il se passe et que je le termine vivant. Même si, sur le moment, ce n'est pas l'impression que j'en ai. La douleur se diffuse à présent dans tout mon bras et le haut de mon torse. Mon dos me fait souffrir, mes muscles me font souffrir, respirer me fait souffrir. Vivre me fait souffrir.

De retour à la péniche, mon souffle se libère quand je découvre Savannah endormie sur la banquette. Toute trace de lutte a disparu, le sol est à nouveau praticable, cependant, c'est avec un certain effroi que je constate qu'elle s'est assoupie, un revolver à la main. Mon daron le remarque aussi et un éclat de fierté illumine ses traits.

Je serre les poings.

– Il ne devrait pas être obligé de dormir avec un flingue pour se sentir en sécurité, maugréé-je avec amertume.

– Bien sûr que si ! rétorque mon vieux. C'est bien qu'il se protège enfin. Il doit prendre conscience de la dureté de ce monde.

– Pas comme ça, pas…

– Je vous ai trop couvés, ton frère et toi, Tad a raison sur ce point. Vous devez vous endurcir, sinon vous y laisserez votre peau. Sevan doit apprendre à se défendre. Si quelqu'un s'en prend à lui, il doit être capable de l'abattre sans hésitation.

– Tu veux en faire un assassin comme toi ?

Mon vieux s'assoit sur la banquette près de Savannah et étale ses jambes devant lui dans un soupir irrité.

– J'ai soif. File-moi une bière, ordonne-t-il, et j'en déduis que la conversation est close.

Il secoue Savannah sans ménagement. Cette dernière bondit en faisant tomber son arme. Ses beaux iris dorés sont paniqués tandis qu'elle nous dévisage tour à tour. Quand elle prend conscience qu'aucun danger ne la guette, ses épaules se détendent.

– Vous m'avez fichu la trouille.

– C'est ma place. Va dans ton plumard.

Ma sœur ne prête aucune oreille aux paroles de notre daron, son attention est focalisée sur moi. Je dois avoir une gueule à faire peur, je tiens à peine sur mes jambes et mes fringues sont imbibées de sang.

– T'es blessé… C'est grave ?

Je souris en niant d'un mouvement de tête. J'aurais certainement été plus crédible si, la seconde d'après, celle-ci ne rencontrait pas le parquet de manière un peu trop brutale.

Eh merde, songé-je en perdant connaissance pour la troisième fois de la soirée.

14

June

Je devrais être de méga bonne humeur, puisqu'aujourd'hui, nous sommes lundi et qu'après une conversation instructive avec l'infirmière de notre lycée, cette dernière n'a pas hésité longtemps avant de me céder ses clés. Malgré cela, je suis irritée. Et cela pour deux raisons :

La première, c'est que Saul n'a répondu à aucun de mes messages et de mes appels au cours du week-end. Et ça commence à m'énerver, cette facilité à me ghoster.

La deuxième, cet idiot est introuvable. S'il a séché les cours, je vais péter un plomb. Il ne peut pas me faire ça, *pas aujourd'hui* !

– Le bruit court que Saul a été viré, m'annonce Ethan en me serrant dans ses bras dès qu'il m'intercepte dans le couloir qui mène à mon casier.

– Quoi ? m'écrié-je un peu trop fort. Qui a dit ça ?

– Je ne fais que répéter ce qui circule. Mais le fait est que personne ne l'a vu aujourd'hui, donc c'est sûrement vrai.

– Pourquoi aurait-il été expulsé ?

– Parce qu'il faut une raison ?

Je ris en embrassant sa joue pour dissiper tout doute qu'il pourrait avoir à mon encontre. Je dois à tout prix vérifier si cette rumeur est fondée.

– J’ai un truc à faire. On se voit plus tard, prétexté-je en m’extirpant de son étreinte.

Je m’éloigne d’un pas pressé. En passant devant l’administration, j’intercepte une discussion qui m’incite à m’arrêter et à écouter.

– Encore un de moins.

– Combien il en reste ?

– Plus que cinq et on sera complètement débarrassés de ces brutes de 3B.

Je ferme les yeux, sujette à une soudaine envie de pleurer.

Non, non, non ! Ça ne peut pas être vrai.

– Ah, te voilà !

Ashley passe son bras sous le mien.

– Tu as une petite mine, t’es malade ?

– Probablement un début de grippe.

– Oh, ma chérie ! Allons prendre un latte sans sucre au lait de soja, tu iras mieux après.

Je m’en moque, de son latte. Ce dont j’ai besoin, c’est d’un moment seule pour canaliser mes émotions avant qu’elles se répandent en un torrent incontrôlable.

– Je dois passer aux toilettes avant. On se rejoint à la cafèt.

– Attends, je t’accompagne. J’ai mon maquillage à retoucher.

J’acquiesce dans un sourire, alors que je lutte contre la pulsion de lui refaire son brushing à coups de fer à repasser. C’est moche, c’est une amie. Ou presque. Mais à cet instant, je souhaite juste qu’elle disparaisse de ma vue.

Je pensais pouvoir évacuer un peu cette tension qui enfle au creux de mon ventre, hélas, c’est impossible en sa présence. Elle pourrait entendre mes sanglots ou remarquer mes yeux rougis après avoir pleuré. Je n'ai plus qu'à être forte et à affronter cette épreuve comme si mon cœur n'était pas fissuré.

C'est avec les nerfs en pelote que je sors de la cabine où Ashley m'attend, un sourire aux lèvres.

Le reste de la journée se déroule dans une ambiance maussade alors que c'est l'effervescence autour de moi. C'est bientôt le bal de Thanksgiving et les préparatifs vont bon train. D'ordinaire, je suis celle qui dirige les troupes à la baguette et mène les opérations. Depuis que Saul est entré dans ma vie, toutes ces choses me paraissent futiles. Je n'ai pas choisi les éléments de décor cette année, et alors ? L'unique point qui me contrarie, c'est que Megan s'en soit occupée. Bien sûr, elle ne fait que suivre les ordres, mais cela ne change rien : elle a choisi de rapporter à sa mère que j'étais en binôme avec Saul, alors qu'elle m'avait promis de se taire.

– Tu veux voir la salle ? me propose Ashley.

– Pourquoi pas, oui.

J'attrape mon sac dans mon casier que je glisse sur mon épaule, enfonce mon bonnet sur mes oreilles et resserre mon écharpe autour de mon cou.

– Allons-y.

Lorsque nous pénétrons dans la salle des fêtes où tous nos bals, cérémonies et soirées ont lieu, mes yeux s'arrondissent de stupéfaction.

On dirait que mon paternel lui a soufflé l'idée.

– C'est quoi le thème exactement ?

Je pose mon sac sur une table à tréteaux, où des guirlandes et autres froufrous attendent d'être accrochés, et jette un regard circulaire à la pièce.

– Les rois et reines.

– Ah. D'où cette profusion de doré. Je crois que je viens de perdre un œil.

Pourquoi les gens associent-ils toujours l'or à la royauté ? Où est l'originalité ? Surtout que Meg a opté pour un ornement monochrome.

Sans vouloir être médisante – ou peut-être que si, un peu –, c'est laid. Ashley abonde dans mon sens. Pour une fidèle amie, elle n'est pas avare de moqueries. Meg doit avoir les oreilles qui sifflent en ce moment.

Quand je quitte la salle, la réalité me rattrape. Saul n'est pas là et déprécier Megan ne le fera pas revenir. Je savais qu'il n'assisterait pas au bal, les Westies ont l'interdiction de rester à East River au-delà des horaires scolaires, néanmoins, je me consolais avec l'idée de sa présence aux cours. Puis, on avait trouvé un lieu à l'abri des regards où on aurait pu se rejoindre. Être enfin ensemble, tous les deux. Sauf qu'il a fallu que le destin s'amuse à nous mettre des bâtons dans les roues.

Pourquoi le placer sans cesse sur ma route si c'est pour me l'enlever une fois que je tombe amoureuse ?

Maudit destin !

Je rumine pendant les heures de cours qui suivent, puis pendant celles où je me rends à la bibliothèque pour finir un devoir de sciences. Quand je quitte l'enceinte du lycée, je suis littéralement vidée. Épuisée aussi bien physiquement que mentalement. Hélas, le sort s'acharne. Je réalise que j'ai oublié mon sac dans la salle de bal une fois plantée devant mon Aston Martin, sac contenant mon téléphone et mes clés de voiture. Or, la salle est à l'opposé du parking.

Je soupire. Il y a des journées, comme ça, qui paraissent interminables.

La nuit est tombée et un vent glacial s'est levé. Formidable. C'est vraiment *for-mi-da-ble* !

Je peste en rebroussant chemin. Toutes les lumières sont éteintes quand je m'introduis dans la salle, ce qui est logique vu l'heure. Cependant, un bruissement étrange m'indique que je ne suis pas seule. Je pousse l'interrupteur et les néons m'aveuglent un instant avant de dévoiler une scène tout droit sortie d'un mauvais porno.

– Oh, je dérange, peut-être ?

– C'est pas ce que tu crois, bébé ! bafouille mon « petit ami » pendant qu'il tente de ranger son matos dans son pantalon.

– Ah non ?

– Je peux tout t'expliquer…

– J'imagine bien. Tu t'es fait un vilain bobo sur ton micropénis et Meg était en train de lui dispenser un bisou magique. J'ai bon ?

– Il est venu me donner des conseils pour le bal, intervient Megan en se redressant.

– Sur comment sucer le roi du bal ?

– Le prends pas comme ça, bébé ! T'es pas juste.

– Non, c'est vrai. J'aurais au moins pu attendre qu'elle termine sa besogne. J'espère que t'es pas trop frustré, mon chéri.

Le sarcasme est ma seule arme de défense. Je suis bien trop sonnée pour raisonner avec un esprit clair.

Je ne me sens pas particulièrement trahie puisque moi-même j'entretiens une relation avec Saul, le contraire serait culotté. Malgré tout, je ne vais pas me mentir, je suis contrariée. Ils m'ont salie, humiliée. Ridiculisée, aussi. Toutefois, je suis loin d'être triste ou déçue. Oh, ça non ! Cette histoire me libère d'Ethan et de Megan, deux personnes que je méprise. Mais une angoisse froide monte en moi. Mon père. Que dira-t-il, que fera-t-il s'il apprend que sa fille a été humiliée de la sorte ?

Comment osent-ils tromper une Harrington !

La voix implacable de mon paternel résonne dans mes oreilles, me glaçant le sang. Ce n'est pas mon orgueil qui est piqué, c'est la peur de sa réaction qui m'écrase.

– Que vous partagiez votre herpès est une chose, mais vous n'êtes pas fichus de le faire discrètement. Combien de personnes au lycée sont au courant de votre aventure ?

– Personne, assure Meg avec aplomb.

– Pas beaucoup, rétorque Ethan en même temps qu'elle.

Ils se lancent un regard paniqué.

– Une ou deux max, se corrige Meg tandis qu'Ethan la contredit au même instant en reprenant son affirmation précédente.

– Je vous laisse deux minutes pour vous accorder, ça devient ridicule, là.

– Qu'est-ce que tu vas faire ? Nos fiançailles sont prévues cet été, s'inquiète mon ex-petit ami. Ton père parle de nous marier en juillet. Tu ne vas pas tout gâcher, hein ?

– Moi ? Non. C'est toi qui viens de le faire.

– Bébé…

– Tu penses sincèrement que lorsque mon père l'apprendra, il te félicitera ? Si tes testicules sont toujours en place une fois que je lui aurai révélé la vérité, tu pourras te considérer comme chanceux. Quant à nos fiançailles, c'est certain qu'il les annulera.

N'importe quel père réagirait de cette manière. N'importe quel *bon père*. Seulement, le mien ne rentre pas dans cette catégorie. J'aimerais certifier que mes propos seront le reflet de sa pensée, mais j'ai peur qu'encore une fois, l'argent l'emporte sur mon honneur. Et mon bonheur.

Je lance un sourire affable à cette vipère de Megan Fish.

– Puisque tu rêves tellement d'être moi, tu n'as qu'à le garder. Tu n'es bonne qu'à ramasser mes restes, de toute façon, craché-je en reniflant avec mépris.

Je récupère mon sac et m'éloigne vers la sortie sans leur accorder le moindre regard.

15

June

« À quelque chose malheur est bon. »

Je répète ce proverbe à l'instar d'un mantra que je me promets d'honorer.

Il ne tient qu'à moi de tirer profit de la situation. Certes, mon orgueil est touché, cependant, il s'en remettra en un rien de temps. Au moins, l'éducation particulière que j'ai reçue a ses avantages : je dispose d'une armure de pierre qui me protège contre le feu suprême de la honte. C'est elle qui me permet de garder la tête haute face à Saul, malgré le fait qu'il ait été témoin de la plus mortifiante des scènes me concernant. Et c'est encore elle qui me sauve la mise aujourd'hui. Ma fierté, je la symbolise par un rempart infranchissable et inébranlable. Personne ne peut la détruire. Surtout pas Ethan Smith !

C'est sur cette pensée que je décide de tout raconter à mon père. Je n'espère pas qu'il prenne mon parti, cependant, qui ne tente rien n'a rien.

Et s'il t'envoie à la cave ?

Un risque que je dois courir. Il est le seul capable d'annuler mes fiançailles.

Je le rejoins dans la cuisine où il dîne en célibataire ; maman est recluse dans sa chambre. J'ai l'interdiction formelle de l'approcher pour ne pas interférer avec son nouveau traitement. Je ne l'ai pas vue depuis ma visite improvisée dans sa chambre, et elle me manque terriblement.

J'explique à mon géniteur de façon brève et concise le spectacle dont j'ai été témoin un peu plus tôt.

Il m'écoute religieusement, puis une fois ma doléance terminée, il expose son point de vue. Net et tranchant.

– Tu t'attendais à quoi en portant cet anneau ridicule ? Ethan est un jeune homme vigoureux qui a des besoins à assouvir. Si tu es inapte à le satisfaire, il est obligé d'aller chercher compensation ailleurs.

Je déglutis, la gorge serrée. Sa réaction ne m'étonne guère, toutefois, je nourrissais un maigre espoir que… peut-être… ne serait-ce qu'une fois dans sa vie… il se comporterait en père.

– Tu sais ce qu'il te reste à faire. Retire-moi cette bague grotesque et fais le nécessaire pour le récupérer. Cette alliance est importante, June. Ne sois pas égoïste et ne me force pas à t'imposer une autre conversation, je n'ai pas le temps en ce moment.

– Je suis la risée du lycée, dorénavant.

– Comment peux-tu être la risée alors que tu es une Harrington ? Réfléchis un peu, s'indigne-t-il.

– Peut-être parce que ce secret n'en est pas un. Ethan m'a avoué que d'autres élèves étaient au courant.

– Combien ?

Son timbre se voile d'un calme dangereux.

– Je ne sais pas. Mais si je lui pardonne, je passerai pour une faible.

– Je vois.

Un silence inconfortable s'installe.

– Ethan a un petit frère. Niels. Il t'a toujours admirée.

Quoi ? Où veut-il en venir ?

– Il est en première année, il a à peine 15 ans…

– Je connais son âge, me rabroue-t-il d'un ton sirupeux. Il est un peu jeune pour l'instant, mais dans moins de deux ans, vous pourrez vous fiancer. Je vais appeler Smith pour modifier notre accord et, cette fois, nous le scellerons par un contrat écrit de telle sorte que ce genre de désagrément ne se reproduise plus.

Il soupire.

– Cela contrarie mes projets, j'espère que tu t'en rends compte ? Rattraper tes bêtises me fatigue, June. Beaucoup.

Son avertissement est on ne peut plus clair, je ne dois pas ruiner sa dernière chance de réunir nos familles.

Vois le positif. Tu as deux ans devant toi !

Et, en deux ans, il s'en passe des choses. Je ne souhaite de malheurs à quiconque, évidemment, mais nul n'est immortel.

Deux ans de célibat.

Plus de *touchdown* d'Ethan à supporter.

C'est une presque victoire… si on omet la contrainte imposée.

– Je peux donc rompre officiellement avec Ethan ?

– Non. Je vais voir avec Smith comment régler ce scandale sans qu'il s'ébruite.

J'acquiesce avant de prendre congé et m'éclipse dans ma chambre.

Ce n'est qu'une fois que je suis seule que Saul s'invite à nouveau dans mes pensées. Avec ces derniers événements, j'en avais presque oublié son expulsion.

Mon smartphone à la main, j'ouvre ma messagerie. Vide. Son silence est aussi agaçant qu'inquiétant.

Sans conviction, j'appuie sur l'icône « appel ».

À ma grande surprise, une voix fluette me répond.

– Allô, June ?

– Euh…

– Désolé, je me suis permis de décrocher parce que j'ai vu le nom de « princesse » s'afficher sur l'écran et j'en ai déduit que c'était toi. C'est Sevan, le frère de Saul, m'éclaire-t-il.

– Ah ! Salut, Sevan. Ça fait plaisir de t'entendre.

Même si j'aurais préféré que ce soit Saul…

– Je ne connais pas trop les détails de ta relation avec mon frère, vous êtes du genre à tout vous dire ou… ?

– On ne se cache rien ! attesté-je avec autorité.

Ce qui n'est pas tout à fait exact. Ce n'est pas tant que nous avons des secrets l'un pour l'autre, mais plutôt qu'il y a des sujets qu'on évite d'aborder. Même si, de mon côté, il n'y a plus grand-chose à dévoiler, je sais que du sien, il tait une partie de sa vie, celle liée à son gang. Et je le comprends. Mieux que quiconque.

– Ah, OK, j'avais peur de faire une boulette.

– Crache le morceau. Il est où ? Pourquoi il a été viré du lycée ?

– Viré ? Euh… je ne suis pas au courant. Aux dernières nouvelles, il est toujours élève au Joseph Harrington School.

Une lueur d'espoir jaillit.

– Pourquoi est-il absent aujourd'hui, dans ce cas ?

– C'est… c'est à cause de… T'es sûre que vous vous racontez tout ?

– Sevan !

– OK. Il est blessé. Il s'est pris deux balles lors d'une mission avec les WEN. Une dans l'épaule et l'autre lui a effleuré le bras.

Oh, mon Dieu !

Ma poitrine se comprime en prenant mon souffle en otage.

– June ? T'es toujours là ?

– Il est à l'hôpital ?

– Non. Le doc s'est occupé de lui, il se repose à la péniche. Mais il a beaucoup de fièvre. Notre daron est parti lui chercher des antibiotiques.

– C'est un chirurgien dont il a besoin. S'il a de la fièvre, c'est sûrement qu'il a une infection. Il est gravement blessé ?

– Non, c'est une égratignure. Enfin, presque. Mais comme tu dis, ça a l'air de s'être infecté. Alors, on le surveille. Mais ne t'inquiète pas, June, il sera sur pied très vite. Je lui dirai de t'appeler dès que la fièvre ne le fera plus délirer.

Quand je raccroche, le poids de cette affreuse journée m'écrase aussi durement qu'une chape de plomb. Tant que je n'aurai pas vu Saul de mes propres yeux, je ne parviendrai pas à me rassurer.

Il s'est fait tirer dessus…

Je savais que ce genre de drame était fréquent de l'autre côté du mur, la violence est monnaie courante chez les 3B, mais jamais je n'aurais imaginé qu'elle puisse un jour impacter une personne que j'aime. West River est trop dangereux. East River est trop corrompu. Au moment où ces pensées s'envolent, une autre s'enracine en moi.

Elle est folle, sans doute irréalisable et utopique, mais je ne parviens pas à l'occulter.

Lorsque je m'endors, harassée, elle creuse jusqu'au plus profond de mon être pour s'assurer que je ne puisse pas la déloger.

16

June

Deux jours et un pauvre message de Saul plus tard, qui se résume à un « ça va » – sans que je sache, par ailleurs, si c'était une affirmation le concernant ou une question sur mon état personnel –, mon humeur est un mélange improbable entre celle d'une Cruella d'Enfer qui rêve de se faire une fourrure en peau humaine et celle de Gollum, à l'affût de son « précieux ».

C'est dire le niveau alarmant de ma santé mentale !

Alors, quand je l'aperçois descendant du bus, j'en oublie toute prudence et m'élance vers lui. Au dernier moment, un éclair de lucidité me traverse et m'empêche de me jeter dans ses bras comme la fille énamourée que je suis.

C'était moins une.

Néanmoins, je suis près, bien trop près de lui. Au point où je distingue l'éclat amusé dans ses iris tandis qu'il m'observe à travers le rideau épais de ses cils.

Bon sang, qu'il est beau !

Ses cheveux sont détachés – j'adore quand ses cheveux sont détachés – et des mèches rebelles lui tombent sur les yeux.

– Je t'ai tant manqué que tu es venue m'accueillir en personne ? me nargue-t-il en élevant la voix. Oh, ça me touche !

Je réalise qu'une troupe de curieux s'est formée autour de nous et que Saul me tend la perche pour un de nos échanges piquants. Je m'écarte pour instaurer entre nous un espace plus conforme à la bienséance.

– Pourquoi t'es là ? On ne t'a pas encore viré ? lancé-je, vindicative, alors que mes yeux lui demandent s'il va bien, s'il a mal, s'il est heureux de me voir.

Son pouce effleure ma joue, je tressaille malgré moi.

– Déçue ?

Embrasser ses lèvres boudeuses n'est pas une bonne idée ! J'exhale pour étouffer cette violente pulsion alors que le Gollum en moi exulte à la perspective d'avoir retrouvé son précieux.

Non, on va éviter de commenter…

Je roule des yeux en secouant la tête pour stopper mon délire interne.

– Lasse, plutôt… de devoir supporter ta sale tête de criminel. Bon, j'ai perdu assez de salive pour toi.

– Ouais, gardes-en un peu pour ton petit ami.

– Hum… ça va être difficile. Il étudiera dorénavant à la Private School Academy.

– *Qu*… Quoi ? Il est parti dans un autre lycée ?

– Ses parents l'ont envoyé finir sa formation au Texas, chez son oncle. Il a été sélectionné pour intégrer leur équipe de foot, une opportunité qu'il ne pouvait pas refuser.

– Mais…

Pourquoi tu ne m'en as pas informé ? puis-je lire dans son regard étonné.

Peut-être parce que tu ne réponds à mes messages que par onomatopées.

– Waouh, ce con est… Waouh !

Saul me dévisage d'une expression aussi énigmatique que sauvage. Puis un sourire timide ourle ses lèvres, comme s'il ne parvenait pas tout à fait à le réprimer. Ma bouche est prise d'une irrésistible envie de l'imiter, je l'en dissuade en mordant l'intérieur de ma joue.

Avec un soupir, je me dirige vers le bâtiment principal. Je sais que Saul m'emboîte le pas, mais je ne vérifie pas en me retournant. Cela pourrait déclencher des rumeurs. Maintenant qu'Ethan est loin d'ici, je dois redoubler de vigilance et paraître irréprochable. Beaucoup sont choqués par son départ précipité, surtout ses coéquipiers. Ils m'ont lâché la grappe quand ils ont compris que j'étais tout aussi étonnée qu'eux. Certes, je m'attendais à ce que mon père intervienne d'une manière ou d'une autre, cependant, je n'avais pas imaginé un seul instant que sa discussion avec les parents d'Ethan propulserait ce dernier à l'autre bout du pays. Suis-je triste ? Au départ, j'ai failli sauter de joie. Puis j'ai croisé le regard bouleversé de Niels et mon ivresse s'est évaporée. Il semblait perdu. Et en colère. Contre moi, et contre le monde entier.

Niels a toujours été plus introverti et discret que son aîné. Je ne le connais quasiment pas malgré les années passées aux côtés d'Ethan et nos nombreux dîners en commun. En vérité, je n'ai jamais pris le temps de m'intéresser à lui. Et cela m'allait parfaitement jusqu'à aujourd'hui. Maintenant, une sorte de culpabilité m'étreint, comme si j'étais la responsable de son chagrin.

J'exhale.

Il règne dans les couloirs une ambiance festive, en raison du bal de ce soir et des quelques jours de vacances qui suivent. Du temps qui me tiendra séparée de Saul, donc du temps perdu. C'est fou comme mes priorités ont changé. D'ailleurs, j'envisage carrément de ne pas me pointer à la soirée. Saul pourrait venir me chercher devant le pont ? On pourrait… on pourrait rien du tout. Saul s'est pris deux balles, West River n'est pas un lieu de rendez-vous romantique. Aussitôt, une voix me souffle de mettre à exécution ma pensée d'hier soir. En réalité, c'est bien plus qu'une simple pensée : c'est une décision. Celle de partir, de m'enfuir avec Saul. Sauf que je ne peux pas y parvenir seule ni l'accomplir dans la précipitation ou sans préparatifs. Le moment voulu, j'en parlerai à Saul, me promets-je.

Au lieu de me rendre à la cafèt' pour déguster un thé bien chaud pendant mon heure creuse, je bifurque en direction de l'infirmerie. Saul a cours, donc je sais qu'on ne pourra pas s'y retrouver dans l'immédiat, mais je veux lui montrer que je détiens un double des clés.

Je lance un regard de biais pour m'assurer de sa présence. Il s'est arrêté à l'embranchement du couloir et discute avec Pati, l'une des rares personnes à lui adresser la parole sans trembler à l'idée de parler à un 3B ou craindre que sa réputation en pâtisse.

Je serre les dents, prise d'un élan de jalousie. Pas parce qu'elle flirte potentiellement avec Saul, mais pour sa force de caractère. Sous sa couche de douceur et d'innocence, cette fille possède un tempérament en acier trempé. Et je le lui envie. J'aimerais, moi aussi, pouvoir envoyer balader tout le monde, me moquer des opinions, des rumeurs, de mon image… Mais je n'y arrive pas, c'est trop ancré en moi. De ce point de vue, mon formatage est réussi.

Je déverrouille la porte et suis aussitôt projetée dans la pièce. Une ombre vient de me pousser à l'intérieur et de refermer le battant sur nous. Je lâche un geignement avant de relever la tête sur le garçon aux yeux d'obsidienne qui me contemple de son air le plus canaille.

– Tu m'as foutu la trouille…

En réponse, sa bouche retrouve la mienne. Un baiser brûlant, passionné. Un baiser où je voudrais me noyer à jamais. Nos langues se rencontrent, dansent, virevoltent. Nos lèvres fusionnent. Nos mains s'animent, découvrent, explorent. Nos corps se cherchent, se désirent. Et nos cœurs s'aiment. Je le sens sous ma paume, il bat à l'unisson du mien. Fort, puissant, ardent.

– Tu m'as tellement manqué, murmure-t-il entre deux baisers.

– Tu vas être en retard à ton cours, réussis-je à formuler en reprenant mon souffle.

– Je m'en fous.

Ses mains électrisent ma peau tandis qu'il dégrafe mon soutien-gorge et que je l'embrasse de plus belle.

Saul joue avec mes tétons érigés, les roule entre ses doigts, les pince, les torture de la plus délicieuse des manières. Une boule d'excitation naît entre mes cuisses, me tirant un gémissement sonore. Elle creuse mon bas-ventre et exige d'être comblée.

Lorsqu'une de ses mains descend vers cet épicentre brûlant, je l'encourage avec un râle de plaisir. Il déboutonne mon pantalon et aventure ses doigts sous ma culotte de coton.

Je gémis de plus belle.

– Chut, tu vas nous faire repérer.

Il plaque une main sur ma bouche tandis que l'autre glisse entre mes replis. Un de ses doigts me pénètre avec lenteur.

Je l'entoure de mes bras tandis qu'il plaque son érection contre ma hanche.

– Tu mouilles. Beaucoup.

Son doigt ressort pour venir caresser mon clitoris. Il le stimule quelques instants, puis s'enfonce en moi, sans jamais toutefois s'éloigner de mon entrée – comme s'il craignait de me faire mal. Pourtant, mon corps réclame d'être pris sans ménagement, ce vide en moi menace de me tuer. Saul resserre son emprise sur ma bouche lorsqu'une plainte m'échappe.

– Chut… s'amuse-t-il et j'ai subitement envie de le mordre pour me venger.

Ses caresses me rendent folle. Il m'allume, me titille, sans me procurer la délivrance dont j'ai besoin. Puis, enfin, il accélère son mouvement et exerce une pression plus forte sur mon clitoris. À travers son jean, son sexe dur frotte contre mon flanc pendant que sa langue, chaude et humide, se repaît de mon cou.

Incapable de retenir les sons indécents qui enflent dans ma gorge, je mords sa paume. Saul frémit et ses pupilles s'embrasent.

– Jouis, June.

Il me libère de son entrave.

– Fort. Je veux t'entendre. J'ai besoin de t'entendre.

Les gémissements qui s'envolent dans la pièce et éclatent dans un écho ne sont en rien discrets. N'importe qui passant par là comprendrait aussitôt ce qui se trame ici. Mais à cet instant, cela m'est égal. Moi aussi, je veux que Saul m'entende, que mes cris de plaisir résonnent dans son esprit pour le reste de la journée, qu'il ne pense plus qu'à ça, jusqu'à en être obsédé.

Alors, je tais mes inhibitions et jouis bruyamment. Violemment.

Et je lui exprime tout l'amour que je ressens.

17

Saul

J'ai un peu dérapé, ce matin. Faire jouir June dans l'infirmerie n'était pas franchement prévu, c'était si tentant que je n'ai pu y résister. Je voulais qu'on discute, qu'elle m'éclaire sur le départ soudain d'Ethan ; je voulais aussi m'excuser pour mon absence et lui offrir la babiole coincée dans la poche de mon cuir. D'ailleurs, ce dernier ne ressemble plus à rien, entre les traces de mon passage dans ce sous-sol moisi et les impacts des balles qui l'ont transpercé.

Ainsi, j'avais à l'esprit tout un programme, au lieu de ça, je me suis rué sur sa bouche comme un affamé. Et, bordel, j'en veux encore !

Je n'ai plus que ça en tête. La prendre, la posséder, l'aimer.

Dès que je l'ai vue insérer la clé dans la porte, c'était comme si mes verrous avaient également sauté.

– Tu m'expliques ce qui s'est passé, plus tôt ?

Pati me bloque le passage alors que je me dirige vers mon prochain cours, mon cerveau en ébullition.

– De quoi tu parles ?

– Toi. Et June. La vache ! L'énoncer à voix haute, c'est encore plus flippant.

– Je ne vois pas ce qu'il y a à raconter là-dessus.

Notre relation est claire : on se déteste.

Je la contourne et poursuis ma marche.

– Ah ! Donc tu la torturais, à l'infirmerie ? Tu n'y es pas allé de main morte, ses cris étaient… *éloquents*.

Je m'arrête si brutalement que Pati me fonce dedans.

– Tu nous as espionnés ?

– C'est un miracle que tout le lycée ne l'ait pas entendue. Vous n'avez pas été très discrets sur ce coup-là, chuchote-t-elle en lançant une œillade autour de nous. Enfin, là n'est pas le sujet. Ou bien, si. Sérieux, qu'est-ce que tu fabriques avec elle ? À part des emmerdes, tu n'en tireras rien de bon.

– C'est mon problème, pas le tien. Oublie ce que tu crois savoir parce que tu ne sais rien. Ni sur moi ni sur June. Je t'apprécie Pati, mais ne songe pas à te mêler de ce qui ne te regarde pas.

Je ne la connais pas assez pour jauger sa confiance. Elle est gentille, certes, mais bavarde. Je me rappelle la facilité avec laquelle elle m'a narré les petits secrets de chacun dès mon premier jour de lycée.

– Je ne souhaite pas m'immiscer dans ta vie privée, encore moins dans celle de June. Je suis seulement inquiète.

Puis, comme si elle lisait dans mes pensées, elle ajoute :

– Tu peux me faire confiance, Saul. Ce n'est pas un truc que je m'amuserai à répandre sur tous les toits. Et, je ne suis pas débile, je sais que June n'est pas ce qu'elle paraît. Elle est plus… Enfin, moins… Elle est comme elle est, mais elle sait aussi… *Rha !* Bref, je l'aime bien. Et je t'aime bien. Donc, je me tairai.

J'acquiesce, un peu rassuré, et continue mon chemin.

– Hey, Saul ? m'interpelle-t-elle en tirant sur ma manche pour m'obliger à lui faire face.

Sa mine est grave et son sourire triste.

– Le jour et la nuit ne peuvent être ensemble sans que la fin du monde survienne. Alors, j'espère que vous savez ce que vous faites.

Sur cette conclusion qui me tord le bide, elle pivote et s'éloigne dans la direction opposée.

Je reste un moment à la suivre du regard en ruminant ses paroles. Ce n'est que quand la cloche retentit que je reprends mes esprits et sprinte jusqu'à ma salle de classe. Je suis grave à la bourre.

Après une réflexion intense, une évidence s'impose : Pati se trompe. June et moi ne sommes pas le jour et la nuit. Bien sûr, nous sommes différents, mais son exemple est erroné. Je suis le sud, elle est le nord. Or, en science, dans un champ magnétique, les deux pôles opposés s'attirent. C'est ce que nous représentons, une attraction irrésistible.

Soulagé par ma propre conclusion, je peux enfin me concentrer sur la leçon du jour. J'ai accumulé beaucoup de retard et je ne suis toujours pas au meilleur de ma forme. J'ai du mal à prendre des notes parce que mon bras me lance et, malgré les antidouleurs, mon épaule me fait souffrir au moindre mouvement. D'après Doc, c'est normal et tout cicatrise pour le mieux ; je n'ai plus de fièvre donc, pour lui, je suis guéri. Ce n'est pas l'avis de mon corps, toutefois, qui réagit trop souvent comme s'il était à l'article de la mort.

Quand je reçois une notification de mon joli pôle Nord, mon pôle Sud s'éveille.

June
11 h 30 à l'infirmerie.
Toque 3 coups.

Comment un message aussi basique peut-il me faire bander à ce point ? Si je ne parviens pas à maîtriser mon excitation, notre interlude va durer cinq secondes.

Quand l'heure fatidique arrive, le stress grimpe en flèche. Ce qui est totalement stupide, *je suis totalement stupide*. Ce n'est pas ma première fois, le sexe, je connais.

Pourtant, c'est les mains moites et légèrement tremblantes que je frappe à la porte de l'infirmerie. Trois coups comme convenu.

June m'ouvre aussitôt et vérifie d'une œillade rapide qu'aucun curieux ne traîne dans les parages.

– Personne ne t'a suivi ?

– Non.

J'hésite un instant à lui parler de Pati, puis décide de laisser cette information pour plus tard.

– J'aimerais qu'on…

– Après, me coupe-t-elle. On parlera de tout ce que tu veux, mais après ! Déshabille-toi.

J'éclate de rire devant son ton empressé.

– Arrête d'être si mignonne, m'attendris-je en encerclant son visage de mes paumes.

– Je serais encore plus *mignonne* toute nue, tu ne penses pas ?

– Carrément !

Sur cette déclaration, nous retirons nos vêtements avec une fébrilité palpable. Une fois que nous sommes nus, je prends le temps de l'admirer. Je la trouve si belle que mon cœur rate un battement. June, elle, focalise son attention sur mes blessures. Ses iris à la couleur d'un ciel d'orage fixent le bandage qui entoure mon épaule gauche.

– Un peu plus bas et tu mourais.

Exactement ce que voulait Jacob.

– C'était son but, oui.

– Tu me détailleras plus tard tes aventures et moi les miennes. On a plein de choses à se raconter, c'est évident. Mais PAS maintenant. Recentrons-nous d'abord sur le plus important.

– Comme toi, nue et offerte à moi ?

– Ou toi, nu, offert à moi.

L'épiderme de June est couvert de chair de poule, je sais que derrière son apparente assurance, elle doit avoir peur. Même moi, j'ai peur. Peur de ne pas être à la hauteur, de mal m'y prendre ou, pire encore, de lui faire mal. Toutefois, pour ne pas l'inquiéter davantage, je bluffe et feins un sang-froid mêlé de nonchalance. Cela fonctionne, June se détend et me gratifie du plus adorable des sourires pendant que je l'allonge sur le matelas, tout en la recouvrant de mon corps. Je me relève sur un coude pour ne pas l'écraser de tout mon poids et cale mon érection contre sa hanche. Mon bras me tiraille, mais tant pis. June grogne en se positionnant de manière que ma queue se niche entre ses jambes.

– Voilà qui est mieux.

OK. Elle n'est pas en sucre, je dois arrêter d'être si tendu. Alors, je mets en pause mes incertitudes et fonds sur ses lèvres sensuelles qui m'ont tant manqué. Je rêve d'entendre à nouveau ses délicieux gémissements pendant que je suis enfoui en elle jusqu'à la garde.

Ma langue joue avec la sienne, puis quitte sa douce chaleur pour descendre sur sa clavicule jusqu'à ses seins ronds, que je saisis à pleines mains. Je les malaxe avec lenteur avant de pincer leurs extrémités entre mon pouce et mon index. Ensuite, ma bouche prend le relais. Elle aspire une de ses pointes érigées, la lèche, la mordille jusqu'à ce que June lâche un cri sonore. J'inflige le même traitement à sa jumelle, avant de poursuivre ma route sur son ventre plat. Je relève ses jambes pour venir m'installer plus confortablement entre celles-ci, en faisant gaffe à mon épaule et en priant pour que la douleur reste supportable.

Ma langue trace un chemin humide sur l'intérieur de sa cuisse laiteuse. June grogne d'impatience et je m'en amuse. Lorsque je ne suis plus qu'à quelques millimètres de son intimité, j'écarte ses replis et admire un instant cette vue méga bandante, puis souffle doucement sur son clitoris.

June frémit, son corps entier est pris de frissons. Je ris dans ma barbe lorsqu'elle râle pour la énième fois.

– T'attends une invitation ?

– J'ai pour habitude de souffler sur les plats que je déguste.

– Ouais, bah si tu ne veux pas qu'il refroid…

Je ne la laisse pas terminer sa phrase, ma langue se pose sur son clitoris et le lèche avec une paresse calculée. Pendant ce temps, mon majeur et mon index s'enfoncent en elle, plus loin qu'ils n'ont jamais été. Lorsque je sens une résistance et que son corps se tend, je les retire.

– Continue, me rassure-t-elle. J'ai… j'aime.

J'acquiesce et la pénètre à nouveau. Encore et encore.

Jusqu'à ce que ses gémissements se transforment en cris et que ses hanches s'arc-boutent. Néanmoins, je ne lui offre pas la délivrance espérée. C'est un plaisir égoïste, mais je veux qu'elle jouisse quand je suis en elle.

Je reprends place au-dessus d'elle. Mes bras tremblent sous l'effort, et je ne peux retenir une grimace alors que je me penche pour embrasser sa jolie bouche.

June me repousse.

– Tu as mal, s'inquiète-t-elle.

Ce n'est pas une question, mais une affirmation. Que je ne peux nier.

– Allonge-toi, reprend-elle, je vais me mettre sur toi.

Elle appuie sur mon épaule valide pour me faire basculer tandis qu'elle se redresse pour me chevaucher.

Mon amazone, ma guerrière intrépide. Cette position lui va si bien.

– Je ne sais pas trop comment faire, m'avoue-t-elle, la mine chiffonnée.

– D'abord la capote, lui rappelé-je.

Ses grands yeux s'écarquillent ; je me retiens de rire devant son expression comique.

– Dans la poche de mon jean.

Elle se penche vers le sol pour le ramasser et y récupère le petit carré noir qu'elle détaille d'un œil circonspect.

– Je vais la mettre, proposé-je.

– Euh, ouais… Hum, bonne idée.

Elle m'observe avec attention tandis que je déroule le plastique sur mon membre.

– Maintenant, glisse-la à l'intérieur de ton corps, l'encouragé-je.

Elle saisit ma queue raide, et je décèle dans ses yeux

un éclat malicieux. La voir ainsi, si confiante malgré son inexpérience, éveille en moi un désir presque douloureux.

Elle commence à me caresser avec une lenteur exquise, comme si elle voulait graver chaque sensation dans sa mémoire. Et dans la mienne.

Un râle incontrôlable quitte mes lèvres entrouvertes. Une étincelle de fierté traverse son visage quand elle comprend l'effet qu'elle a sur moi. Puis, d'un geste déterminé, elle guide enfin mon sexe vers l'entrée de sa chaleur humide.

– Tu mouilles… Descends sur ma queue, June.

Nous restons un instant sans bouger, mon sexe la pénétrant à peine. Sa poitrine se soulève lourdement.

Ses billes d'acier s'arriment aux miennes, brillantes d'émotions contenues, tandis qu'elle s'exécute. Elle pousse un geignement plaintif que j'avale par un baiser.

– Ça va aller, lui murmuré-je avec tendresse. Dès que tu te sens prête, bouge.

Lorsque son bassin remue doucement, j'ai le sentiment que les portes du paradis s'ouvrent devant moi.

Je bride mon envie d'aller plus vite et la laisse manœuvrer à sa guise. Je sais qu'ainsi elle est en confiance et c'est ce dont elle a besoin pour sa première fois.

Elle grimace sous l'inconfort, se redresse, ses paumes en appui sur mon torse, et me chevauche avec une prudence torturante. Au fur et à mesure, ses muscles se détendent et elle m'engloutit sans plus de résistance. Je me délecte de la vision de ses petits seins blancs qui rebondissent en rythme ; j'ai envie de les croquer, cependant, mon épaule m'en empêche, alors je me contente de les caresser.

Après quelques hésitations et timides va-et-vient, June s'enhardit et prend les commandes, ma queue coulisse en elle avec facilité. C'est chaud, serré, humide. Parfait.

Elle se penche un peu en avant, créant une friction sur son pubis. Lorsqu'elle le comprend, ma princesse guerrière se déchaîne. Ses gémissements hautement sensuels ne tardent pas à s'élever dans les airs tandis qu'elle se déhanche, ivre d'un plaisir nouveau. Le seul problème, c'est que je vais jouir. C'est trop. Trop bon, trop puissant. Trop... fatal. Je tente dans un dernier espoir de réciter l'alphabet à l'envers dans ma tête, mais je suis fauché par l'orgasme avant même d'arriver au W. Mes mains empoignent June comme si ma vie en dépendait et un râle rauque s'échappe d'entre mes lèvres ouvertes.

Merde !

Sa bouche dévore la mienne alors que je me fustige en me traitant de tous les noms d'oiseaux.

June le remarque.

– Qu'est-ce qui ne va pas ? Ça ne t'a pas plu ?

– Tu n'as pas joui.

Elle bat des cils.

– Bah si.

Je fourrage mes cheveux d'une main lasse.

– N'essaie pas de me rassurer, je...

Elle lève les yeux au ciel.

– Comme si c'était mon genre. Mes cris n'étaient pas assez explicites ? Tu veux un encart clignotant la prochaine fois ? « Avis à la population : June Harrington jouit. »

Je grogne en la chatouillant.

– Ne te moque pas de moi !

Elle glousse, essayant d'échapper à mes mains. La tension retombe, remplacée par une tendresse qui me submerge.

– Ça va ? lui demandé-je plus sérieusement. Tu n'as pas trop mal ?

– Un peu courbaturée, avoue-t-elle en se blottissant contre moi. Mais ça en valait la peine.

C'était la première fois pour June, mais dans un sens, ça l'était aussi pour moi. Jamais je n'avais ressenti une telle connexion avec quelqu'un.

18

June

Il nous reste un peu moins de quinze minutes avant la reprise des cours. Saul et moi sommes toujours nus, blottis l'un contre l'autre, et je me sens la plus heureuse au monde. Cette première fois a été déconcertante, un mélange de sensations troublantes et de découvertes bouleversantes. Cependant, la douleur n'a pas été aussi horrible que je l'imaginais ; un pincement de quelques secondes, suivi d'une gêne qui s'est estompée assez rapidement pour laisser place à un plaisir qui m'a submergée comme une vague.

Mais ce qui m'a vraiment prise au dépourvu, c'est le maelström d'émotions qui m'a envahie. J'ai dû retenir mes larmes à plusieurs reprises, parce qu'au-delà de mon hymen, j'avais la sensation que c'étaient mes émotions que Saul transperçait et dévoilait au grand jour. J'étais flippée à l'idée de perdre le contrôle et de lui balancer un « je t'aime » ; chaque gémissement qui franchissait mes lèvres portait la trace de mon plaisir autant que celle de mon amour.

– Tu es triste qu'il soit à l'autre bout du pays ?

Je viens de lui narrer les raisons du départ précipité d'Ethan. Il a été silencieux un long moment avant de décréter qu'Ethan était le mec le plus débile qu'il ait jamais rencontré, parce que, je cite : « Megan ne t'arrive pas à la cheville. »

Est-ce que j'ai couiné ? Non, évidemment.

– Tu plaisantes, j'espère ?

– Tu sors avec lui depuis un sacré bail, ça a dû te faire un choc de le voir te tromper. Enfin, je présume.

– Tu présumes mal. OK, mon amour-propre a été un peu égratigné sur le coup, mais franchement pas de quoi m'effondrer.

– Tu es toute à moi, alors, maintenant ? plaisante-t-il.

Je l'étais déjà bien avant ça.

– Tu n'as rien dit sur Niels ?

Ses muscles se contractent à ma question.

– Non. Si j'en parle, je vais péter un câble. Ton daron est une énorme pourriture, un fils de… Bref, tu ne veux pas savoir le fond de ma pensée. Oublions ce passage. Et, comme tu l'as souligné, deux ans, c'est long.

– Tu crois qu'on sera où dans deux ans ?

– Ma vision de l'avenir n'est pas très joyeuse, alors j'évite d'y songer.

Je renifle.

– Ouais, la mienne non plus.

– Vivons au jour le jour, d'accord ?

J'opine avec un petit rictus.

– Et aujourd'hui en est un particulièrement agréable.

– Grave, souffle-t-il en embrassant mes cheveux. D'ailleurs, j'ai un truc à…

Il s'arrête et soupire.

– À ?

– Nan, rien. Ça peut attendre.

– Vas-y, qu'est-ce qu'il y a ?

– Rien. C'est juste une babiole que je voulais te donner.

– Une babiole ?

Je me redresse pour dévisager Saul. Il se racle la gorge d'un air gêné et je jurerais qu'une rougeur colore brièvement ses joues.

– Ouais, une connerie qu…

– OK ! interviens-je, de plus en plus intriguée. Montre !

– Ouais, mais non. Je me sens ridicule maintenant de te l'offrir. C'était pour me faire pardonner de t'avoir abandonnée malgré moi pendant presque toute une semaine.

– Donc, c'est toujours d'actualité. Je ne t'ai pas encore tout à fait pardonné, ça tombe bien.

Je tends la main.

– Allez, Fox ! Sois pas une mauviette.

– Une mauviette ? s'offusque-t-il en s'étranglant à moitié.

Je retiens un rire devant sa mine indignée.

– Dans la poche de mon cuir.

– Ah, parce qu'en plus, c'est à moi d'aller le chercher ?

– Je suis blessé.

– Tu ne m'as pas raconté ce qui t'était arrivé.

– Les WEN veulent profiter du chaos ambiant pour montrer leur supériorité, confesse-t-il quand il voit que je ne compte pas bouger avant d'avoir son explication. Ils se sont dit qu'en frappant les premiers, ils auraient un coup d'avance sur les autres. On est partis dans le quartier des Brothers en petits groupes. Par malchance, on m'a attribué celui de Jacob, tu te rappelles de lui ?

Je me crispe au souvenir de ce fou furieux.

– Comment l'oublier ? Il s'est passé quoi ensuite ?

Saul me raconte alors comment Jacob l'a sciemment pris pour cible, visant pour tuer. La peur me noue l'estomac tandis que j'écoute son récit. Quand il termine, je me blottis contre lui, évitant soigneusement son épaule blessée.

– Promets-moi d'être plus prudent, murmuré-je. Je ne supporterais pas qu'il t'arrive quelque chose.

Il dépose un baiser sur mon front.

– Va récupérer ta babiole avant que je me dégonfle et ne reparte avec.

Qu'il reparte avec ? C'est hors de question.

Je m'extirpe des draps en l'enjambant précautionneusement et fouille dans sa veste. Mes doigts trouvent une petite pochette. À l'intérieur, une délicate chaîne en argent aux mailles fines et sobres.

Mon cœur fait un bond. Ce n'est pas tant la valeur du bijou qui me touche – Dieu sait que mon père me couvre de cadeaux luxueux devant les caméras à chaque occasion. Mais ces présents ne sont que de la poudre aux yeux, des accessoires pour notre petit spectacle familial. Le bracelet de Saul, lui, n'a rien à voir. C'est un geste spontané, sincère. Et il a même choisi de l'argent plutôt que de l'or, que j'exècre – cette couleur fait écho aux dorures clinquantes de notre demeure familiale, ce faux luxe qui cache tant de noirceur.

Je fais volte-face vers Saul, un sourire éclatant aux lèvres.

– Il est sublime ! Pourquoi une chaîne en argent ?

– Tu ne portes pas d'or…

Une douce chaleur se propage dans ma poitrine en comprenant qu'il a été sensible à ce détail.

– … et mon budget… Tu vois, quoi.

Je me poste devant lui et me penche pour l'embrasser.

– Je l'adore. Merci.

L'expression de Saul est limite vexante. Il me fixe, la bouche ouverte, d'un air totalement sonné.

– Quoi ?

– Dans ta bouche, le « merci » recouvre toute son authenticité, souffle-t-il d'une voix émerveillée. Peut-être parce que c'est la première fois, mais ça me rend tout chose.

– Arrête ton char.

– Je ne mens pas. Mon petit cœur a tressauté, rigole-t-il en posant une main sur celui-ci d'un air théâtral avec néanmoins une lueur étrange dans le regard.

Je plisse le nez en lui tirant la langue.

– On devrait s'habiller. La pause déjeuner est presque finie.

Nous poussons à l'unisson un soupir dépité avant d'éclater de rire devant cette synchronisation parfaite.

– Demain, même heure ?

– C'est Thanksgiving demain, lui remémoré-je tandis que nous nous rhabillons.

Il jure.

Même si son insulte est grossière, je suis de son avis. *Ça fait chier !*

– Repose-toi à fond pendant tes vacances, parce que je vais t'accorder tout mon temps ensuite.

Je masque mon sourire ravi dans ma main.

Il ouvre la porte de l'infirmerie et guette les alentours.

– La voie est libre. Prête ?

J'acquiesce non sans un pincement au cœur.

Tout interlude a une fin, je suppose.

Saul s'engage dans une direction, moi dans une autre.

Les ennemis sont de retour...

Tandis que je progresse dans le couloir, un frisson désagréable me parcourt. Est-ce normal si j'ai le sentiment que tout le monde est au courant que je ne suis plus vierge ? J'ai l'impression que chaque œillade qu'on me lance est un regard de connivence et que c'est écrit en grosses lettres sur mon visage. Ou plutôt entre mes jambes. Car là aussi, je ne sais pas si c'est habituel, mais je le sens toujours en moi, comme s'il m'emplissait encore.

Bon sang ! Est-ce que je marche comme un canard ? À coup sûr, j'ai la démarche d'un cow-boy ! Je serre les cuisses et me dirige à petits pas vers mon casier. Il vaut mieux qu'ils pensent que j'ai un balai dans le fondement que le sexe de Saul dans…

Oui, à choisir, je préfère l'option une !

– Ça va, June ?

Je sursaute en poussant un cri.

– On ne t'a pas vue à la cafèt, ce midi ? T'étais où ?

Je ravale le juron qui tapisse ma langue et m'oblige à sourire à Ashley.

– J'avais du travail en retard, je suis partie à la bibliothèque.

Pourquoi ai-je l'impression qu'elle ne croit pas mon mensonge ? Ses traits ne sont-ils pas suspicieux ?

Elle me saisit par les épaules en sautillant.

– J'ai tellement hâte d'être à ce soir ! pépie-t-elle. Ça va être mortel !

Ses yeux lui sortent subitement des orbites tandis qu'elle me dévisage.

Oh, non ! Elle sait.

C'est évident. Elle sait tout.

– Tu y vas avec qui, au fait ? J'espère que tu as un cavalier ! s'alarme-t-elle.

J'exhale l'air bloqué dans mes poumons.

Un peu tendue, là, June...

– Je ne pense pas m'y rendre. Je n'ai toujours pas rattrapé mon retard dans mes cours, j'ai une tonne de boulot.

– Je te file mes notes si tu veux. En plus, on a quelques jours de vacances, tu pourras t'avancer dans les leçons. Allez, June ! Viens ! Je vais être seule, sinon.

– Megan sera là...

– Mouais, grimace Ashley en rassemblant ses cheveux sur une épaule. Elle se conduit bizarrement depuis le début de la semaine, tu n'as pas remarqué ?

C'est parce qu'elle se demande à quelle sauce et quand je vais la manger.

– Sûrement le stress des préparatifs.

– Mmh, possible. Bref ! Dans tous les cas, il faut AB-SO-LU-MENT que tu viennes. C'est notre dernière année de lycée, June. On ne doit manquer aucun événement ! Et si t'as pas de cavalier, je t'en prête un. Je n'arrivais pas à choisir entre Brian et Scott, alors j'ai pris les deux, me confie-t-elle en me tirant un gloussement.

Brian et Scott font tous les deux partie de l'équipe de football.

– Ashley Patterson, tu es incorrigible.

Elle m'adresse un clin d'œil.

– J'aurais préféré Parker, mais bon, il joue à l'homme inaccessible.

Depuis le départ d'Ethan, le seul qui lui faisait de l'ombre, la cote de popularité de Parker a grimpé en flèche. Notre quarterback est devenu la nouvelle coqueluche du lycée.

– Oh là là ! Tu as vu l'heure ? Faut qu'on se dépêche si on ne veut pas être à la bourre !

Elle enroule son bras sous le mien pour me conduire vers notre salle.

– Attends, mes affaires ! dis-je en m'amusant de son empressement.

Comme chaque veille de vacances, nous terminons tous à quatorze heures au lieu de quinze. Néanmoins, c'est dans une sorte de brume étouffante que je subis l'heure suivante. Je n'ai aucune motivation hormis celle de rentrer chez moi et de passer tout le temps dont je dispose avec Saul. Ça m'agace d'avance de devoir me contenter d'appels téléphoniques. Même en visio, c'est nul.

Puis je déteste Thanksgiving, c'est la seule période à laquelle mon paternel ne travaille pas. Pour ce traditionaliste, cette fête est sacrée. Chaque année, il invite des journalistes autour de notre table afin qu'ils puissent filmer la comédie de notre parfaite petite famille.

Plus je me rapproche de ma villa, plus mon humeur s'assombrit.

Quatre jours sans Saul, ce n'est pas la fin du monde.

Quatre jours avec mon père non plus.

Je peux y arriver !

Je me le rabâche avec tant de conviction que je finis presque par y croire. Malheureusement pour moi, cela ne dure pas.

Dès que Joseph Harrington ouvre la bouche, je déchante.

– Ta robe de bal est dans ton dressing. Mets tes

escarpins bleus vernis et attache-toi les cheveux en chignon, ordonne-t-il en guise de bienvenue dès que je franchis le pas de la porte.

Je prends une grande inspiration et me lance :

– En fait… euh… (Je m'éclaircis la gorge.) Je pensais rester à la maison, comme j'ai beaucoup de travail. Et puis, je n'ai plus de partenaire puisque Ethan est…

Je stoppe mon laïus devant la mine impassible de mon père. Il souffle tel un taureau près de charger.

– Balivernes ! Tu y vas. Niels est ton cavalier.

– Niels ? Mais il est en première année, moi en dernière. Je vais être ridicule.

– Ce qui est ridicule, c'est ton objection. Combien de fois dois-je te le répéter ? Tu es une Harrington. C'est à toi de gérer tes camarades. Et puis, c'est bon pour ton image. Tu n'auras qu'à dire qu'en l'absence d'Ethan, tu prends soin de son petit frère. Ce sera tout à ton honneur.

Il me toise durement.

– Et cette fois, n'échoue pas. Niels est jeune, donc malléable. Profite de cette situation pour prendre l'ascendant sur lui. Couche avec lui, re…

– QUOI ?

Le mot m'échappe dans un cri horrifié. Mon estomac se retourne violemment.

– Il a 15 ans ! C'est… c'est répugnant !

Les narines de mon père se dilatent dangereusement devant mon interruption. Il claque sa langue contre son palais en serrant les poings, mais je ne peux pas me taire. Pas face à ça.

– Comment tu peux… ?

– Couche avec lui, June, réitère-t-il avec un calme

funeste qui me glace jusqu'à l'os. Rends-le fou amoureux, et il te mangera dans la main. C'est dans ton intérêt, ces conseils. Alors, applique-les. C'est compris ?

La nausée me submerge. Je recule de quelques pas, cherchant désespérément une échappatoire.

– J'ai mes règles.

Il cille, momentanément désarçonné par ce commentaire.

– Mets-le dans ton lit dès qu'une opportunité se présente.

Jamais. Jamais je ne ferai une chose pareille, peu importent ses menaces. Mais je dois dire quelque chose, n'importe quoi, pour sortir d'ici.

– D'accord.

Le mot me brûle la gorge.

– Bien. Va te préparer, maintenant.

J'acquiesce et me détourne en luttant pour ne pas trembler.

– Oh, et boucle tes cheveux avant de les attacher en chignon.

J'opine à nouveau avant de disparaître à l'étage, le cœur au bord des lèvres. Une fois dans ma chambre, je cours aux toilettes et vomis tout ce que j'ai dans l'estomac.

19

June

– C'était si horrible que ça ? me questionne Saul dans une grimace.

Nous sommes en visio, il est trois heures du matin et aucun de nous n'a sommeil.

Je lui ai détaillé toute la soirée du bal, en omettant cependant la nouvelle exigence de mon paternel.

– Le bal, ça allait encore. C'est fou, mais mon père avait raison. Dès que j'ai fait passer le mot comme quoi j'avais invité Niels pour le soulager un peu de sa peine, je suis devenue une héroïne. La grande June Harrington qui n'hésite pas à inviter un première année dans le chagrin, qui le prend sous son aile et le protège en l'absence de son frère. Un modèle de compassion et d'altruisme.

– Tout toi, se marre-t-il.

– N'est-ce pas !

Je soupire. C'est vrai que je m'attendais au pire, mais contre toute attente, la soirée n'était pas si désagréable. Nous avons posé pour les photos, habillés de nos plus beaux atours. Le roi et la reine ont été élus. À savoir, Parker Teixeira et moi-même. Nous avons dansé, bu du champagne en catimini et rajouté du rhum dans les cocktails. Bref, c'était plutôt sympa, malgré l'absence de Saul. En outre, Megan n'était pas là. Je ne sais pas pourquoi elle était absente et je m'en moque.

– Et ton dîner de Thanksgiving ? Tu as bien mangé ? On ne vous a pas vus à la télé pour le traditionnel « coupé de dinde » de M. le maire, raille-t-il.

– Y a bien eu des caméras, mais cette fois, ça n'a pas été diffusé en direct à cause des événements à West River. Ce sera retransmis sous forme de reportage. Ou plutôt de propagande déguisée pour les élections de mon paternel. Et puis, il avait invité les parents d'Ethan, cette année.

– Il est vraiment décidé à te fiancer à Niels, alors ?

Sous ses longs cils, les iris de Saul ne sont plus que deux lacs noirs.

– Son père et le mien se sont enfermés dans le bureau après le dîner. Je suis certaine que c'était pour conclure leur accord. Je n'arrive pas à comprendre ce que les Smith peuvent avoir à y gagner. Notre fortune ne fait pas le poids face à la leur, surtout depuis que mon père a englouti une bonne partie de nos ressources dans sa campagne pour devenir gouverneur…

Je marque une pause, réfléchissant à voix haute.

– À moins que… ce ne soit justement ça l'enjeu ? Un gouverneur dans la poche, ça vaut bien plus que quelques millions. Avec son influence, mon père pourrait leur ouvrir des portes auxquelles même leur argent ne leur donne pas accès.

– Je ne sais pas, mais l'affaire doit être croustillante s'il est prêt à sacrifier son second fils.

– Sacrifier ? Sympa pour moi. Mais tu n'as pas tout à fait tort, puisque Niels me déteste, il a été très clair à ce sujet. En fin de repas, avant que mon père se retire avec Joe, il m'a gentiment proposé d'inviter Niels à venir jouer dans ma chambre…

– Pardon ? *À jouer ?* Et à jouer à quoi ? s'emporte Saul.

Même si je comprends sa colère, je le rabroue sans ménagement.

– Laisse-moi finir, d'abord. Tu t'énerveras ensuite. Bref, on est montés à l'étage, et là, Niels m'a carrément sorti une dissertation sur les motivations qui le poussaient à me détester. Rien que ça ! Je le pensais effacé par rapport à Ethan, mais en réalité, son caractère est affirmé. Sans compter qu'il est bien moins stupide que son frangin.

– Pourquoi il te déteste ?

– Pour la faire courte : il me trouve garce. Il voit dans mon jeu et sait que je suis mauvaise, cupide, superficielle, menteuse, arrogante, snob, sans intérêt et j'en passe.

– Waouh ! Bordel, il t'a habillée pour l'hiver ! pouffe mon petit ami secret.

– Il a refait toute ma garde-robe, oui.

– Tu lui as répondu quoi ?

Saul a l'air de beaucoup s'amuser. Un peu trop à mon goût.

– Que mon paternel m'avait ordonné de coucher avec lui.

Le sourire de Saul s'évapore instantanément. Son visage se décompose, remplacé par une expression d'horreur pure.

– Quoi ! Ton enfoiré de daron t'oblige à baiser un gamin ? réplique-t-il, tremblant soudain.

Saul est horrifié – Niels n'est pas beaucoup plus âgé

que Sevan, cela doit lui rappeler le souvenir douloureux de sa première fois.

Je n'aurais pas dû lâcher ça comme une bombe... Je m'empresse d'ajouter pour apaiser sa colère :

– Mais tu sais ce que Niels m'a rétorqué ? Qu'il préférait encore se taper un grizzli. Et que, de toute façon, il avait déjà une petite amie qu'il aimait à la folie. Lynn Bennett. Je n'ai aucune idée de qui elle est, mais bref. Tout ça pour dire que, c'est officiel : j'adore Niels.

– Tu *adores* Niels ? Tu ne serais pas un peu fatiguée ? Tu manques de sommeil, je crois.

– Réfléchis deux minutes... Il me déteste, il refuse tout rapport physique avec moi et il a une petite amie dont il est fou amoureux. C'est le jackpot, Saul ! Vu les circonstances, je ne pouvais pas rêver mieux.

– Aaah ! Pour avoir la paix ?

– Oui. Du coup, on a passé un deal, lui et moi. On fera croire à nos parents que notre entente est parfaite et ainsi, on sera tranquilles pour les deux ans à venir.

– Et vos fiançailles ? J'imagine qu'il est contre aussi.

– On œuvrera ensemble pour qu'elles n'aboutissent jamais. On n'a pas encore de plan précis, mais on a le temps.

Saul acquiesce dans un bâillement.

– T'as l'air crevé.

– Pas du tout, nie-t-il en luttant pour garder les yeux ouverts. C'est à cause des médocs, ils me shootent.

– On dort ?

– Ensemble, dans ce cas.

– Comment ça ?

Il me décoche son adorable sourire.

– Cale ton tél contre un oreiller, face à toi. Je fais pareil. Et on dort.

– C’est pas un peu cucul ? ricané-je.

– Si, complètement. Mais j’assume.

Et moi, je fonds d’amour.

– Faisons ça, alors.

C’est ainsi que je plonge dans un rêve moelleux, bercée par la respiration apaisante de Saul.

***

« À la suite de l’escalade de violence dans les quartiers de Old Town, Little Park, South District et Howl Town, un couvre-feu est établi à partir de ce soir à West River, de dix-huit heures à six heures. L’armée sera également déployée en renfort dès lundi prochain afin de maintenir l’ordre et la sécurité des citoyens », débite la journaliste en lisant son prompteur.

Il y a quelque temps encore, j’aurais peut-être pu entendre ça sans trop tiquer. La violence des gangs, la drogue… mon père m’a toujours présenté West River comme une menace dont il faut se protéger. Mais aujourd’hui, ça me glace le sang.

– C’est une bonne chose, se félicite un partisan de mon père, invité sur le plateau télé.

– Et concernant cette nouvelle drogue, la Bee, qu’en pensez-vous ? Avez-vous un plan pour l’éradiquer des rues de West River ? De plus en plus de Westies sombrent dans la toxicomanie, ils deviennent agressifs et dangereux. Les Easties que nous avons interrogés nous ont fait part de leur inquiétude grandissante et légitime. Comment les protéger ?

– Dans un premier temps, nous allons reprendre le contrôle total de la ville. West River est gangrené depuis des années par des gangs qui n'ont aucun respect pour la vie humaine. Cela va changer ! Nous serons intraitables envers ces criminels et nous veillerons à démanteler tous les gangs.

– Cela signifie-t-il que vous ferez usage de la force, si nécessaire ?

– Nous emploierons les moyens mis à notre disposition, dans le respect des lois et de nos citoyens. Nous œuvrons avant toute chose pour protéger les habitants d'East River. Et ceux de West River, conclut-il après un raclement de gorge.

J'éteins la télé, déboussolée. Bien sûr, les gangs sont un vrai problème – j'ai vu de mes propres yeux ce dont ils sont capables. Je n'oublie pas que mon grand-père est mort de leurs mains. Mais un couvre-feu ? L'armée ? Et cette façon d'hésiter avant de mentionner West River… comme si leur vie valait moins que la nôtre. C'est tout simplement abject. Comment peut-il parler de « respect des lois et des citoyens » en traitant la moitié de la ville comme une menace à éradiquer ?

Je vais être en retard au lycée si je traîne trop. J'attrape mon sac dans lequel j'ai glissé un cadeau pour Saul, dévale l'escalier, sors en trombe de la maison et, une fois derrière le volant de mon Aston, recule vers la chaussée en faisant crisser les pneus.

Un nœud d'appréhension se forme lorsque je me gare sur le parking de l'établissement. Je ne suis pas sereine à l'idée de me présenter face à Saul, j'ai le sentiment d'être en partie responsable de la situation à West River. Certes, c'est mon paternel l'instigateur, mais mon silence me rend complice. Et plus je m'attache à Saul, plus ce poids devient difficile à porter.

L'heure du déjeuner venue, je suis toujours aussi fébrile. Saul a d'ailleurs remarqué que j'étais tendue : nos échanges étaient moins spontanés et mes répliques manquaient de mordant. Il m'a même envoyé plusieurs messages pour savoir ce qui me tracassait.

– Je peux te parler deux minutes ? m'interpelle Meg alors que je m'oriente vers l'infirmerie où Saul m'attend déjà sûrement.

– Je suis occupée. Pas maintenant, la rembarré-je sans un regard.

Elle m'appelle une dernière fois, je l'ignore royalement et poursuis mon chemin. Peu importent les excuses qu'elle m'inventera, ça ne m'intéresse pas. Surtout que, grâce à son écart, je n'ai plus à faire semblant de l'apprécier et prends un plaisir vengeur à ne plus m'afficher avec elle. Bien sûr, ça alimente quelques commérages. Notre entourage se questionne sur cette prise soudaine de distance, mais je m'en fiche. Qu'elle rampe autant qu'elle veut, je ne lui pardonnerai jamais.

Je vérifie que personne ne m'épie et déverrouille la porte de l'infirmerie. J'ai à peine le temps de souffler que trois coups frappent le battant. Saul.

Il dégaine son sourire indécent et me plaque aussitôt contre son corps chaud.

– Alors ? attaque-t-il sans préambule.

– Alors quoi ?

– Y a un truc qui te contrarie. Soit tu lâches le morceau de suite, soit j'use de mon charme jusqu'à te faire craquer.

– L'option deux semble plus alléchante. Mais…

J'exhale dans un souffle stressé.

– J'ai peur que tu m'en veuilles.

– Raconte.

Son ton est badin, contrairement à son regard qui me transperce.

– Ce qui se passe à West River, le couvre-feu, les militaires… Je suis désolée pour tout ça.

Saul s'assoit sur le lit et pousse un long soupir. *De soulagement ?*

– Bordel, tu m'as fait baliser !

– T'es pas fâché ?

Il hausse les épaules.

– J'ai cru que ton daron t'avait encore séquestrée dans ce… bref. J'ai vraiment flippé. Quant à ce qui se passe à West River, t'es en rien responsable.

– Ouais, mais c'est mon père. Et pendant trop longtemps, mes pensées étaient le reflet des siennes. Ou les siennes, des miennes. J'ai cru à ses discours sur la protection de la ville, sur la nécessité de toutes ces mesures. J'ai même défendu ses actions.

– « Les Westies sont de la vermine, des êtres violents, dangereux. Des criminels qu'on se doit d'éradiquer. » Si j'avais eu un lavage de cerveau aussi intensif et atroce que ce que tu as subi, je t'assure que moi aussi je haïrais les Westies. N'importe qui à ta place serait devenu fou. Pourtant, malgré cela, tu parviens à discerner sa perfidie. Un monstre qui maltraite sa fille, qui drogue sa fem…

Je tique, et l'arrête.

– Mon père est horrible sur de nombreux points, mais s'il y a bien une chose dont je suis certaine, c'est de l'amour qu'il porte à ma mère. Il ne la drogue pas, Saul.

Il secoue la tête avec une affliction mêlée d'une compassion qui me donne envie de hurler.

– Mon père ferait tout pour elle, insisté-je. C’est vrai, ce n’est pas la figure paternelle parfaite comme tout le monde le pense, mais c’est un bon mari. Ça, j’en suis sûre.

– Vraiment ?

– OUI ! crié-je, énervée qu’il puisse mettre en doute cette vérité. Il l’aime, il la protège de ses démons. Il l’envoie dans les meilleurs instituts.

– Le seul démon dans ta maison, c’est lui, June, souffle-t-il doucement. Ça ne t’a jamais effleuré l’esprit qu’il puisse être la cause de la dépression de ta mère ? Peut-être même qu’il la drogue pour mieux la contrôler.

– Tais-toi ! Tu vas trop loin ! Tu spécules sans savoir.

Je refuse d’entendre ces mots. Je refuse d’y croire. Parce que s’il a raison, si mon père drogue maman sous mes yeux et que je n’ai rien fait pour empêcher cela, alors je suis tout aussi coupable que lui.

Cette possibilité m’horrifie.

Je sors de mon sac la veste en cuir noir que je comptais lui offrir et la lui jette à la figure.

– Tiens ! Pour que tu puisses la trouer de nouvelles balles !

J’ouvre la porte pour m’enfuir loin de lui et de ses paroles qui me font trop mal. Sans y parvenir, toutefois ; Saul me retient d’une poigne ferme et tendre à la fois.

– Désolé. J’ai été trop brusque, je ne voulais pas te braquer. Reste, s’il te plaît…

20

Saul

Quel con ! Mais quel con !

Dès que j'ai senti que June était poussée dans ses retranchements, j'aurais dû arrêter la conversation au lieu d'insister bêtement. Je voulais lire le dessillement dans son regard, sauf qu'à présent il n'y a que du chagrin. Celui que je viens d'engendrer.

– Mon père ne peut pas être un monstre à ce point… chuchote-t-elle plus pour elle-même, alors que je l'étreins, ma tête nichée dans son cou.

Si, il l'est ! Elle se complaît dans ce mensonge depuis trop longtemps. Malheureusement, elle n'est pas encore prête à accepter la vérité, cela lui est trop difficile.

– Parlons d'autre chose, OK ?

Je l'entraîne avec moi et nous reculons jusqu'au lit.

Une fois assis, je désigne le blouson qu'elle m'a jeté au visage et qui a échoué par terre.

– C'est un cadeau ?

Elle opine en me lançant une œillade peu amène. Je ramasse le vêtement et l'examine avec amusement. C'est une sublime veste de moto en cuir noir.

– Je ne pensais pas ça possible, mais tu es encore plus nulle que moi pour offrir, la taquiné-je en cognant mon épaule valide contre la sienne. Qui balance son cadeau dans la tronche, comme ça ?

– Tu l'as mérité.

– Le cadeau ? Merci.

Je lui adresse mon plus beau sourire tandis qu'elle me pulvérise de ses iris argentés.

– Vu l'état de ton cuir, c'était pas du luxe, grommelle-t-elle. T'attends quoi pour l'essayer ? Qu'il fasse nuit ?

Il faut vraiment que j'arrête de la trouver si mignonne. Même quand elle râle, bougonne ou m'engueule, elle est adorable.

Je retire mon perfecto usé et enfile la veste de moto. C'est écrit Dolce & Gabbana sur l'étiquette, ce nom me dit vaguement quelque chose, ça ne m'étonnerait pas que ce soit une marque chicos. Ça se voit que ce n'est pas de la camelote, le cuir est de qualité, il est entièrement doublé et super chaud. Franchement canon ! Et pile à ma taille.

Je saisis le menton de June d'un geste délicat et le tourne face à moi.

– Merci. J'aime beaucoup. (Je me penche pour l'embrasser.) Beaucoup. (Je l'embrasse à nouveau.) Beaucoup.

June finit par se dérider sous l'assaut de mes baisers et sourit contre mes lèvres. Ce sourire, c'est ma victoire. J'ai envie de sauter de joie ; à la place, je la serre dans mes bras et laisse la passion nous consumer. Toujours avec un certain empressement, sans qu'il y ait cependant la maladresse et la pression de la première fois. Nos vêtements volent dans les airs, nos corps se soudent, nos gémissements résonnent en chœur dans une symphonie que nous ne maîtrisons pas encore complètement, mais qui nous procure déjà un milliard de sensations, toutes plus merveilleuses les unes que les autres.

Plus tard, allongés sur le matelas, nus et repus de sexe, nous nous faisons face.

Nous ne disposons que de quelques minutes d'intimité avant que Taylor Swift n'annonce la reprise des cours. Je la contemple sans cacher l'admiration que je ressens.

Elle est si belle.

– Je me souviens d'une conversation avec ma mère, un peu avant sa mort. J'avais peut-être 4 ans, me remémoré-je. Elle m'a expliqué que les anges étaient à l'origine de l'arc de Cupidon. (Du bout du doigt, j'esquisse le contour de ses lèvres.) À chaque naissance, ils posent leur index sur la bouche des nouveau-nés pour qu'ils taisent aux adultes leurs vies passées. Plus le bébé est bavard, plus le pli est profond et bien dessiné.

– Tu étais un grand bavard, alors… me nargue-t-elle.

– La marque est plus profonde chez toi, lui fais-je remarquer.

Elle secoue la tête, affligée par mon constat.

– N'importe quoi !

– Je t'assure.

– Aaah ! J'ai compris ton petit jeu sournois. Tu veux que j'avoue à haute voix ce qui se murmure dans les couloirs, c'est ça ? OK. Oui, toutes les filles bavent sur tes lèvres… Comme si tu ne le savais pas déjà ! À dire qu'elles sont sensuelles, que leur tracé est sexy, qu'elles sont une invitation aux baisers et bla-bla-bla, poursuit-elle, caustique.

– C'est un compliment ou… ? Non, parce que ça ressemble à un compliment, mais le ton n'y est pas.

Pourquoi on dirait que tu me grondes ? demandé-je, pouffant à moitié.

– Parce que tu me forces à reconnaître que ta bouche est parfaite. Tu m'agaces, Saul Fox !

– Non, tu m'aimes.

Je ne sais pas d'où sort cette affirmation. Je voulais seulement plaisanter, mais ma voix ne recèle aucune note d'humour.

– Aussi.

– Quoi ? *Quoi ?* Attends, t'as dit *quoi* ?

– Rien du tout. Je n'ai pas parlé.

– Menteuse, j'ai l'ouïe fine. Je t'ai parfaitement entendue.

– Alors, pourquoi me faire répéter ? gronde-t-elle.

Je pose ma paume sur sa joue et épingle mon regard au sien.

– Dis-le-moi, June.

Elle déglutit.

– Te dire quoi ? balbutie-t-elle dans un filet de voix tremblant.

– Que tu m'aimes. Dis-le-moi.

Je glisse mon autre main sur sa peau douce pour venir encadrer son visage apeuré et caresse sa bouche de la pulpe du pouce.

Pour une raison obscure, j'ai besoin qu'elle l'admette. Mon cœur le réclame.

Alors, j'insiste :

– June…

– C'est possible que je t'aime bien ! Content ?

Je glousse devant la véhémence de sa déclaration.

– Tu peux faire mieux, j'en suis sûr.

Je saisis sa main dans la mienne et l'étends sur ma poitrine.

– Redis-le, et sens l'effet que cela me fait.

La bouche peut mentir, nos expressions faciales peuvent tromper, mais le cœur, lui, est toujours sincère.

Sa respiration se perd quelque part dans ses poumons alors qu'elle hésite et tergiverse, le regard figé sur mon pectoral.

Elle tient mon cœur dans sa main, le réalise-t-elle ?

D'ailleurs, il répond à son affolement en s'agitant.

– Je t'aime.

Et le voilà qui rate un battement avant de cavaler dans une course effrénée et incontrôlable. En réaction, les yeux de June s'agrandissent, elle exhale l'air qu'elle retenait prisonnier dans un souffle audible.

Est-ce que tu entends mon cœur qui te répond ?

Je voudrais qu'elle scande ces trois mots tel un refrain, les chante comme une mélodie, qu'ils comblent mes oreilles de joie et enivrent mon être de bonheur.

– Est-ce que…

Soudain, les haut-parleurs grésillent, interrompant ce moment hors du temps.

– C'est l'heure. On doit se dépêcher ! me presse June en bondissant du lit.

Avec un soupir, j'acquiesce à regret. Je me console en me rappelant que demain, le jour d'après, celui encore après et la semaine suivante, je pourrai à nouveau la serrer tout contre moi.

***

C'est ainsi que les jours défilent. Dans ce contraste paradoxal. Dès que je franchis l'enceinte d'East River, je suis Saul. Un Westy, certes, mais le plus chanceux des Westies. Un élève appliqué, au dossier scolaire prometteur et à la vie amoureuse comblée. Seulement, lorsque je retourne à West River, une autre réalité me rattrape. Et je deviens Little Fox, un suppléant des WEN, voleur, bagarreur. Tueur ? Mes mains tachées d'encre en journée se peignent de sang la nuit venue.

June aussi mène une double vie. Différente de la mienne mais, dans un sens, si semblable. Personne ne soupçonne que cette jeune femme si belle et sûre d'elle, qui se pavane dans les couloirs comme si le monde lui appartenait, est l'instrument d'un bourreau maniaque qui l'humilie et la maltraite à la moindre occasion. Princesse au grand jour, martyre dans l'obscurité d'un sous-sol crasseux.

Quand je songe à notre avenir, je ne distingue qu'une fumée opaque, sombre et de mauvais augure. Et je n'évoque même pas notre couple, ce serait fantasque, voire absurde, d'imaginer un « nous » dans le futur. C'était d'ailleurs égoïste de ma part de faire avouer ses sentiments à June alors qu'ils n'aboutiront qu'à une souffrance inévitable. C'est pourquoi je chéris chacun des « je t'aime » qu'elle me susurre, tel mon bien le plus précieux. Elle me l'a même écrit sur un Post-it pendant l'un de nos cours en commun ; ce dernier ne me quitte jamais. Je l'ai déplié tant de fois pour le lire que le papier blanc est déjà tout froissé. Il est encore, à cet instant, dans ma main, logé au fond de la poche de mon beau cuir. Je le caresse du bout des doigts tandis que j'écoute distraitement la discussion animée entre les chefs. Bible, Nichols et mon daron ne sont pas d'accord sur la procédure des représailles à adopter. Notre attaque contre les Brothers n'est pas restée sans conséquence ; cinq Eagles sont morts au cours du week-end qui a suivi notre descente. Et depuis, les BSB s'en sont également mêlés. Sentant le danger, ils ont pris les devants et ont brûlé une manufacture de sucre qui disposait d'une arrière-salle où étaient imprimés des billets de banque. Une perte énorme pour les WEN. En tuant un de leurs meilleurs faussaires, ils les ont amputés de leur revenu le plus important. Des machines, ça se remplace. Le savoir-faire, en revanche, c'est une autre histoire. Bref, depuis, les chefs ne parviennent pas à trouver un terrain d'entente.

Je m'empare de mon téléphone et tente d'appeler Penny. Je ne compte plus le nombre de mes tentatives, aucune d'elles n'a abouti. Pourtant, je refuse d'abandonner. Plusieurs fois par jour, j'espère un miracle qui ne vient pas. Alors qu'un message automatique m'indique que sa boîte vocale est pleine et qu'il m'est désormais impossible d'enregistrer un message, des éclats de voix traversent les fines cloisons. La péniche est petite et, même la porte fermée, on entend tout. Je ne suis pas censé écouter leur conversation privée, mais il est difficile de faire abstraction.

Nichols pense qu'il faut d'abord s'occuper d'Harrington. Il le haïssait déjà avant qu'un couvre-feu soit instauré, mais depuis que les militaires quadrillent la ville, le maire est presque son unique obsession.

Bible, qui ne décolère pas depuis la perte de leur ressource principale, préfère régler leur compte aux Black Snakes Blood. Œil pour œil, le classique, quoi…

Mon daron, lui, continue sur son idée de détruire les Brothers, puisqu'ils sont déjà affaiblis.

Seul point où ils se rejoignent : ils veulent frapper. Fort.

– On doit s'occuper de ce fils de pute avant tout ! tonne Nichols. C'est lui, la cause de toutes nos emmerdes.

– Comment veux-tu qu'on s'y prenne ? T'as un plan ? Non, t'as que dalle parce que tu réfléchis par le cul ! s'agace mon daron. On finit d'abord ce qu'on a commencé, c'est simple à comprendre, non ? On extermine les Brothers une fois pour toutes, en ciblant leurs dernières bases. En deux soirs max, c'est réglé. Peut-être même qu'une nuit suffira si on s'organise correctement…

– Et les BSB, t'en fais quoi, ducon ? Tu crois qu'ils vont rester sagement à attendre pendant qu'on s'occupe de leurs concurrents ? Ce seront eux les grands gagnants, putain ! On massacre leurs ennemis en risquant nos vies et eux nous l'enfoncent par-derrière ! La manufacture, c'était pas assez ? Tu veux qu'ils nous niquent encore plus ? Sans compter que la Bee nous bute notre business ! Nos clients se barrent tous vers cette merde, même les plus fidèles ! C'est pas juste l'herbe et la coke qu'on peut plus écouler, c'est tout notre réseau qui se casse la gueule. Les dealers nous lâchent les uns après les autres pour vendre cette saloperie qui rapporte trois fois plus. Nos caisses sont vides, putain de merde ! hurle Bible à s'en casser les cordes vocales.

À ce train-là, je ne serais pas étonné qu'ils finissent par se mettre sur la tronche.

Savannah doit avoir la tête comme une pastèque avec tous ces cris. La pauvre, son sort n'est pas enviable en ce moment. Elle n'a pas repris le chemin de l'école – de toute façon, les cours sont suspendus à West River par décision du maire, l'instabilité est trop grande, et je ne peux qu'être d'accord sur ce point –, elle passe donc ses journées confinée dans cette épave décrépite et, le soir, elle se farcit une bande d'attardés qui confondent notre péniche avec leur QG. Depuis que mon daron est revenu, ces ivrognes ont élu domicile chez nous pour préparer leurs réunions foireuses, préférant se pinter la gueule ici, plutôt qu'au Nation Club. Soi-disant, pour plus de tranquillité.

Je pousse un soupir las et m'allonge sur mon plumard. Nous n'avons plus de chauffage depuis deux jours, alors je garde mon blouson sur moi et serre les dents pour ne pas les claquer. Les températures ne sont plus aussi glaciales que le mois précédent, néanmoins, je me les pèle sévère. Je fixe le plafond en laissant mes pensées s'échapper hors de la péniche. Je me redresse en sursaut lorsque ma porte s'ouvre avec fracas.

Mon vieux me sermonne.

– T'es sourd ou quoi ? Ça fait une heure qu'on appelle ! Raboule tes fesses au salon, Nichols veut te parler.

Merde, j'ai dû m'assoupir.

Je le suis en bâillant et en m'étirant.

– Assois-toi, m'enjoint Nichols.

Je fronce les sourcils, soudain mal à l'aise devant ses yeux inquisiteurs.

– Harrington… commence-t-il, et je comprends qu'il a eu gain de cause pour ce round. On t'a laissé suffisamment de temps pour trouver des renseignements. Alors, t'as quoi sur lui ? T'as eu accès à son bureau ? J'suis sûr que cet enfoiré cache un paquet de squelettes dans ses coffres.

– J'ai pas réussi à pénétrer dans son bureau, je te l'ai déjà dit plusieurs fois.

– C'était y a un mois ! Et depuis, t'as glandé quoi ?

– Depuis, je ne suis pas allé chez lui. C'est impossible en sa présence.

– T'es en train de dire que t'as rien ? C'est ça ?

Nichols se lève lentement, sa carrure imposante me surplombant. Je connais ce regard. C'est celui qu'il avait quand les BSB ont fait sauter notre manufacture. Celui qui dit que quelqu'un va le payer, et cher.

Je lis dans ses yeux que mon avenir dépend de ma réponse. Et que les conséquences pourraient ne pas me plaire. Mon corps n'est pas encore remis de ses blessures. Mais ce n'est pas ça qui me fait hésiter.

J'ai une info. Une info qui pourrait aider à faire tomber ce monstre. Pour June. Pour la libérer de son emprise. Mais si je parle, elle ne me le pardonnera jamais. Même si elle commence à voir qui est vraiment son père, même si elle déteste ce qu'il fait subir aux Westies… révéler ça, c'est la trahir. C'est exposer ce qu'elle cache à tout prix.

– Y a bien un truc…

Les mots m'échappent avant que j'aie vraiment décidé. Pour elle. Pour qu'elle soit enfin libre.

– Harrington est un fils de pute…

– Ça, on le sait déjà ! m'interrompt Bible dans un ricanement.

– Ouais, mais même dans la sphère privée. Il est loin de l'image de chef de famille admirable qu'il montre. C'est un putain de détraqué. Il maltraite…

La sonnerie de mon téléphone stoppe ma confession.

C'est June.

Je ferme les paupières tandis que son image m'apparaît dans un flash. Ses iris humides de larmes me supplient.

« *Ne fais pas ça* », me conjure-t-elle.

Mais c'est trop tard, je ne peux plus reculer ; tous les trois sont suspendus à mes lèvres et attendent ma révélation. Et même si je n'ai pas de preuves de ce que j'avance, je dois raconter ma découverte. Peut-être trouveront-ils un moyen de mettre hors circuit ce monstre.

Je glisse mon doigt sur Rejeter l'appel.

Et je parle…

21

June

Étendue sur mon lit, un sourire aux lèvres, je retrace mes derniers moments d'intimité avec Saul. Bon sang, c'était intense !

Je rougis rien qu'en y repensant.

Entre le voir sur un écran d'ordinateur et le vivre, c'est complètement différent. Un nouvel univers s'est ouvert à moi. Et j'ai bien l'intention d'en découvrir chaque parcelle, surtout s'il inclut le corps de Saul.

Ma langue humidifie mes lèvres et le souvenir de son membre se glissant entre celles-ci se manifeste tel un rêve obscène.

***

– Tu n'es pas obligée de faire ça, June.

Le timbre de Saul est rauque, gorgé de désir. Les poings crispés sur les draps, il semble se retenir de me sauter dessus ; ses muscles sont tendus, dans l'expectative de mon prochain mouvement, son regard est enfiévré alors que je masturbe son sexe érigé.

Je le caresse sur toute la longueur, appréciant sa texture, sa douceur. Mes yeux ancrés aux siens, je sors ma langue et effleure son gland.

– June… souffle-t-il dans un râle torturé.

– J'arrête ?

– Non, surtout pas.

Sa main se perd dans mes cheveux.

– Tu mets mon sang-froid… à rude épreuve. Je me retiens comme un fou de m'enfoncer dans ta jolie bouche.

Je sais. Et ça me plaît qu'il soit au bord de la rupture. Cela me procure un sentiment immense de satisfaction. De domination.

Ma langue parcourt sa longueur tandis que mon regard le met au défi.

La poigne dans mes cheveux se resserre alors que son bassin se soulève à la recherche d'une caresse plus appuyée.

– June… réitère-t-il en grognant.

Je glousse. Je crois que c'est le seul mot qu'il parvient à prononcer, lui d'ordinaire si loquace en matière de sexe.

– Cesse de me torturer, gronde-t-il.

Ah non, finalement, il sait encore parler. Je dois donc remédier à ça jusqu'à ce qu'il perde la raison.

Malgré moi, mon assurance ne masque pas mon inexpérience. Cependant, cet air candide et ingénu que je ne parviens pas à dissimuler semble le tourmenter davantage.

Il introduit son pouce dans ma bouche et entame un va-et-vient. J'enroule ma langue autour de sa phalange.

– Voilà. Suce ma queue comme tu suces mon pouce, m'explique-t-il d'un timbre rocailleux et grave.

Je hoche la tête et m'emploie à mettre en pratique son exemple.

Mes lèvres s'entrouvrent pour accueillir son membre. Je l'aspire doucement, puis l'engloutis plus profondément.

Soudain, une notification interrompt notre échange.

Saul s'empare de son téléphone, bidouille je ne sais quoi, et le jette sur le lit d'un air agacé.

– Désolé.

Je lui réponds en l'avalant le plus loin que je peux.

Son bassin décolle du matelas. Le râle le plus érotique qui soit roule dans sa gorge.

– C'est ça, oui, m'encourage-t-il. Oui.

Enhardie par sa réaction, j'accélère mon va-et-vient. Hormis quelques soubresauts incontrôlables, il me laisse les commandes et subit l'assaut de ma bouche avec une maîtrise déclinante.

– J'aimerais que ça dure une éternité, mais c'est trop bon, geint-il en fermant les paupières.

Ma main englobe ses testicules. Ses yeux se rouvrent et s'écarquillent.

– Putain, tu veux m'achever ? gémit-il. Je vais jouir si tu continues.

Bah, c'est un peu le but.

Un sourire se dessine sur mes lèvres tandis que j'enfonce une nouvelle fois son membre entre celles-ci.

– Je vais…

Il se retire d'un geste précipité et j'observe, fascinée, sa semence se répandre sur son ventre.

***

Je glousse, un peu gênée de ressentir encore une telle excitation alors que cette scène s'est déroulée pendant l'heure du déjeuner et que nous sommes en début de nuit. Je me demande si Saul y songe aussi, s'il a repensé à ce moment au cours de la soirée. Le mieux, c'est de l'appeler pour vérifier.

Après plusieurs sonneries, je tombe sur sa messagerie et raccroche.

Dort-il déjà ? Ce serait surprenant. Le plus probable est qu'il se trouve avec son maudit gang, à faire je ne sais quoi. Pour plusieurs raisons, je n'ose pas le questionner à ce propos. Il y a une facette de lui que je ne connais pas, j'en suis consciente. La seule fois où j'ai essayé d'aborder le sujet, il m'a simplement dit qu'il préférait me tenir à l'écart de cette partie de sa vie. Que certaines choses étaient trop sombres, trop violentes. Je voyais dans ses yeux qu'il avait peur – peur que je le voie différemment s'il me révélait tout.

Je pense d'ailleurs que c'est ce qui l'empêche d'être cent pour cent lui-même lorsqu'il est avec moi. Il a réussi à pulvériser mes défenses, mais ce n'est pas mon cas. Les siennes sont toujours en place. Et je conçois son besoin de les ériger, alors je n'insiste pas. Un peu par lâcheté, c'est vrai – j'appréhende de découvrir ce qu'il pourrait m'avouer –, et beaucoup par compréhension.

Souvent, j'ai la sensation que lui et moi sommes différents, certes, mais taillés dans le même bois. Si je devais nous représenter, je dirais que Saul est le couteau que tient son père ; quant à moi, je suis le miroir dans lequel le mien contemple son reflet. Nos rôles sont différents, notre mode de vie est opposé, mais notre essence est identique. Deux corps avec une âme unique.

C'est pour cela que je me sens plus proche de lui que de nulle autre personne.

Déçue de ne pas entendre sa voix, je renouvelle mon appel. Sans plus de succès, hélas.

Je pianote sur mon écran.

June
Appelle-moi quand tu as ce msg. Je déprime seule dans ma chambre.

Aussitôt mon message envoyé, un vu s'affiche. Mes lèvres s'étirent jusqu'aux oreilles. Mon téléphone à la main, je trépigne, impatiente qu'il sonne.

Toutefois, mon sourire s'étiole au fil des minutes qui passent.

June
Prends ton temps, surtout !

Un autre « vu » sans réponse.

Rha, ce qu'il peut être agaçant avec ça ! Je devrais m'y être habituée, mais non. Je ne supporte pas d'être ignorée ainsi. Mets au moins un OK, si t'es occupé !

June
Tant pis. Je voulais qu'on s'amuse un peu en visio, toi et moi. De préférence nus. Mais c'était une mauvaise idée, je présume.

J'exagère légèrement. En réalité, ça ne m'avait pas traversé l'esprit avant de l'écrire. Je veux juste l'appâter en lui tendant une carotte. Aucun mec ne résiste à ce genre de déclaration, si ? Il va se jeter sur son portable dans la minute. C'est sûr.

Allez !

Si avec ça, il ne répond pas, c'est qu'il est vraiment indisponi…

… LE ROI DES IDIOTS !

Mais vas-y ! Réponds !

Ne me lâche pas un simple « vu », Saul Fox ! N'y songe même pas !

Notre interlude de ce midi se réinvite dans mes pensées, le regard enfiévré qu'il portait sur moi m'a donné l'impression d'être la seule et unique femme au monde à ses yeux. Je mordille mon pouce, dans l'expectative. Je laisse tomber pour ce soir ou je tente le tout pour le tout ?

Je suis tiraillée.

Je fais ou je ne fais pas ?

– De nos jours, tout le monde envoie des nudes, dédramatisé-je. Pas de quoi en faire tout un plat.

« Mais pas toi ! » m'admoneste ma voix intérieure.

– Juste les seins, alors ?

Ma décision prise, j'actionne le mode selfie, soulève mon haut de pyjama d'une main et oriente de l'autre l'objectif sur ma poitrine dénudée.

Avant de me débiner, je poste la photo accompagnée d'une légende.

June
Voilà ce que tu
loupes…

J'imagine déjà sa tête. Ses obsidiennes qui s'embrasent malgré la surprise peinte sur son visage. Je pouffe comme si j'y étais.

Cependant, mon rire, lui non plus, ne dure pas.

Sérieux, c'est quoi son problème à la fin ? D'accord, il est sûrement occupé à autre chose, j'ai bien compris. Sauf qu'un smiley, ça prend deux secondes ! Il peut lire mes messages, mais ne peut pas y répondre ? J'espère pour lui que c'est parce qu'on vient de l'amputer des deux bras.

Énervée, je jette mon smartphone loin de moi, il rebondit à mes pieds sur le matelas. Je suppose que Saul a le droit d'avoir sa vie en dehors de moi. Et qu'il ne peut pas être parfait en tout. Son principal défaut étant l'aisance avec laquelle il m'oublie dès qu'il franchit le pont.

C'est le cœur échaudé que je m'endors.

Au réveil, ma messagerie est toujours aussi vide. Ni message ni appel. *Merci Saul !* Le samedi se déroule sans le moindre coup de fil. Je meurs d'envie de le bombarder de SMS, seulement c'est à son tour de lancer les dés.

Le dimanche, je capitule et l'appelle. En vain.

J'avise mon portable d'un œil mauvais quand une illumination me vient.

Mais bien sûr !

– Ashley ! m'écrié-je quand mon amie décroche. Je crois que mon téléphone déconne, je ne reçois ni les appels ni les messages. Tu peux essayer de m'appeler et de m'écrire un MP ?

– Attends, je suis au spa avec Donovan, tu sais, le beau blond qui joue au basket ?

– Ash ! C'est urgent. Tu peux ou pas ?

– OK, OK. Deux secondes.

Je raccroche. La seconde qui suit une notification arrive.

Ashley
Donovan est trop sexy, ma vie !

Bon. Ma messagerie fonctionne.

Lorsque ma sonnerie retentit, je comprends que je me suis fourvoyée à espérer une panne qui n'existe pas.

Conclusion : Saul m'a de nouveau ghostée.

Je vais attendre ses explications, demain. Pas la peine de me tourmenter davantage, il a toujours eu une excuse valable.

La dernière fois, il s'était pris deux balles…

Rhaaaa ! Son silence est inquiétant. Il est peut-être réellement amputé des bras… Ce ne serait pas si invraisemblable vu la vie qu'il a.

Par chance, j'ai le numéro de Sevan en ma possession, ce qui ne me laisse pas aussi démunie. Il me l'a filé en cas d'imprévu.

Je soupire, le pouce sur le bouton d'appel.

Ça fait un peu la meuf désespérée, non ? Même pas capable de patienter un week-end sans nouvelles de son petit ami.

Ouais, c'est pathétique.

Demain, June ! Tu n'as plus qu'une nuit à attendre, ensuite, tu le verras au lycée.

Cette décision prise, je m'active sur mes devoirs, afin de me vider la tête.

Jour : lundi.
Statut de l'élève Saul FOX : absent.
Appels manqués au cours de la journée : 6.

Messages envoyés et non lus : 5.
Remarque : son frère est également injoignable.

Jour : mardi.
Statut de l'élève Saul FOX : absent.
Appels manqués au cours de la journée : 8.
Messages envoyés et non lus : 9.
Remarque : le téléphone de Sevan est maintenant éteint.

Jour : mercredi.
Statut de l'élève Saul FOX : absent.
Appels manqués au cours de la journée : 9.
Messages envoyés et non lus : 1.
Remarque : je ne survivrai pas à sa mort.

Jour : jeudi.
Statut de l'élève Saul FOX : absent.
Appels manqués au cours de la journée : 13.
Messages envoyés et non lus : 4.
Remarque : pitié, réponds-moi.

Jour : vendredi. Veille des vacances de Noël.
Statut de l'élève Saul FOX : absent.
Appels manqués au cours de la journée : 23.
Messages envoyés : 0.
Message reçu : 1.

Saul
Arrête de m'appeler !

22

June

Je fixe le message à m'en brûler les rétines, sans toutefois parvenir à l'imprimer. Qu'est-ce qu'il veut dire par là ?

Je ne comprends pas.

Pourquoi voudrait-il que j'arrête de l'appeler ? Ça n'a pas de sens.

Que lui arrive-t-il ? Est-ce vraiment lui qui a répondu ?

Je m'invente mille et un scénarios, tous plus macabres les uns que les autres. Son absence au lycée ne peut signifier qu'une chose : il a des ennuis. J'en suis dorénavant convaincue. Il s'est passé un événement le week-end dernier. Un événement grave qui a bouleversé sa vie.

Est-ce qu'il cherche à me protéger ?

Ou est-ce une manière lâche de me larguer ? Non, pas ça. Je n'y crois pas un seul instant. Saul n'est pas comme ça.

Dans tous les cas, ce n'est pas quatre mots qui me feront abandonner. C'est mal me connaître.

Comme pour lui prouver ma résilience, je m'obstine. Et m'acharne sans répit, jour et nuit. Je consacre ma première semaine de vacances à le harceler dans le but d'obtenir une explication claire. Mais aussi pour qu'il sache que je suis là, à ses côtés. Quoi qu'il advienne. Même dans l'adversité. Je ne le quitterai pas.

– June !

Mon prénom claque comme un fouet dans la bouche de mon père.

– Tout de suite.

Je descends les marches quatre à quatre et me retrouve nez à nez avec lui.

– À quoi tu passes ton temps, cloîtrée dans ta chambre ?

– Je travaille. Les examens approchent et…

Il balaie mon excuse d'un mouvement agacé.

– Et Niels ? Tu comptes réitérer ton erreur et le négliger ? Une fois ne t'a pas suffi ?

– Je l'appelle tous les jours, objecté-je mollement.

– C'est de contact physique qu'il a besoin. À la veille de Noël, tu veux me contraindre à planifier un de nos petits tête-à-tête, c'est ça ?

Il soupire d'un air dramatique alors que je sais qu'il jubile à cette idée.

– Non. J'ai compris. Je vais l'inviter à…

– Dormir ici, termine-t-il à ma place.

– Voilà.

– Bien. Après cela, va te laver. Et prends un minimum soin de toi. Tu ressembles à un rat d'égout. Ton teint est gris, ton visage est gonflé et tes yeux sont rouges. (Il ricane.) Un vrai monstre.

J'opine de manière apathique. Son venin ne m'atteint plus. Plus rien ne m'atteint, plus rien ne m'importe. À l'exception de Saul.

– Fais vite. Nous dînons dans une heure. Oh, et mets ta robe noire, je veux que vous me fassiez honneur, ta mère et toi.

Mon cœur se serre douloureusement. Ma mère… Je ne l'ai pas vue depuis… si longtemps que je ne compte même plus les jours.

– Je pourrais aider maman à se préparer ?

Son regard se durcit instantanément.

– Ne sois pas ridicule. Préoccupe-toi plutôt de ton apparence.

Je n'insiste pas. Je n'en ai pas la force, aujourd'hui. Mon esprit est trop accaparé. Je remonte l'escalier d'un pas lent. Je me douche, m'habille, me maquille, me coiffe. Des gestes mécaniques qui ne parviennent pas à me distraire de ce garçon aux yeux noirs et au sourire ravageur.

À table, l'ambiance est tendue, loin de la convivialité d'un réveillon de Noël. Je triture la purée de patates douces avec ma fourchette, tandis que l'évidence me saute aux yeux. Mon père ne s'occupe pas de maman, il la dirige. Sa façon de la nourrir, de l'inciter à ouvrir les lèvres en plaçant sa cuillère sous son nez. Ce n'est pas mignon. Il commande. Ce qu'elle doit avaler et en quelle quantité. En lui donnant la becquée, il s'assure de contrôler jusqu'à la moindre bouchée.

« Le seul démon dans ta maison, c'est lui. Ça ne t'a jamais effleuré l'esprit qu'il puisse être la cause de la dépression de ta mère ? Peut-être même qu'il la drogue pour mieux la contrôler. »

Les paroles de Saul me reviennent en mémoire.

J'observe plus attentivement leur échange pour y déceler l'amour qui m'a toujours fait chavirer. Celui auquel je me suis raccrochée de toutes mes forces dans mes moments de doute.

Mon père n'a d'yeux que pour elle. C'est un fait. Mais son regard n'est pas celui d'un homme épris. Il est clinique, calculateur, appréciateur. Il juge, estime, note. Cela dit, mon paternel n'a jamais été très démonstratif. Un hochement de tête satisfait équivaut à un « je t'aime ».

Du moins, c'est ce que je m'étais toujours figuré jusque-là...

Je poursuis mon examen, attentive aux réactions les plus infimes. Je décortique chaque phrase, analyse chaque mot. Leur poids, leur portée, leur but.

Il se délecte de sa soumission, se félicite de ses efforts. Je réalise avec effroi que ses compliments ne sont pas destinés à ma mère, il se les adresse à lui-même. Il s'autocongratule. Pourquoi cela ne m'a-t-il pas percutée plus tôt ?

Une pensée horrible crispe les muscles de mon corps.

Lui inflige-t-il les mêmes tortures qu'à moi ?

Non, impossible. Il l'aime.

La drogue-t-il, comme le soupçonne Saul ?

Je déglutis en chassant les larmes qui menacent de couler.

Il est presque certain que mon humeur maussade influence mon jugement. Pas de précipitation ni de conclusions hâtives.

Cependant, maintenant que le doute est installé, je dois en avoir le cœur net et surveiller les agissements de mon paternel envers elle. Je dois découvrir ce qui se trame lorsqu'il s'enferme avec elle dans sa chambre.

Et si ce qu'a présumé Saul est vrai, alors...

Je m'enfuirai avec elle loin d'ici, songé-je, la gorge nouée.

J'avais déjà en tête de fuguer. Avec Saul. Une idée obsédante qui s'est ancrée dans mon cerveau. Maintenant, tout est chamboulé dans mon esprit.

Je soupire de soulagement quand le repas se termine enfin. Maman n'a quasiment pas décroché un mot, elle s'est contentée de picorer ce que mon père lui tendait.

J'ai aussi remarqué qu'elle se grattait beaucoup, comme si son corps la démangeait.

« Un effet secondaire de son traitement », selon mon père. D'après lui, l'amélioration de son état est déjà notable. C'est vrai qu'elle n'était pas totalement amorphe, ce soir. Néanmoins, je n'irais pas jusqu'à dire qu'elle va mieux. Loin de là. Pour moi, le dosage est trop fort ou les médicaments pas adaptés. Je ne sais pas, je ne suis pas médecin, mais je constate que son attitude est toujours inquiétante. Elle était en meilleure forme à son retour de la clinique.

– Peut-être que maman devrait repartir en institut ? proposé-je en formulant ma pensée à haute voix.

– Peut-être que tu devrais t'occuper de Niels et me laisser gérer ta mère, rétorque mon paternel d'un ton catégorique qui clôture aussitôt cette discussion. Ah d'ailleurs, à quelle heure vient-il ?

– Il ne peut pas.

– Et pourquoi cela ?

– Je ne sais pas, il ne m'a…

– Je raccompagne Maggie à sa chambre, déclare-t-il en l'empoignant par le bras pour qu'elle se lève et le suive. Ensuite, je te consacre ma soirée. Ça fait longtemps que nous n'avons pas conversé et les répercussions sont manifestement visibles.

Il pousse un soupir théâtral.

– Attends-moi devant l'entrée.

Ça faisait longtemps que je n'avais pas goûté aux supplices de la cave, je savais que, tôt ou tard, j'y aurais à nouveau droit. Le week-end et les vacances sont souvent propices aux punitions. Malgré tout, au réveillon de Noël, c'est une première. Je vais passer Noël derrière les barreaux d'une cage, sans que cela engendre la moindre réaction de ma part. Je m'en moque.

La seule chose qui me dérange, c'est que je ne pourrai pas essayer de joindre Saul pendant ce laps de temps. Le reste m'est égal. *Tout m'est égal.*

Quelques minutes plus tard, je suis face à mon père, qui m'oblige à rabâcher avec emphase son sermon du jour. Comme promis, il me consacre sa soirée. Des heures de leçons, de conseils, de remontrances. J'ai aussi droit à une explication détaillée de ce qu'un homme attend d'une femme au lit. Niels doit me manger dans la main et le sexe sera le moyen d'y parvenir.

J'écoute sans entendre. Je répète sans réfléchir.

Il peut utiliser tous les outils dont il dispose, il ne parviendra plus à sculpter mon âme à son image parce que celle-ci s'est entrelacée avec celle de Saul. Elle a fusionné avec la sienne pour ne former qu'un. Deux corps, une âme. Je le pense plus que jamais à cet instant.

Ton prêche ne fonctionne plus. Tes mots ne me blessent plus, ils ne m'atteignent plus. Tu n'as plus de pouvoir sur moi, je n'ai plus peur de toi.

Je retiens un rictus. Je ne crains plus Joseph Harrington. Il ne le sait pas encore, mais il a perdu. Non pas la bataille, mais la guerre. Sans la peur, sa stratégie s'effondre, son assujettissement s'écroule.

Regarde ta fille. Elle est forte, vaillante et chacune de ses faiblesses deviendra sa plus grande qualité.

Je suis June Harrington.

Je ne domine pas le monde. Je domine ma vie.

23

June

Finalement, mon père m'a libérée à l'aube avec un «Joyeux Noël» lancé avec entrain, suivi d'un «dépêche-toi de te préparer, tes cadeaux t'attendent au pied du sapin».

Ma vie est une vaste blague, n'est-ce pas ?

Les caméras sont de retour pour capturer ce moment d'immense joie où les Harrington déballent leurs cadeaux avec enthousiasme et sourire de circonstance. Cette année, cependant, maman ne s'est pas jointe à notre mascarade traditionnelle. Son état s'est dégradé pendant la nuit et mon père a justifié son absence par une regrettable grippe qui la cloue au lit. Sauf que le virus, c'est lui. Et maintenant que j'en ai pris conscience, que j'ai retiré mes œillères, je ferai tout pour l'éloigner d'elle. J'aimerais révéler aux journalistes l'homme abject qu'il est et le percer à jour. Seulement parler sous le coup de l'impulsion est trop dangereux. Si j'agis sans réfléchir, maman en subira aussi les conséquences.

Un regard menaçant du maire m'oblige à me recentrer sur notre séance du jour.

Vêtements de haute couture. Parfum de luxe. Coffret de bijoux. Chaussures et sacs à main. Mon paternel n'a pas lésiné sur les cadeaux. Avec, comme à chaque fois, une pensée pour les plus démunis et un chèque de cent mille dollars en faveur de l'association Pour un avenir meilleur, dont il est le fondateur. En gros, il s'est fait un chèque à lui-même. Quelle magnanimité !

Dès que les journalistes s'éclipsent en compagnie du cher maire de la ville, j'établis mes priorités pour les heures à venir.

Contacter Saul.

Voir maman.

Mon second objectif devrait être réalisable aujourd'hui. C'est le moment ou jamais. La villa est quasi déserte, même Esther est en congé pour Noël. En outre, mon paternel a toujours un programme très chargé en ce jour de fête ; peaufiner son image d'homme parfait prend du temps. Visiter les hôpitaux et les centres de soins, serrer des mains, poser pour des photos, lécher des cu…

Bref. Saul déteint un peu trop sur moi.

Puisqu'il s'incruste encore dans mes pensées, je tente un appel. Peut-être est-ce parce que c'est Noël, mais il décroche dès la deuxième sonnerie.

– Saul ! m'écrié-je. Ça va ? Pourquoi tu as rejeté tous mes appels et c'est quoi ce message pourri ? Il se passe quoi, bon sang ? l'invectivé-je en guise de bonjour.

Je l'entends exhaler longuement.

– Toute une nuit et une demi-journée sans nouvelles, je pensais que tu t'étais résignée…

– Je ne t'abandonnerai jamais, le rassuré-je.

– Dommage. Parce que moi, si.

– Qu'est-ce que tu racontes ? C'est pas drôle. T'es loin d'être drôle !

– Ce n'est pas le but ! (Il soupire d'un air las.) Écoute-moi bien. Efface mon numéro et reprends ta petite vie de bourge. OK ? Lâche-moi, *putain* !

– Jamais ! Je ne te crois pas. Je ne sais pas pourquoi tu agis comme ça, mais y a forcément une explication…

– Je ne t'aime pas, June. Tourne la page.

Mon cœur tambourine si fort que je perçois ses paroles comme si j'étais engloutie sous des trombes d'eau.

– Viens me le dire en face, alors. Les yeux dans les yeux !

Il souffle.

– T'es vraiment la reine des casse-couilles. Aussi collante et gluante qu'un vieux chewing-gum. Tu veux que je te l'annonce dans le blanc des yeux ? OK. Rendez-vous demain à Springfall.

Je fronce les sourcils. C'est une petite ville à une heure de route, à l'ouest d'Harrington.

– Springfall ? Pourqu… ?

Je n'ai pas le temps de formuler mon interrogation qu'il me coupe.

– Y a un bar juste à l'entrée de la ville. Le Golden. Il est calme et tranquille, parfait pour accueillir tes larmes. Viens pour onze heures. Et apporte des mouchoirs, raille-t-il avant de mettre un terme à la conversation.

Mes jambes flageolent, je m'assois lourdement par terre.

Mon cerveau refuse d'assimiler ces mots insensés.

Je ne comprends pas. Je ne comprends pas. Je ne comprends pas. Je ne comprends pas. Je ne comprends pas. Je ne comprends pas. Je ne comprends pas. Je ne comprends pas.

Je reste ainsi, anesthésiée, dans un brouillard oppressant, pendant des minutes ou des heures entières, je ne saurais dire. Une seule phrase tourne en boucle dans mon esprit.

Je ne comprends pas.

Tout ça n'a aucun sens, aucune logique. Saul ne peut pas me larguer.

« Je ne t'aime pas », m'a-t-il assuré. C'est faux ! Archifaux ! Même s'il ne l'a jamais confirmé de vive voix, tout dans ses gestes, dans ses expressions, dans ses attentions me l'a affirmé. Je n'essaie pas de me voiler la face, j'ai raison. Mon cœur crie au mensonge. Mon cerveau crie au mensonge. Mon être tout entier crie au mensonge. Pour un motif obscur, Saul raconte des craques. Je ne m'appelle plus June Harrington si je ne découvre pas ce qu'il me dissimule. Demain, quand il se tiendra devant moi, tout sera clair. Je pourrai lire en lui, jauger sa sincérité.

Hors de question de m'effondrer pour une histoire sans fondement. Je vais me redresser, oublier ce coup de fil et me focaliser sur ma mère. J'ai affronté d'autres épreuves, je sais garder la tête froide. *Je sais faire. Je sais faire.*

J'abaisse mes paupières et respire profondément.

Tu peux y arriver ! Tu y parviens toujours.

Mue par une volonté implacable, je me lève, époussette mes vêtements et avance d'un pas déterminé vers la chambre de maman. Elle est verrouillée, évidemment… Parce qu'il faut sans cesse qu'on me complique l'existence.

– Putain ! Putain ! Putaiiin ! *Putaiiiiiiiiiiiiin !*

Je jure comme je n'ai jamais juré auparavant. J'ai l'impression que mon cœur va sortir à tout moment de ma cage thoracique, mais *PUTAIN*, c'est libérateur. Salvateur. Je m'époumone devant cette porte fermée qui semble me narguer, déversant ma rage, ma peine, ma peur.

– June ? bégaie une voix tremblante.

– Maman ! Maman, ouvre la porte ! Ouvre-moi, d'accord ?

Silence.

– Maman ? Tu m'entends ? Maman !

Je tambourine au battant dans un élan désespéré.

– Maman !

– Chut. Chut, sois sage, June ! Si tu es sage, tout ira bien. Tu comprends ? Sois sage.

– Maman, tu peux m'ouvrir ?

– Ton père, June… Attention à…

– Je m'en fiche de lui ! lancé-je, excédée qu'elle ne pense qu'à lui.

Toujours qu'à lui.

– Attention ! Attention à ton père. Attention à ton père. Attention à ton père. Attention à…

– D'accord, j'ai compris !

– Il est dangereux. Attention à ton père. Il est dangereux. *Attention à ton père !* hurle-t-elle soudain avant de retrouver son ton atone. Sois sage. Si tu es sage, tout ira bien. Sois sage. Ton père. Attention.

Non…

Non…

Non…

Je peux tout supporter. Les brimades, les humiliations, les sermons à n'en plus finir. J'en suis capable. Je suis forte. Mais pas ça. Pas maman.

Pas ma maman.

J'étouffe un sanglot.

– Papa t'a fait du mal ?

Silence.

– Réponds-moi ! m'énervé-je en pleurant. Il te fait du mal ?

– Attention. Attention à ton père. Si tu es sage, tout ira bien. Tu comprends ? me chuchote-t-elle, tel un enfant qui délivre un secret.

J'essuie mon nez qui coule du plat de la main.

– Qu'est-ce qu'il t'inflige quand tu n'es pas sage ?

Silence.

– Je suis sage. Je suis sage. Maggie obéit. Maggie est sage. Sage. Sage. Sage. Attention !

Lorsque des cris d'animal blessé traversent la cloison, la vérité m'explose à la figure. Il l'a détruite.

Mon père est un monstre.

Les larmes dévalent mes joues sans discontinuer, mes sanglots me déchirent la gorge, me broient l'âme.

Je ne dois pas flancher. Je suis forte. Je suis for…

… si triste.

Si seule.

***

Le cerveau est doté d'un pouvoir fascinant, il est capable de compartimenter la douleur pour continuer à fonctionner. C'est ce que je fais depuis hier. Depuis que j'ai vu ma mère.

J'ai enfoui cette vision au plus profond de moi, pas pour l'oublier – je ne pourrai jamais l'oublier –, mais pour rester lucide. Pour pouvoir réfléchir. Je dois trouver un moyen de la sortir d'ici. Mais comment ? La porte de sa chambre est verrouillée, et je n'ai pas la clé. Esther rôde dans les couloirs, et mon père contrôle ses moindres faits et gestes. C'est une véritable forteresse autour d'elle. Et si j'appelle la police, il y a de grandes chances pour que ces corrompus ne fassent rien ou, pire, qu'ils préviennent mon père…

J'ai passé la nuit à tourner et à retourner différents scénarios dans ma tête, mais chaque tentative se heurte à un nouveau mur. Ce matin, bien qu'épuisée, je suis déterminée. Je dois en parler à Saul. Ensemble, on trouvera un moyen. Animée par cette nouvelle énergie, je me prépare à notre rendez-vous.

J'arrive un peu avant l'heure convenue. Saul est déjà là. Lorsqu'il me voit pénétrer dans le bar, il se rencogne contre le dossier de sa chaise. Je fronce les sourcils devant son attitude presque hostile. Il darde sur moi une œillade que je qualifierais de « dédaigneuse ». Comme si j'étais un caillou dans sa chaussure.

Il ne va pas me faciliter la tâche, à ce que je vois. Pas grave, j'en ai maté des plus coriaces. Je lui tirerai les vers du nez, de gré ou de force.

– Princesse, crache-t-il comme si ce surnom le dégoûtait.

Le menton bien haut, je m'installe face à lui. Si je me suis pomponnée ce matin, Saul n'est, a priori, pas passé par la case salle de bains. Son visage émacié est garni d'une barbe éparse, ses doigts sont sales et abîmés comme s'il s'était bagarré (est-ce du sang, sous ses ongles ?), ses cheveux sont hirsutes et pas lavés, quant à ses yeux, ils sont cerclés de noir. Non par des coquards, mais par des cernes. Profonds.

J'avais raison. Un truc cloche et c'est pour cela qu'il me repousse.

– Range ta verve, veux-tu. Je suis immunisée. Et raconte-moi plutôt la galère dans laquelle tu t'es fourré.

Il bat des cils.

– T'es complètement frappadingue, en fait. Le seul

merdier dont je veux me débarrasser, c'est toi. Mais t'as pas l'air de saisir.

– En effet. On doit clarifier beaucoup de choses.

Son regard est fuyant pendant un instant ; je tends la main pour caresser sa joue. Il l'enlève sans ménagement, me tirant un couinement stupéfait.

– Clarifier ? Parce que je n'ai pas été suffisamment *clair* avec toi ?

Il plante ses prunelles furibondes dans les miennes.

– Toi et moi, c'est fini. En réalité, toi et moi, ça n'a jamais existé.

– Je ne te crois pas !

Il peut balancer toutes les horreurs qu'il veut, je sais pertinemment que c'est faux.

– Je ne crois pas un seul mot qui sort de ta bouche. Après tout ce qu'on a vécu ensemble… Je ne…

Saul s'esclaffe de manière sardonique. Il se penche vers moi, le regard fixé au mien. Il ne bronche pas, ne cille pas, tandis qu'il me toise avec mépris.

Il est bon comédien, j'admets.

Je suis troublée par la haine profonde qui l'anime et, malgré moi, ça me blesse.

J'insiste, au bord du malaise :

– Tu mens.

– Merde, June ! dit-il, énervé. Aie un peu d'amour-propre ! Y a jamais eu de nous deux… Tu piges, ça ? Je voulais te larguer en douceur, mais tu m'obliges à te dévoiler la vérité. C'était un pari ! Un putain de pari avec Jacob. Et je l'ai gagné. Je t'ai baisée ! Dans toutes les positions, me provoque-t-il avec un sourire cruel. Et maintenant que c'est fait, qu'est-ce que tu veux que je foute avec toi ? Tu pensais quand même pas que je m'étais entiché d'une nana aussi superficielle que toi ?

Il se tape la cuisse, pris d'un énorme fou rire. Lorsqu'il lève la tête, ses yeux sont humides tant il s'est esclaffé.

Je déglutis pour avaler la boule de ronces qui m'obstrue la gorge.

Il ment. Mais il ment bien, le fourbe.

Des larmes perlent au coin de mes cils. Toutefois, je refuse de les laisser couler. Tout comme je refuse ses paroles. Il y a forcément une explication, quelque chose qui le contraint à agir ainsi.

C'est évident !

Je secoue la tête, butée.

Saul prend une grande inspiration, les paupières closes. Quand il les rouvre, je sais que ce qu'il va m'annoncer terminera de m'achever.

Il pianote sur son téléphone et le positionne devant moi sur la table.

– Lis ça. Vas-y, lis ! répète-t-il lorsqu'il me voit figée. Tu veux une preuve ? En voici une.

La mort dans l'âme, je baisse les yeux sur l'écran. Il s'agit d'une conversation entre Jacob et lui qui date de notre rencontre.

Jacob
50 $ ke t'arrive pa a
baisé la fille du maire

Saul
J'ai qu'à claquer
des doigts pour la
soulever et la prendre
par tous les trous...

Jacob
N'oubli pas les
photo Fox on veux
des preuve

Saul
Je t'enverrai même
des vidéos pour
que tu puisses te
branler dessus.

Jacob
hahahaha C cool

– Dois-je aussi te montrer les photos que je lui ai envoyées ? T'es plutôt photogénique avec ma bite dans la bouche, siffle-t-il, la lèvre retroussée dans une moue cynique.

M'a-t-il vraiment photographiée à mon insu ? Je me souviens que, durant l'acte, il a saisi son téléphone un instant. Je m'en étais étonnée sur le moment. Était-ce pour cela ? Pour prendre un cliché et le partager avec ses potes ?

– Ah, et merci pour le cuir, embraie-t-il avec perfidie. Ça ne te gêne pas si je ne te le rends pas ? « Donner c'est donner, reprendre c'est voler », tu connais le proverbe.

Machinalement, je fais glisser son bracelet sur mon poignet.

Je devrais l'insulter, le maudire, le gifler. J'en suis incapable. Ma gorge est si douloureuse que seul un gémissement plaintif s'échappe d'entre mes lèvres serrées.

Saul l'entend. Et il ne cache pas le plaisir qu'il en tire.

Je suis forte.

Je ferme les yeux et m'encourage à ne pas craquer. Ne pas sombrer.

J'ai encaissé tellement d'épreuves en vingt-quatre heures que je me sens épuisée, vidée de toute substance. Soudain, le monde oscille autour de moi, un affreux goût de bile se colle à ma langue.

Je vais vomir.

Je déglutis plusieurs fois pour chasser cette sensation. Sauf qu'un poids invisible m'écrase la poitrine et m'empêche de respirer. Je suffoque.

De l'air. J'ai besoin d'air.

Je me redresse précipitamment.

Le rire narquois de Saul m'accompagne tandis que je m'enfuis en courant.

24

June

Nos nerfs sont comme des élastiques. Ils se tendent, se tendent, se tendent. Puis, comme tout corps sur lequel on exerce une trop grande pression, ils finissent par céder. Certains possèdent une extensibilité plus importante que d'autres, ce qui leur permet de résister plus longtemps. Cependant, tout le monde a son point de rupture. Je ne fais pas exception.

Je ne suis pas invincible.

On m'a terrassée. À tel point que la noirceur a recouvert mon cœur. Je voudrais juste que la douleur disparaisse. M'endormir et ne plus me réveiller. Pas par lâcheté, mais pour me reposer. J'ai besoin d'une pause. Sauf que je ne sais pas comment l'obtenir.

Je ne souhaite pas mourir, je veux juste arrêter de souffrir.

Pour un jour.

Une heure.

Une minute.

Une seconde.

Pourtant, je ne peux pas m'autoriser à sombrer. Pas maintenant. Pas quand ma mère est prisonnière des griffes de mon père. Durant les deux semaines qui se sont écoulées, je n'ai fait que chercher des solutions pour la sortir de là.

Je n'ai pas encore trouvé comment, mais je refuse d'abandonner. Pour Saul… Je ne sais pas. Mon cerveau m'ordonne de le détester et mon cœur de l'aimer. L'un appelle à la vengeance, l'autre me persuade de ne pas l'abandonner. Alors, pour le moment, je fonctionne en mode pilotage automatique avec option déni enclenchée.

En apparence, je suis la même. Je m'apprête, je souris, je parade. À l'intérieur, j'oscille entre engourdissement et bouillonnement. Des moments où je voudrais me rouler en boule et disparaître alternent avec des phases où la rage me donne l'énergie d'échafauder mille plans pour nous libérer, ma mère et moi.

J'ai tellement l'habitude de masquer mes sentiments que même l'esprit torturé, le cœur déchiré et l'âme meurtrie, je joue un simulacre convaincant.

– Tu as des nouvelles d'Ethan ? me questionne Ashley en grignotant une pomme tandis que nous marchons en direction de la cafétéria.

Une semaine que les cours ont repris, mais Saul n'est toujours pas là. Je ne sais pas s'il reviendra un jour. Le fait qu'il ne soit pas au lycée me conforte dans l'idée que quelque chose ne va pas. Je le ressens dans mes tripes. Certains diraient que c'est prendre mes rêves pour des réalités, que je me voile la face ou encore que c'est mon arrogance qui s'exprime. Moi, je le perçois plutôt comme un pressentiment. Et je m'y accroche parce que je souhaite plus que tout au monde qu'il soit vrai.

– Allô, la lune ?

– Hum ? Ah oui, Saul… Non, je n'ai pas de nouvelles.

– Saul ? Pourquoi tu… ?

Je ricane pour dissiper mon embarras et secoue la tête.

– J'étais en train de calculer le nombre de ces criminels de Westies qu'il restait à virer et son nom m'est venu à l'esprit. Du coup, j'ai confondu les prénoms. Selon les rumeurs, le 3B s'est barré de sa propre initiative.

– Je regrette juste sa belle gueule. Je n'ai plus personne à mater pendant nos cours de SVT.

– Concentre-toi sur le prof…

Elle simule un vomissement.

– Beurk, non ! Quelle horreur ! J'ai besoin d'une jolie chose à observer, pas d'un truc flasque et fripé.

Je cligne des paupières, perplexe.

– Je parle du visage de Simmons, June. Même si ces adjectifs peuvent sûrement s'appliquer à une autre partie de son anatomie. Mais… (Elle feint une nouvelle nausée.) Ne compte pas sur moi pour vérifier.

Elle s'esclaffe et je l'imite par automatisme, même si ses moqueries faciles ne sont pas drôles.

Même si mon cœur saigne.

– Oh ! Je voulais aussi te demander, il se passe quoi avec Meg ? Vous êtes en froid depuis des semaines.

Je hausse les épaules.

– C'est une conne. J'aime pas les connes.

– Waouh. Carrément ? C'est la première fois que je t'entends proférer ce genre d'insulte. Tu dois vraiment lui en vouloir. Elle a fait quoi ?

– J'en ai simplement ma claque de me farcir une pâle copie de moi. Elle n'a aucune personnalité, c'est pathétique.

Je me garde bien de lui parler de ce qu'elle a répété à sa mère, et de sa relation avec Ethan…

La bouche d'Ashley se tord dans une moue.

– T'es dure.

– C'est peut-être cruel, mais c'est la vérité.

– Quand on parle du loup… m'avertit Ashley.

– Je peux te voir deux minutes ? me questionne Meg d'un ton énervé.

– Non.

Je poursuis ma route sans plus lui prêter attention.

Elle me retient par la manche.

– Soit on discute en privé, soit ici, devant tout le monde. À toi de choisir ! me menace-t-elle dans un éclat de voix qui attire aussitôt des regards intrigués.

Un petit groupe de curieux se forme non loin de l'entrée de la cafétéria, créant un bouchon.

June et Meg qui règlent leurs comptes, c'est l'événement à ne pas manquer.

Je me compose un sourire affable.

– Bah vas-y. Je t'écoute ! Parle…

Ses yeux s'écarquillent tandis qu'elle blêmit.

– Quoi ? Ce n'est pas ce que tu voulais ? chuchoté-je pour qu'elle seule puisse entendre. Que tout le lycée soit au courant de tes agissements.

Puis d'un timbre plus fort, je conclus :

– C'est bien ce que je pensais…

Je la bouscule volontairement et pénètre à l'intérieur de la cafétéria.

Deux heures plus tard, alors que je me dirige vers mon Aston, une main me saisit et m'entraîne vers l'arrière du parking.

– Lâche-moi ! m'agacé-je en retirant mon bras.

Je darde sur Megan une œillade assassine.

– Tu ne comprends pas que je me moque de ce que tu as à me raconter ? Tes justifications hasardeuses et tes excuses bidon ne m'intéressent pas.

– Ouais, bah je vais quand même te les dire ! Parce que j'en ai marre d'être traitée depuis des années comme si j'étais inférieure à toi.

– C'est ça le problème, Meg. On n'a aucune affinité. On ne s'apprécie même pas. On fait semblant d'être amies parce que c'est ce qu'on attend de nous, mais j'en ai assez de cette mascarade.

– Tu crois que je veux te ressembler ? Certainement pas ! Tu me débectes, toi et ta petite vie parfaite. Sauf que j'ai pas le choix, ma mère ne voit que par toi. Ta beauté, ta prestance, ton look. Elle passe son temps à t'encenser. Depuis toute petite, elle me met en concurrence avec toi, me compare…

Je laisse échapper un rire amer.

– Ma vie parfaite ? Si tu savais…

– Tu ne peux pas comprendre, toi évidemment, me coupe-t-elle, hargneuse.

– Non, je ne peux pas comprendre ta situation, tout comme tu ne peux pas comprendre la mienne. Alors arrêtons cette comédie.

– T'es qu'une garce égocentrique. Personne ne t'aime ! Tu le sais, ça ? crie-t-elle tandis que je m'éloigne, indifférente à son éclat. Ils font tous semblant d'être à tes pieds parce qu'ils ont peur, mais derrière ton dos, ils te détestent ! Même Ashley, qui te colle au train ! C'était la première à coucher avec Ethan, t'es au courant ?

Je me fige.

– Qu'est-ce que tu croyais ? Qu'elle était ton amie ? s'exclame-t-elle avec un rire sardonique. Ethan a baisé au moins une dizaine de filles avant moi. Et la majorité est issue de notre cercle. Y a que Pati qu'il n'a pas pécho par respect pour Parker.

Au même moment, Ashley nous rejoint.

– Qu'est-ce que tu racontes ? s'affole-t-elle en s'adressant à Meg.

– Rien de plus que la vérité. June est en droit de savoir avec qui son fiancé a couché. Pourquoi je serais la seule salope dans cette histoire, alors que tu l'es encore plus que moi ?

– June, ce n'est pas ce…

Et là, sans pouvoir me réfréner, j'explose.

D'un rire incontrôlable.

Parce que j'ai l'impression que ça ne va jamais s'arrêter, la vie s'acharne avec tant de force sur moi que ça en devient grotesque.

– June… s'inquiète Ashley.

– Ça va, ça va. C'est juste trop drôle.

J'essuie mes larmes du bout des doigts.

– Pour Ethan… commence-t-elle.

Je la stoppe de la main.

– Bon, je vais y aller si vous n'avez rien de plus à ajouter… Une petite insulte supplémentaire pour la route ? m'enquiers-je auprès de Meg. Non ? OK, al…

– C'est que…

Je darde sur Ash un regard équivoque.

– Quoi, encore ?

– À la base, j'étais venue vous raconter la rumeur du jour sur le Westy qui est parti, murmure-t-elle d'une voix piteuse.

Mon cœur rate un battement, ma respiration s'accélère.

– Qui ça ? Fox ? Saul Fox ?

– Ouais, la belle gueule. Je sais pourquoi il n'est plus

là. Je pensais que vous seriez curieuses de l'apprendre, mais vu les circonstan…

– On s'en fout ! la mouche Megan. T'es aussi garce que moi, n'essaie pas de faire diversion avec des commérages ridicules dont tou…

– Pourquoi ? la coupé-je.

Ashley se réjouit de mon intérêt, s'imaginant à tort que notre pseudo-amitié est sauve.

– Tout à l'heure, quand j'étais à l'administration, j'ai entendu deux secrétaires en parler. Il ferait partie d'un gang, il paraît ! La dinguerie ! Mais, vous ne savez pas le plus grave, pérore-t-elle avec emphase, apparemment, ça a mal tourné.

– Il est mort ? s'étonne Meg tandis que je tente d'aspirer un peu d'air.

– Pas lui. Son frère.

L'hyperventilation me provoque-t-elle des hallucinations auditives ?

– Quoi ? Sev… Sevan ? Sevan est… mort ?

Je bégaie sous le choc, avant de me ressaisir. Ça ne peut pas être vrai. Sevan n'est même pas membre des West Eagles Nation. C'est du n'importe quoi ! Il n'a que 13 ans !

Ashley claque une bulle de son chewing-gum.

– Ouais. Mais bref, ce n'est…

Sans attendre, je sprinte vers ma voiture sous les regards éberlués de mes fausses amies. À cet instant, ce qu'elles peuvent penser de ma réaction soudaine m'est totalement égal. Je dois éclaircir cette rumeur saugrenue.

25

Saul
Un mois plus tôt

Je viens de déballer mes soupçons sur le comportement d'Harrington envers sa famille. Et bien que je n'aie pas évoqué June ni la cave – c'est son secret, c'est à elle de le dévoiler quand elle sera prête –, je culpabilise d'avoir parlé de sa mère. Surtout que June m'a téléphoné au même moment ; quand elle a constaté que son appel n'aboutissait pas, elle s'est rabattue sur ma messagerie pour me dire qu'elle déprimait seule dans sa chambre. Avec ça, le sentiment de l'avoir trahie a encore grimpé d'un échelon, si c'est possible. D'autant plus qu'elle refuse de voir le mal que son père fait à sa mère. Malgré tout, plus j'y songe, plus je suis persuadé que l'état physique et psychologique de sa mère résulte de mauvais traitements. Vu ses exactions envers sa fille, ça serait de l'aveuglement de croire qu'il n'en va pas de même avec sa femme.

Malheureusement, ce ne sont que des soupçons, sans preuve tangible. Nichols me l'a clairement fait comprendre en me balançant son poing dans la tronche. Quant à mon daron, il m'a posé un milliard de questions sauf que je n'avais quasi aucune réponse à lui fournir.

Je penche la tête sur le côté. Au moins, mon nez n'est

pas cassé ; Nichols a mal visé et a frappé mon oreille gauche. Depuis, elle bourdonne sans discontinuer.

Cet idiot est furax de ne rien avoir de concret à se mettre sous la dent. Si, déjà, il commençait par établir un plan au lieu de foncer tête baissée, ce serait un bon début.

C'est un peu le problème des WEN, et des gangs en général, ils sont dirigés par des débiles, et ne recrutent que des hommes encore plus débiles. Le niveau est élevé, mais ils y parviennent malgré tout. Ce qui constitue au final une belle brochette d'attardés.

« Dont tu fais partie... » ricane la voix moqueuse de June dans mon esprit.

Je secoue la tête, amusé. Je ne peux pas la contredire.

– Ça te fait marrer ? s'énerve Nichols. Et pourquoi ton téléphone n'arrête pas de biper depuis tout à l'heure ? C'est agaçant. C'est qui ?

– C'est une de ses poules, affirme Bible. D'après Jacob, c'est un gros queutard.

– Il tient de son père, certifie mon vieux avec un brin de fierté.

– C'est ça, ouais. Tu picoles tellement que tu n'arrives plus à la lever, raille Nichols.

– Tu paries !

– Putain, Fox ! Range ta bite.

Je baisse les yeux sur la table par réflexe, même si mon daron fait juste semblant de la sortir de son froc. Il mime le geste en se marrant comme un débile sous les injures et les rires gras de ses deux frères d'armes.

Ah, l'humour des WEN, c'est quelque chose...

Je grogne, écœuré. Puis je décide de zieuter mes notifications, ça me changera les idées.

Trois nouveaux messages de June.

Et une photo.

Putain de merde !

Je n'ai pas le temps d'éteindre l'écran que Bible, à mes côtés, saisit mon portable d'un mouvement habile.

– C'est qui ? se bidonne-t-il en s'éloignant du sofa pour éviter mon bras tendu. Beaux nichons. Quoiqu'un peu plats.

– Rends-moi ça !

Au lieu de m'écouter, il exhibe le téléphone en direction de mon daron qui se touche l'entrejambe en accompagnant son geste d'une grimace vulgaire, avant de le montrer à Nichols qui sourit d'un air vicieux.

Que ces gros pervers matent les seins de ma nana me donne des pulsions meurtrières.

– Alors, c'est qui cette… euh… « princesse » ? Tu nous la présentes ? C'est une chaudasse au pieu ?

Puisqu'ils ne connaissent qu'un seul langage, je m'adapte à leur niveau et dégaine une droite à Bible qui le fait chanceler vers l'arrière.

– Bien joué, fiston ! m'applaudit mon daron.

– Ça manque de punch, me nargue Bible en essuyant le sang sur sa lèvre. Mais c'est pas mal pour un rejeton.

– Quand vous aurez fini de jouer, on pourra peut-être décoller, déclare Nichols, impatient.

Enfin ! C'est ça, barrez-vous !

June va me faire la misère pour lui avoir encore lâché des « vu ». Elle a horreur de ça. Je soupire. Impossible de lui expliquer la scène qui vient de se dérouler, je dois trouver une autre excuse.

– Tu attends quoi, Little Fox ? Magne-toi le fion. On bouge ! me secoue Bible.

On ? Genre, moi aussi ?

Je glisse un regard interrogateur vers mon père, qui opine.

Fait chier !

Je range mon portable dans la poche de mon cuir, enfonce mon bonnet sur mon crâne et les suis de mauvais gré.

– C'est la fille d'Harrington ? s'enquiert mon vieux alors que j'enfourche ma moto et qu'il en fait de même avec la sienne.

Nichols et Bible sont partis devant en voiture.

Je me fige devant cette question soudaine.

– Quoi ?

– Les petits nichons, c'est la fille d'Harrington. Tu te la tapes.

Ce n'est pas une question, mais une affirmation.

Mon souffle se perd un instant quelque part dans ma poitrine.

– Qu'est-ce que tu racontes comme connerie ?

– C'est ça, oui. Je suis peut-être un ivrogne, mais j'ai l'œil, certifie-t-il en abaissant sa visière. J'espère juste que tu sais dans quoi tu te fourres.

Sans attendre ma réponse, il allume les gaz et part en trombe.

Sonné par sa déclaration, je mets un temps avant de l'imiter. Comment peut-il être aussi catégorique alors que son visage n'apparaissait pas sur le cliché ? Puis, le surnom « Princesse » pourrait coller à n'importe quelle fille. Est-ce qu'il m'espionne ?

L'esprit distrait, je parcours les rues désertes de West River. L'heure du début du couvre-feu est dépassée depuis longtemps ; s'il n'y a pas de circulation, çà et là, des ombres se dessinent sur les trottoirs boueux et dans les allées sombres. Puisque aucun Lambda ne serait assez suicidaire pour sortir, il est facile de deviner qui ils sont. Ne restent dehors que les junkies, les SDF et les gangs.

Sans oublier les militaires.

Cette dernière réflexion chemine jusqu'à mon cerveau un peu trop tard, hélas. Lorsque j'entends une sommation dans un haut-parleur, je jure. Au loin, j'aperçois la Harley de mon daron, il a lui aussi remarqué l'armée et zigzague à toute allure sur la route mouillée.

Les Easties nous traitent de criminels, mais ce sont eux qui tirent à vue. Il y a deux jours, leurs militaires ont abattu deux gamins qui s'enfuyaient. Tout ça pour un couvre-feu. Et ils osent nous faire la morale sur notre violence ? Putain d'hypocrites !

Je tente de calculer mes chances. Je n'ai qu'une Jeep au cul, m'échapper est donc envisageable. Je peux aisément la semer.

Toutefois, c'est compter sans le destin farceur. Mon espoir est douché en une seconde lorsque je roule sur une herse. Mon pneu avant explose, ma Sportster glisse et je dérape sur plusieurs mètres.

Quel con ! Putain ! C'est pour ça que le daron zigzaguait !

Quand je me redresse, courbaturé de partout et l'épaule en feu, je suis accueilli par trois fusils d'assaut pointés sur moi. Ils me hurlent de me mettre à terre, mais avant même que je puisse obtempérer, l'un d'eux me pousse violemment. Je salue de nouveau le bitume. Ma tête est entravée par un genou tandis qu'on me passe les menottes en prenant soin de me déboîter les bras. Je grogne sous la douleur. Voilà à quoi on a droit quand on vient de West River – peu importe qu'on soit armé ou pas, qu'on résiste ou pas.

– La balade est terminée, m'informe l'un des militaires en me redressant sans ménagement.

On me traîne jusqu'à un camion garé en contrebas où une dizaine de personnes attendent, menottées elles aussi, d'être conduites au poste.

En théorie, je devrais être relâché rapidement : je ne suis pas armé, je n'ai pas de drogue sur moi et je suis mineur. Mais avec ces militaires… Après ce qu'ils ont infligé aux deux gamins l'autre jour, je sais qu'ils n'en ont rien à foutre des procédures. Ils peuvent faire ce qu'ils veulent de nous.

Cette pensée me tire un frisson. Mais au moins, ça m'évite une soirée avec les West Eagles Nation…

26

Saul

– Pour la énième fois, non. Je ne sais pas qui ils sont.

Des heures que je suis en salle d'interrogatoire. On me soupçonne d'être l'auteur d'un règlement de compte. Dès qu'ils ont appris que j'étais un Fox, donc un WEN, ils ont vu en moi le coupable idéal. Deux BSB seraient morts non loin de l'endroit où j'ai été arrêté. Pour eux, je fuyais la scène de crime. Logique.

Leurs preuves : aucune. Hormis leur intuition vérolée par un manque d'objectivité.

Tel que c'est parti, ils vont me cuisiner toute la nuit.

Et évidemment mon daron n'est jamais dispo quand il faut. Il n'a pas répondu à mon coup de fil, donc je peux dire adieu à une sortie anticipée.

– Je peux récupérer mon téléphone ? m'enquiers-je auprès d'un des enquêteurs.

– Bien sûr. Tu veux aussi qu'on te fournisse le code Wi-Fi ?

– Et qu'on te paie un abonnement Netflix ? rajoute son confrère d'un ton méprisant.

– Ce serait sympa, ouais.

– Arrête de te foutre de notre gueule ! s'énerve-t-il vivement.

– Avoue et tu pourras sortir. On est tous crevés, on veut tous aller dormir, tempère l'autre.

– C'est pas moi... soufflé-je, fatigué de répéter le même refrain depuis des heures. Faites des tests ADN, comparez mes empreintes... Je sais pas, faites votre job et vous verrez que ce n'est pas moi.

– Oui, tu te baladais dans le coin par hasard. En plein couvre-feu. À d'autres ! s'emporte le plus hargneux des deux.

– C'est à peu près ça, oui.

– Tu allais où ? Pour faire quoi ? Avec qui ?

– J'étais parti pour m'aérer l'esprit. Je voulais juste faire un tour à moto.

Un grincement interrompt ce fabuleux échange.

– Wilson est arrivé, prévient un type en passant sa tête dans l'interstice de la porte.

– OK. Ramène-le en cellule, ordonne le moins teigneux en me désignant. On reprendra plus tard.

Je soupire de soulagement et me laisse entraîner vers la cellule surchargée. Les deux bancs sont occupés, je n'ai d'autre option que de m'asseoir par terre, sur le sol en ciment. La tête adossée contre le mur, je me félicite d'avoir cette capacité à m'endormir n'importe où. Aussitôt mes paupières closes, je m'assoupis en un instant.

Quelque temps plus tard, je ne saurais dire combien exactement, je suis réveillé par un coup de pied.

L'esprit embrumé par le sommeil, je darde sur l'individu, qui me saisit de manière bien trop agressive, un regard peu amène.

– Lève-toi, me somme-t-il. La sieste est terminée.

On me conduit à nouveau en salle d'interrogatoire où le bon et le méchant flic m'attendent.

À la fin de l'entretien, on me ramène en cellule. Et ainsi de suite. C'est une succession d'interrogatoires. Je suis incapable de dire quel jour on est ; j'ai l'impression que je suis ici depuis des semaines entières.

– Pourquoi ma garde à vue n'est toujours pas levée ? Vous n'avez pas le droit de me séquestrer ici indéfiniment.

Il me tend mon téléphone.

– Déverrouille-le.

J'obéis en bâillant, la bouche grande ouverte.

– C'est possible d'avoir un café ?

Gentil flic acquiesce et méchant flic décale sa chaise pour aller m'en chercher un.

– On va vérifier tes appels et ta messagerie. Si rien de suspect n'apparaît, on te libère dans la foulée.

Ce n'est pas trop tôt !

Soudain, je me souviens du nude de June. Hors de question qu'eux aussi se rincent l'œil.

– La conversation avec ma petite amie est privée, l'avertis-je.

Au même moment, le second enquêteur revient dans la salle, un gobelet à la main.

– Aucune conversation n'est privée, me détrompe ce dernier en posant le verre devant moi.

Le café a l'air froid… mais bon, c'est mieux que rien.

– C'est juste une photo qu'elle m'a envoyée. Je ne veux pas…

– Trop tard, me coupe celui qui consulte mon portable. T'inquiète, j'en ai vu d'autres, sourit-il. Puis, ce n'est pas ta « princesse » qui nous intéresse.

Je serre les dents.

– Putain, c'est quoi ça ! s'alarme-t-il d'un coup. Peter, regarde !

Il tend mon téléphone à son collègue, qui écarquille les yeux en jurant.

J'essaie de me rappeler s'il y a des trucs compromettants dessus qui pourraient justifier leur réaction vive, mais je ne trouve rien. Je suis clean.

– Quoi ? m'agacé-je.

– Tu nous expliques ?

Il tourne le portable vers moi et lance la lecture d'une vidéo que je ne connais pas.

Quand mon cerveau enregistre les images qui défilent sous mes yeux, mon monde s'écroule.

On me secoue comme un prunier et je réalise que je hurle.

– Oh, petit ! Calme-toi ! Calme-toi !

Je m'empare de mon téléphone pour vérifier l'heure à laquelle cette vidéo m'a été envoyée. C'était il y a vingt minutes.

– Aidez-moi ! les supplié-je sans pouvoir retenir mes larmes. Aidez-moi. La personne suspendue au poteau, c'est… m-mon petit frère…

Mon cauchemar s'est réalisé. Ma pire crainte. Le secret de Savannah a été découvert. La sensation qui me broie le cœur est tellement insupportable que je suffoque. Je n'ai pas mal, je suis englouti par la peur, par l'horreur. Une terreur accablante se répand dans mon être, aussi brûlante et corrosive qu'un poison mortel. Elle tétanise mes membres, bloque ma respiration, me procure un vertige. Puis, je tremble. D'abord mes doigts, puis mes bras, ensuite mes jambes. Bientôt, c'est mon corps entier qui convulse, pris de spasmes.

À présent, je chiale comme un môme. Le film de Jacob tourne en boucle dans mon esprit. Ils ont capturé

Savannah. Ma petite sœur. Ils l'ont déshabillée et attachée au poteau des tortures. Tandis que Jacob commente la scène en riant, des West Eagles Nation la frappent à tour de rôle.

« Tu savais que ton frangin était une de ces raclures de pédé ? Qu'il aimait se déguiser en gonzesse pour sucer des bites ? En allant te chercher ce matin, j'ai fouillé un peu ton épave pour voir si tu ne te planquais pas quelque part, tu vois… Et je suis tombé sur des photos de ta pute de frangin en meuf ! Tu savais que son placard était rempli de robes et de maquillage pour qu'il fasse sa pute ? Putain, gerbant ! Alors, tu me connais, je l'ai ramené illico au Nation. »

Il se tourne vers mon oncle, et la caméra zoome sur lui.

« Fritz, cogne-le bien fort pour moi s'il te plaît ! »

Il fait ensuite un plan large pour montrer l'ambiance exaltée des West Eagles Nation.

« Oh ! Et bordel, t'aurais vu ton daron ! Il l'a pulvérisé, c'était excellent ! Tu vois sa gueule en sang, c'est ton vieux qui lui a mis deux droites en pleine face. Bon, tu nous rejoins ou pas ? Si tu veux lui faire tes adieux, c'est maintenant. »

Quelqu'un l'appelle pour le prévenir que c'est son tour.

« Allez, à plus, Fox, je vais m'amuser un peu. Ciao ! »

– Ils sont où ?

– Au Nation Club, articulé-je difficilement. C'est le…

– QG des WEN, oui, on connaît.

– Derrière le bar, il y a un grand champ. C'est là qu'ils sont tous. Faites vite, ils vont tuer Sava…

Je m'étouffe dans un sanglot en prononçant son prénom.

Je n'ai jamais été croyant, mais, à cet instant, je prie. J'ai besoin que Dieu existe et qu'il protège ma petite sœur. Parce que, encore une fois, je me révèle impuissant.

Je vous en supplie, protégez Savannah.

Je vous en supplie.

– On va envoyer une équipe, t'inquiète.

– En attendant, revenons à nos moutons…

– Qu-quoi ? bégayé-je en dardant sur le flic censé être gentil un regard confus.

– Tu veux sortir rejoindre ton frère au plus vite, non ? Et nous, on veut boucler cette enquête. C'est donnant-donnant. Parle et on te libère.

Mes larmes s'assèchent, remplacées par une colère sourde. Je me redresse, saisis ma chaise et la catapulte de toutes mes forces contre le mur malgré les menottes qui m'entravent.

Alertés par le bruit, plusieurs de leurs collègues viennent aussitôt en renfort. Je reçois un coup, mais je m'en fous. Je balance mes poings dans toutes les directions, espérant ainsi toucher le plus de cibles possible. Soudain, je ressens une décharge si puissante qu'elle me paralyse. Ces enfoirés m'ont tasé. Ils m'immobilisent et me transportent en cellule.

Je reste un moment groggy. Puis, dès que je reprends mes esprits, je me rue sur les barreaux en vociférant comme un damné. Même quand ma voix se casse, que mes cordes vocales me brûlent, je crie encore.

Après un temps interminable, un agent vient vers moi.

– Tu es libre.

– Qu-quoi ? Pour… ?

– Quoi ? C'est pas ce que tu voulais ? s'agace-t-il. Sois content et dégage.

Il a raison. Je me fous du pourquoi et du comment. Je dois me tirer au plus vite et rejoindre Savannah.

Au moment de récupérer mes effets personnels confisqués, je comprends la raison de ma libération. Ils ont attrapé les vrais coupables. Ces malins s'en sont vantés sur les réseaux sociaux et ont filmé la scène.

Affaire close.

Alors que je m'apprête à quitter le poste de police, l'un des enquêteurs de tout à l'heure, le mal léché, m'interpelle.

– Notre équipe n'a trouvé personne sur les lieux, m'informe-t-il. Il n'y avait aucune trace de ton frère, désolé.

Il me tend une carte de visite.

– Voici mon numéro. S'il est rentré chez vous, tiens-moi au courant. Si ce n'est pas le cas, nous ouvrirons une enquête sur sa disparition.

Ils ne feront rien pour Savannah, je le sais. Car des dossiers comme le sien, ils en reçoivent des dizaines chaque jour ! Une fois que j'aurai franchi les portes, ils oublieront tout de cette histoire.

Je dois prendre les choses en main moi-même.

Où auraient-ils pu l'emmener ? À part la péniche, je ne vois pas d'autre endroit. Mon daron l'a sûrement ramenée pour la soigner, comme il l'avait fait avec moi.

« Et bordel, t'aurais vu ton daron ! Il l'a pulvérisé, c'était excellent ! Tu vois sa gueule en sang, c'est ton vieux qui lui a mis deux droites en pleine face. »

Les paroles de Jacob bourdonnent dans mes oreilles. Je déteste souvent mon père, j'ai même du mal à le considérer en tant que tel. Mais violent avec nous ? Une partie de moi veut croire que c'est impossible. Même si je l'ai vu faire des choses horribles aux autres… c'est différent avec ses enfants, non ? Il ne pourrait pas… Des larmes acides piquent mes yeux, je bats des cils pour les chasser.

Ce n'est pas le moment de sombrer dans la culpabilité et le désarroi.

Par chance, le poste n'est pas très loin de la péniche. Trente minutes de marche en traçant.

Le ciel est encombré de gros nuages noirs, annonciateurs de pluie. Un temps à l'image de mes pensées sombres qui fourmillent tandis que j'avance à une cadence soutenue.

Ce qui me blesse par-dessus tout, c'est l'implication de mon daron. Comment peut-il les soutenir alors qu'il s'agit de son propre sang ? Comment peut-il faire du mal à son enfant ? Les West Eagles Nation ont beau être ses frères de cœur, Savannah est la chair de sa chair. Un père digne de ce nom ne jette pas en pâture son enfant à une bande de tarés, il le protège. En donnant sa vie, s'il le faut. À sa place, Savannah n'aurait pas hésité un seul instant à prendre sa défense. Elle a toujours eu une affection sincère pour lui.

C'est dans cet esprit nébuleux, mêlé d'inquiétude, de tristesse et de rage, que je déboule enfin à la péniche. De l'extérieur, tout est comme d'habitude. Je m'octroie une seconde pour inspirer vivement de peur de manquer d'air en apercevant l'état de Savannah. Chaque coup qu'on lui a porté est une plaie ouverte sur mon cœur. Ce dernier cogne si fort que j'ai l'impression qu'il va fracturer mes côtes.

Des blessures, ça se soigne, me rassuré-je. Avec du repos, elle ira mieux. Mais elle ne sera plus jamais la même. Cette cruelle vérité manque de me faire tomber à genoux.

Je titube jusqu'à la berge, m'emmêle les pieds dans une partie de bout qui traîne par terre, puis saute sur le pont du bateau.

Aucun bruit.

Le silence est assourdissant.

Et affreusement angoissant.

Lorsque j'ouvre la porte, je suis au bord du malaise. S'attaquer à Savannah, c'est mon pire cauchemar. J'ai failli. Une fois de plus.

Je stoppe mon lamentable apitoiement en constatant que le salon est vide de toute présence.

Sa chambre !

Je me rue dans celle-ci.

Vide.

Ne reste que la mienne.

Vide.

Vide. Vide. Vide.

La péniche est *VIDE* ! Où sont-ils ? La panique me consume. J'ai du mal à réfléchir. Mon cœur bat la chamade, des points noirs encombrent ma vision.

Les doigts tremblants, je m'empare de mon téléphone. Je suis con ! J'ai qu'à l'appeler. Elle me dira où elle est.

Ça sonne dans le vide. Toujours lui, oppressant et suffocant.

Je renouvelle l'appel. Encore et encore. Sans succès.

Elle ne répond pas. Pourquoi elle ne répond pas ?

Je dois aller au Nation Club. Elle est obligatoirement là-bas. Ils ont dû tous se planquer à l'arrivée des flics.

Je ressors en trombe de la péniche et m'élance là où devrait être garée ma moto. La place est vide.

Putain ! La fourrière ! Ils l'ont embarquée hier après ma chute.

Mes jambes flageolent et je tombe le cul dans la neige fondue. La tête entre les mains, je feule tel un animal enragé.

La vidéo a été postée par Jacob il y a maintenant plus de cinq heures. Il a pu se passer tellement de choses dans ce laps de temps.

Quand je parviens au bar, je suis incapable de me souvenir du trajet. Je me rappelle seulement être monté dans le bus.

Le Nation Club est fermé. Ils dorment tous à cette heure. À cas désespéré, mesures désespérées, je décide de réveiller Tad et tambourine au battant comme un forcené. Le bois craque sous les coups. J'use de mes poings, mes pieds, ainsi que de mon épaule valide pour défoncer la porte. Celle-ci finit par céder. Mon oncle a soit un sommeil de plomb, soit il m'attend en embuscade. À peine ai-je mis un pied dans la pièce qu'un flingue sur ma tempe me salue. C'était à prévoir.

– Little Fox ? s'étonne-t-il. Mais t'es complètement malade ! Qu'est-ce qui tourne pas rond dans ta putain de cabo…

– Où est Sevan ? le coupé-je.

– Ah, lui ? Il est mort. Ton père s'en est occupé. Après ta salope de mère, il fallait que ton frère s'y mette lui aussi. Tout pour déshonorer notre nom, ma parole ! On aurait dû s'en méfier dès le départ, c'est même pas son fils légitime. La coucherie de ta pute de génitrice ne pouvait qu'engendrer un avorton faible et dépravé.

Heureusement, tout est rentré dans l'ordre. Ton vieux a redoré notre blaze en portant bien haut ses *cojones*.

Mon oncle parle, j'entends ses mots, mais je ne parviens pas à les assimiler. Je l'observe sans cacher mon incompréhension. *Il a dit quoi ?*

– T'as pas l'air d'avoir beaucoup dormi. T'étais où ?

– En garde à vue, réponds-je d'une voix lointaine.

Il a dit quoi ? Au sujet de Savannah, il a dit quoi ? Je… Quelque chose m'échappe. *Il a dit quoi ?*

– Ah, tu t'es fait choper ? On pensait que tu avais fait ta fiotte et que tu étais parti te terrer dans ton lit comme une pucelle. (Il me claque le dos.) En fait, c'est un peu grâce à toi si on a découvert les agissements pervers de ton frère. Si Jacob n'avait pas fouillé la péniche pour te chercher, ce morveux aurait continué de salir notre nom dans notre dos.

– J'ai pas compris. Il est où, Sevan ?

– Putain, t'es bouché ? se marre-t-il. Il est mort. Crevé. Enterré. Enfin, plutôt incinéré ! Ton père l'a cramé ! Il a brûlé comme un feu de joie.

Je secoue la tête.

– Il nous a rapporté deux phalanges en souvenir. Elles sont accrochées au jeu de fléchettes, regarde.

Je pivote dans une sorte de ralenti. Tout est étrange, j'ai le sentiment de flotter, d'être dépossédé de mon corps. Deux doigts ensanglantés sont plantés dans la cible. Je reconnais la bague que Savannah porte toujours à l'auriculaire. Un anneau tout fin en argent. Ainsi que les trois grains de beauté qui ornent son annulaire, sous l'ongle, en forme de triangle – ou de cœur, comme elle aimait le dire.

– Ton daron voulait nous rapporter sa tête, mais avec

ces connards de militaires qui quadrillent la ville, c'est compliqué. En plus, je le cite : « Elle ne rentrait pas dans ma poche. » Putain, qu'on a ri ! Hey, tu ne vas pas me faire un malaise, hein ? Une tafiole dans la famille, ça suffit !

– Il ne peut pas être mort…

– T'es vraiment une petite bite, toi ! Je me demande si tu vaux mieux que ton cadet. On devrait te licencier aussi, ce serait rendre service à l'humanité. Les faibles doivent disparaître.

– C'est impossible…

Il lève les yeux au ciel, exaspéré par mon attitude.

– On a ses putains de doigts accrochés au mur !

Je secoue la tête. Ça ne signifie rien. On n'en meurt pas.

Il n'est pas mort.

C'est impossible, puisque *je ne suis pas mort*. Or, ça me tuerait.

Alors, c'est faux.

Il n'est pas mort.

– Attends.

Il allume la télé et manipule son téléphone.

– Sur grand écran, le rendu est carrément mieux.

Des pieds, un sol gris bétonné grossièrement.

Du sang. Beaucoup de sang. Une silhouette frêle, brisée. Un visage contusionné et bosselé, totalement méconnaissable. Et vide de toute vie.

Savannah, non !

L'image ne dure qu'une fraction de seconde avant de passer au plan suivant.

On y distingue un feu. Celui de l'incinérateur provenant de l'usine de recyclage.

Un corps qu'on balance dedans. Celui de Savannah.

Des flammes qui s'envolent dans les airs.
Des cris de liesse.
Ceux de mon géniteur...

27

Saul

Pourquoi mon cœur bat-il toujours ? Ne devrait-il pas s'arrêter ? Puisque la vie m'a abandonné, pourquoi ce fichu organe continue-t-il de me narguer ?

Je le frappe de mon poing.

Cesse ces martèlements indécents !

Cesse de me tourmenter !

Depuis ma garde à vue, je n'ai pas versé une larme. Lorsque je pensais Savannah blessée, j'étais triste d'avoir échoué en tant que grand frère, triste qu'elle ait subi un châtiment si inhumain juste pour avoir été elle-même, triste qu'elle ait enduré une torture aussi cruelle et dégradante, exposée à tous comme si sa souffrance n'avait aucune importance. Triste qu'elle ait été brisée de cette manière, bien au-delà des blessures visibles. Ce n'est pas seulement son corps qu'ils ont marqué, c'est son âme qu'ils ont piétinée, sa dignité qu'ils ont anéantie.

Maintenant qu'elle est morte, je ne suis plus triste.

Je suis vide.

Un mot qui a dorénavant tout son sens ; il est ancré en moi, hante mes nuits et accompagne mes jours.

Le vide ne pleure pas.

Le vide ne vit pas.

Alors, pourquoi ? POURQUOI SUIS-JE ENCORE DE CE MONDE ? Pourquoi ?

Je cogne ma poitrine avec plus de force.

Combien de temps vas-tu me torturer ?

Indifférent à mon tourment, mon cœur pulse en rythme. Puissant et bien vivant.

Puis, comme pour me défier, il rate un battement à l'appel de June. Cœur imbécile !

Elle m'a contacté à plusieurs reprises, j'ai également reçu des messages. Que je n'ai pas lus. Pour quoi faire ? Pour qu'elle s'attache encore plus à moi ? Pour qu'elle souffre davantage quand je ne serai plus là ? Non. Mieux vaut qu'elle me haïsse maintenant. La haine fait moins mal que le deuil. Si elle me déteste assez, peut-être que ma mort ne la détruira pas complètement.

Elle finira par se lasser, alors je laisse sonner.

De toute façon, je n'ai pas envie de parler. Un mort ne parle pas.

Le temps qui suit s'écoule dans un rythme anarchique. Les nuits deviennent des jours, les jours des minutes et les minutes une éternité. Plus rien n'est tangible, plus rien n'a de sens.

Malgré cela, mon cœur bat toujours.

Alors, je décide d'y remédier. Mais hors de question de partir bêtement. J'emmènerai en enfer tous les West Eagles Nation avec moi. Y compris mon géniteur.

Puisqu'il s'est à nouveau fait la malle, je ne le tuerai pas en premier comme j'en rêve, mais son tour viendra, je m'en assurerai. Un parricide que je revendiquerai avec fierté. Lui ne s'est pas gêné pour assassiner la chair de sa chair, alors je lui rendrai la pareille. Sans remords, sans même sourciller.

Au fil des jours, mon vide se remplit. De noirceur, de vengeance, de haine. Je n'ai vu personne de la semaine, c'est silence radio du côté des Eagles. Seule June persiste. Ma guerrière infatigable. Inarrêtable. Je dois pourtant briser ses efforts, mettre un terme définitif à notre relation. La ghoster ne suffit pas, je suis contraint de la quitter par message. Hélas, là encore, elle refuse la réalité. Je n'ai pas été assez acerbe. Elle doit me haïr pour pouvoir tourner la page. Pour cette raison, j'accepte cette fois son appel.

Sois bref, concis et méchant. Surtout méchant. Raille-la, tourne-la en ridicule. Prouve-lui qu'elle n'est rien à tes yeux.

Alors qu'elle est ma seule lumière.

Dire que je ne lui ai jamais avoué ce que j'éprouvais pour elle.

Elle ne le saura jamais.

Tant mieux ! C'est ce que tu veux, Saul ! Qu'elle te maudisse, qu'elle transforme son amour pour toi en haine viscérale.

C'est vrai. Ainsi, je protégerai son cœur. Ou du moins, je limiterai les dégâts. Un mal pour un bien.

Lorsque je raccroche, je suis lessivé. Pour la première fois depuis la mort de Savannah, un semblant de tristesse, aussi amer que fugace, me noue la gorge. Lui parler au téléphone était éprouvant, je vais devoir redoubler d'efforts demain. Elle exige de me voir. J'aurais pu refuser ; seulement, à sa détermination, j'ai compris qu'il s'agissait de l'unique manière de me débarrasser d'elle une fois pour toutes. Mon jeu d'acteur doit être parfait. Elle va m'examiner à la loupe, me scruter sous toutes les coutures, analyser mes expressions, mon intonation, ma posture. Chaque détail comptera. Il ne me suffira pas d'être méchant, je devrai être cruel, vicieux.

Je ferme les paupières.

Dans une autre vie, dans un autre monde, peut-être aurions-nous eu une chance.

Pardonne-moi, June.

Quand j'en aurai fini avec elle, elle regrettera que nos chemins se soient croisés un soir de pluie. Mais moi, je chérirai chaque instant passé à ses côtés.

J'en suis d'ailleurs venu à la conclusion que si mon cœur ne s'est pas éteint comme je le souhaitais si ardemment, c'est à cause d'elle. *Parce qu'il bat pour elle.*

Cet enfoiré pathétique s'accroche à elle comme un naufragé qui s'interdit de couler. Cependant, c'est moi qui suis aux commandes, pas lui. Et j'exige la vengeance, la destruction et la mort. Or, l'amour n'a pas sa place dans le chaos meurtrier que j'ai l'intention d'instaurer.

Le lendemain, je me rends un peu à l'avance à notre point de rendez-vous. J'ai besoin de quelques minutes de tranquillité pour peaufiner mon personnage de parfait salopard. J'ai une sale gueule et il est fort probable que je pue, puisque me laver n'a pas été ma priorité dernièrement. Tout comme me nourrir. Ou vivre.

Mais c'est plutôt une bonne chose, le côté crado négligé devrait la convaincre plus facilement de m'abandonner. Qui aime les crasseux ? Même le plus canon des mecs devient rebutant s'il est sale.

Quand June débarque telle la princesse guerrière qu'elle est, j'ai l'impression de recevoir un uppercut dans le thorax. Suivi d'une claque magistrale qui me brûle les joues.

Bordel, qu'elle est belle !

Bordel, que je...

Non. Je ne dois pas m'engager sur cette voie !

June n'est rien, ne représente rien ; elle est aussi insignifiante qu'un grain de poussière que je vais balayer d'un mouvement et sans regret.

Si seulement c'était vrai...

Chaque mot qui sort de ma bouche est tel un poison que je m'injecte dans les veines, me procurant une agonie éternelle qui me ronge les entrailles. Malgré cela, je continue, j'enfonce le clou et ris à ses dépens. J'essaie de transmettre toute ma colère, ma rage et ma rancœur dans mon regard. Elles ne lui sont pas destinées, cependant, ça, elle ne peut pas le deviner.

Comment peut-elle rester si mignonne après les horreurs que je lui ai balancées ? Comment peut-elle être si sûre d'elle ? Non, pas sûre d'elle. *Sûre de nous !* C'est en nous qu'elle croit. Et moi je détruis un à un ses espoirs, la pousse dans ses derniers retranchements, l'oblige à capituler. Et ce, de la plus vile des façons.

Au moment où je lui montre les messages de Jacob, ma décision est prise. Si cela ne suffit pas, je la remercierai pour son nude en lui disant que les gars ont kiffé se branler sur ses petits nichons et que j'aimerais qu'elle m'envoie un gros plan de sa chatte pour compléter ma collection. Chez les WEN, rabaisser les femmes, c'est une seconde nature, j'ai donc été à bonne école pendant des années.

Par chance, je n'ai pas besoin d'aller aussi loin. Je l'enterre avec une réflexion mesquine de sa bouche sur ma bite. Un moment magique que j'ai entaché à jamais par mes mots.

Ne me pardonne pas, June.

Je ne le mérite pas.

Lorsqu'elle s'éloigne en courant, j'étouffe une plainte déchirante dans un rire narquois.

June est partie.

De ma vie.

Définitivement.

La première étape de ma mission est accomplie : je devrais me féliciter, mais l'amertume qui me tapisse le palais m'en empêche.

Les états d'âme ne servent à rien ! me fustigé-je.

Il est contre-productif de culpabiliser ou de m'appesantir sur ce que je ressens ou ne ressens pas.

Ce n'est que le début. Tant que mes mains ne baigneront pas dans le sang, je ne trouverai pas la paix.

J'en fais le serment.

28

Saul

– T'es vraiment des nôtres, maintenant !

Bible me tapote l'épaule avec un sourire qui dissimule encore une pointe de suspicion qu'il ne peut totalement masquer. Depuis le décès de Savannah et mon plan de vengeance, j'ai dû inventer les pires horreurs sur elle, abonder dans leur sens à chaque insulte lancée, cracher sans cesse mon dégoût d'elle, tout ça pour dissiper leur méfiance.

J'ai aussi passé ces derniers jours à leurs côtés, me pliant à leurs moindres exigences. J'ai ri à leurs blagues graveleuses, trinqué avec eux. Je suis même allé jusqu'à participer à leur jeu du poteau en défonçant le pauvre DRB qui y était attaché.

Archer, le tatoueur des Eagles, est en train de préparer son matos tandis que je descends une énième bière dégueulasse. D'ici quelques minutes, je passerai entre ses mains expertes pour marquer mon pectoral gauche de l'emblème du gang. Ce tatouage, c'est leur façon de s'assurer que je ne pourrai plus jamais leur tourner le dos. Après cela, mon intronisation sera enfin « officielle », sans aucun retour en arrière possible.

Grâce à ça, j'ai fait mes preuves. On me considère à présent comme un membre à part entière. Alors que, en réalité, je suis le parasite qui va gangrener le club jusqu'à ce qu'il ne reste que des os.

J'ai toutefois modifié mes projets. Je voulais tous les exécuter pendant une de leurs beuveries, en profitant de leur coma éthylique pour opérer. Seulement, j'ai dû me rendre à l'évidence : je n'en suis pas capable. Je l'ai compris lorsque j'ai dû défoncer la gueule du DRB. Malgré ma haine, ma rage et ma détermination, je ne suis pas un assassin qui tue de sang-froid. Je suis trop lâche pour l'être. Ou pas assez déshumanisé ? Peu importe, je m'en fous. J'ai une autre solution : biaiser.

J'utiliserai la fureur des autres gangs pour les annihiler. Les BSB avec leur trafic d'armes, les DRB et leur réseau de traite humaine – ils sont tous aussi pourris que les WEN. Ils méritent tous de disparaître. Ainsi, si tout fonctionne comme prévu, je ferai d'une pierre trois coups. Je terminerai ce que mon enfoiré de géniteur a commencé, mais mon dessein final sera qu'ils s'entre-tuent. Puisque la rumeur court déjà que les WEN sont derrière la Bee, je n'ai eu qu'à l'amplifier. Le fait qu'ils aient attaqué en premier est une autre preuve indirecte de leur implication. « Les WEN ont bafoué les accords. » « Les WEN ont mis la Bee sur le marché pour affaiblir les autres gangs et les attaquer. » « Les WEN préparent leur coup depuis des mois. » « Les Brothers et les Snakes n'y survivront pas. » « Les WEN sont en passe de devenir les seuls rois de West River. » Les graines que j'ai semées ici et là ne font qu'accélérer l'inévitable. Le brasier était de toute façon en marche, mais en y ajoutant de l'essence, je m'assure que personne n'en réchappera.

Quand la vérité explosera – en admettant qu'elle soit

découverte un jour –, il sera bien trop tard. Je serai probablement mort, mais eux aussi. Et c'est là ma plus grande satisfaction.

– Je suis vraiment content de te voir enfin marcher dans les pas de ton père et que tu te ranges à nos côtés. Dans ce climat hostile, on a plus que jamais besoin d'hommes forts, déclare Nichols d'une voix sombre.

– C'est pour ça que le daron devrait revenir ! asséné-je avec défiance. On doit se serrer les coudes. Les DRB et les BSB se sont ralliés pour nous achever. Où est cet enfoiré, putain ? Il devr…

– Je te l'ai déjà expliqué, soupire Bible. Il est parti dans l'Utah négocier avec l'un des meilleurs faussaires du pays. C'est notre business le plus important, on ne p…

– Le plus important, c'est notre survie ! On doit faire front commun face à l'ennemi ! On a besoin de lui, notre effectif n'est pas suffisant si…

– Ton daron est le plus à même de mener cette mission, c'est un expert dans le domaine. Il reviendra quand elle sera réglée, pas avant.

– Mais, putain ! Revoyez vos priorités ! C'est pas possible d'être si co…

– La ferme ! tonne-t-il, agacé par mon éclat. Contente-toi d'obéir aux ordres ! Fox est ton supérieur, il n'a pas de comptes à te rendre. Et nous non plus ! N'oublie pas ta place, Little Fox ! Cette discussion est close.

Je serre les dents si fort que mes mâchoires me font mal.

Il a ôté la vie à Savannah, il doit le payer de la sienne. J'ai besoin qu'il rentre, qu'il soit en première ligne dans cette guerre orchestrée.

– Sers-moi une bière, Tad. Mon gosier est à sec,

déplore Brett en s'installant à mes côtés. Alors, Little Fox…

– Les gars ! Notre totem est en feu ! panique un de nos guetteurs, chargé de la surveillance du Nation Club.

Le totem auquel il fait référence n'est ni plus ni moins que le poteau des tortures.

– Ian, Fritz ! Allez jeter un œil ! ordonne Bible.

– Tout de suite, boss ! approuve Fritz en s'exécutant tandis que Nichols fulmine.

– Comment c'est possible ? gronde ce dernier en frappant le tibia du jeune affolé. T'étais où, putain ?

– J… Je… J'inspectais l'avant du bar. C'est Pete qui… Et comme il donnait pas de nouvelles… Je… Et…

– Qui m'a foutu un abruti pareil pour patrouiller ?

– Où est Ian ? s'enquiert Bible au même moment.

– Dépêchez-vous, venez m'aider ! nous alerte Fritz en revenant, tout essoufflé. Ian est en train de griller comme un chamallow !

Cette dernière remarque tire un gloussement à Jacob qui est affalé sur un sofa, bédo à la bouche. Le seul à rire et à ne pas saisir la gravité de la situation. Après un regard courroucé dans sa direction, je m'élance vers l'extérieur, aussitôt imité par les autres Eagles.

– Ces fils de pute l'ont attaché au poteau et l'ont brûlé vif ! hurle Frost, l'un de ses plus proches collaborateurs.

Les flammes montent haut dans le ciel, une odeur de chair calcinée et d'essence flotte dans l'air et agresse mes narines.

Cependant, cela ne me fait ni chaud ni froid. Il était là quand Savannah a été battue et maltraitée, il a sûrement participé à son lynchage. Il ne mérite pas ma pitié. Aucun d'eux ne la mérite.

– Éteignez ce putain de feu ! tempête Nichols, le visage rouge de colère.

Au même instant, un sifflet d'avertissement résonne non loin, suivi d'un cri de douleur.

Puis le chaos se déchaîne en une fraction de seconde.

– C'est un piège ! beugle un gars comme si on ne s'en était pas tous déjà rendu compte.

Des silhouettes émergent de l'obscurité. Les BSB avec leurs bandanas rouges s'alignent au bord du champ, les Brothers et leurs visages tatoués se déploient depuis la lisière des arbres. En quelques secondes, nous sommes encerclés de toute part dans cet étau mortel. Le cliquetis des armes qu'on charge résonne dans la nuit. Puis les premiers tirs éclatent. Ça va être un massacre. Je savais qu'ils frapperaient tôt au tard, cependant, je ne m'imaginais pas qu'ils le feraient si vite, ni qu'ils viseraient directement notre QG.

C'est ce que tu voulais, Saul ! Pas de marche arrière possible.

Certains d'entre nous sont armés, mais le plus gros de notre équipement est à l'intérieur du Nation et celui-ci est maintenant lui aussi en proie aux flammes.

C'est donc cette nuit que je vais retrouver Savannah.

– Bouge ton cul de fiotte ! s'énerve Tad lorsqu'il me voit à découvert et sans réaction.

Mon oncle canarde sans répit nos assaillants, m'évitant ainsi un décès prématuré.

Le bruit est assourdissant. Écrasant. Celui des armes à feu, des hommes qui hurlent des ordres, des flammes qui crépitent, des cris d'agonie.

De la mort, sinistre, macabre, implacable.

Très vite, le sol se couvre de rouge. Des silhouettes sans nom s'effondrent une à une.

Hagard, je piétine entre les corps dans un bain boueux de neige fondue et de sang.

– Ressaisis-toi, bordel !

Pour quoi faire ? Mon heure a sonné et c'est très bien ainsi.

Tad me balance un coup de poing et je m'étale dans la terre souillée, imprégnée de mon péché.

Ce plan n'avait qu'une fin possible : je n'ai jamais imaginé une autre issue. Je me tourne face au ciel enfumé et souris. C'est ainsi que tout doit se terminer. Une dernière image de June traverse mon esprit – son sourire, ses yeux brillants. *Pardonne-moi.*

Quelques secondes plus tard, Tad s'écroule à mes pieds. Je dévisage avec fascination ses yeux vitreux tandis qu'une auréole carmin s'épanouit sur sa poitrine. Puis ses traits se figent, signant son trépas.

Enfin, une justice !

Un rictus ourle mes lèvres. Bientôt, mon tour.

Les paupières closes et l'esprit serein, j'attends la Grande Faucheuse.

Qui ne vient pas…

Les tirs cessent d'un coup, remplacés par un silence funeste.

Je soupire tout en maudissant mon karma farceur. Une fois redressé, je jette un regard sur ce qui m'entoure. Des corps éparpillés çà et là. Des West Eagles Nation pour beaucoup, mais aussi des Brothers et des Black Snakes Blood. Une quarantaine au bas mot.

Je tente d'identifier les WEN qui sont tombés,

espérant découvrir les faciès moribonds de Jacob, Bible ou Nichols. Puisque je suis encore vivant, autant profiter de ce dernier spectacle. Cependant, j'interromps ma recherche en percevant le bruit des sirènes. Les WEN qui tiennent debout, qu'ils soient blessés ou non, courent à présent en direction de leur véhicule, peu enclins à se faire choper sur un lieu de fusillade.

Je sprinte à mon tour vers ma Sportster. Le beau gris métallisé est élimé sur tout un côté, mais l'amende pour la fourrière et le changement de pneus m'ont coûté une blinde. Puis, son utilité est à durée très limitée, une question de jours tout au plus. Ce n'est que partie remise.

J'enfourche ma bécane sans attendre et m'échappe au moment où le premier camion de pompiers est visible.

Aucun de ceux qui gisent dans le champ du Nation Club ne mérite d'être sauvé. S'il y a bien un truc sur lequel je suis d'accord avec Harrington, c'est sur l'éradication des gangs. Sous couvert de « protéger » les Lambdas, ils souillent West River, le pervertissent, l'empoisonnent.

Tandis que les miles défilent, l'image de Tad me revient tel un flash. Il était mon oncle, ma famille. Et je l'ai tué. Je n'ai pas appuyé sur la gâchette, mais c'est tout comme. Les rumeurs que j'ai répandues sont la cause de son décès. Les Death's River Brothers et Black Snakes Blood nous auraient assurément attaqués un jour, même sans cela, mais ils ne se seraient pas alliés pour nous exécuter. J'en suis certain.

Bordel ! L'assassin de ma mère est mort…

J'ai encore du mal à réaliser.

Un instant, il me gueulait dessus, le suivant il était couché sur la neige rougie. Lorsque la Faucheuse vous attrape de la sorte, il n'y a pas de préavis ; néanmoins, j'espère qu'il l'a vue s'approcher et en a chié dans son froc.

J'emprunte les routes secondaires pour éviter toute mauvaise rencontre, ce qui rallonge mon trajet d'une bonne demi-heure, malgré les rues désertes, et laisse mon esprit naviguer au gré de mes pensées moroses.

Quand je parviens à la péniche, le vide est de retour. Il s'engouffre dans mon être tel un vent violent.

Je m'assois au bord de la berge et contemple les ombres des arbres, les hauts murs d'East River que je devine derrière eux, le reflet de la lune sur Howl River, les étoiles qui illuminent le ciel. C'est beau. Magnifique même. Alors, pourquoi la vie est-elle si laide ?

Nous vivons dans un endroit d'une beauté insolente, chaque recoin de la Terre regorge de paysages époustouflants, et nous salissons chacun d'eux. Nous détruisons tout.

J'éclate de rire devant ce constat accablant.

Ce n'est pas la vie qui est laide. C'est l'Homme.

Je m'allonge, les mains derrière la tête.

Est-ce que Savannah est parmi ces étoiles ? Me regarde-t-elle ?

Probablement pas. Vu le vide en moi, elle n'est nulle part, juste plus là. Tu es née poussière, tu redeviendras poussière.

Nous sommes nocifs et insignifiants.

En fait, on devrait tous crever.

Je ferme les paupières, envahi par des idées noires, et finis par sombrer dans un sommeil tourmenté.

***

Cette nuit, j'ai rêvé de June. Lorsque je me suis réveillé, les couleurs m'ont paru plus chatoyantes, plus chaudes et enveloppantes. Pendant un instant, j'étais bien. Ensuite, je me suis souvenu de ses iris débordant d'un chagrin dont j'étais à l'origine, et les couleurs ont disparu.

Depuis, tout est gris, monochrome et terne.

Vide.

Je respire. Je mange. Je dors. Je me lave.

Puis, des fois, j'oublie. De manger, de dormir, de me laver. De respirer.

L'absence de Savannah est insupportable. Chaque jour qui s'écoule creuse plus profondément l'abîme dans lequel je me noie.

C'est horrible de vivre lorsque plus rien n'a d'importance, lorsque le vide qui ronge ton âme et ton cœur ne te permet plus aucun espoir.

Je pensais connaître la douleur. Je me trompais. Quand on évoque celle-ci, elle est la plupart du temps physique, alors que la souffrance psychique est bien plus atroce. D'une extrême violence. La mienne n'a pas d'échelle, on ne peut pas la quantifier tant elle surpasse l'entendement. Elle me pousse inexorablement aux portes de la folie.

Je n'attends plus qu'une chose, qu'elle me libère.

Et me permette de redevenir poussière.

***

Jacob est vivant. Même en enfer, on ne veut pas de lui.

Cette information m'a donné un léger regain d'énergie. Il doit payer.

Lui et tous les WEN encore vivants.

Ces derniers jours, mon état dépressif m'a plongé dans un brouillard où toutes mes résolutions se sont envolées. J'en avais oublié ma promesse.

Ma vengeance ne se terminera que lorsqu'ils seront tous morts.

Bible est à l'hôpital, en soins intensifs. Son pronostic vital est engagé et ses chances de survie sont minimes. Bien !

Nichols est blessé à la jambe et à l'épaule, mais il se remettra vite sur pied. Dommage.

Mon dar… géniteur se planque quelque part dans l'Utah. Il n'est même pas revenu après le massacre de ses frères d'armes.

Ni pour enterrer son frère de sang.

La loyauté dans un gang est surestimée. On vit pour le gang, on meurt pour le gang. C'est un fait. Mais on baise aussi le gang dès qu'une opportunité se présente. Une réalité moins glorieuse passée sous silence. Le « licenciement » parmi les membres n'existerait pas, sinon. Or, c'est monnaie courante ; entre ceux qui désertent, ceux qui trahissent, ceux qui trichent.

L'argent est le seul leitmotiv.

Chayton Fox a dû retourner sa veste. Mon instinct me hurle que, s'il n'est pas rentré, c'est qu'il vise quelque chose de plus haut. Qu'il prépare une action fumante. Il a foutu le bordel en déclarant la guerre aux Death's River Brothers, il a tué de ses mains son enfant, puis il s'est barré. C'est trop suspect.

Ou lâche. Carrément lâche !

Il savait sûrement que je chercherais à me venger.

Je le hais ! Je le maudis !

***

J'ai bu un pack de bières.

Je déteste la bière.

J'ai fumé un paquet de clopes.

Je déteste fumer.

J'ai respiré l'air vicié d'Harrington.

Je déteste vivre.

***

Ce soir, j'ai vu une aurore boréale. Elle tirait vers le bleu-vert et se reflétait dans la rivière. Un spectacle incroyable que j'ai eu envie de partager avec Savannah. Alors, j'ai couru jusqu'à la péniche, ouvert la porte en trombe et appelé ma petite sœur pour qu'elle vienne l'admirer.

Seul le silence m'a répondu.

Pour la première fois depuis son décès, des larmes me sont montées aux yeux.

***

L'alcool me joue des tours, mais ce n'est pas pour me déplaire. Je vois Savannah et June partout.

Je leur parle, souvent.

Je leur prépare à manger, aussi.

Savannah n'a pas changé, elle aime me taquiner et se soucie de ma santé déclinante.

June, ma guerrière, s'énerve de mon comportement.
C'est ainsi qu'aurait dû être ma vie...

***

Elles me manquent.

***

« Saul ? » chuchote sa voix qui résonne telle une douce mélodie. *« Saul, t'es là ? »*

Encore. Parle encore, s'il te plaît. N'arrête pas. J'aime t'entendre.

– Tu ne peux pas rentrer chez les gens comme ça, interfère une autre voix que je n'identifie pas.

– Bien sûr que je peux ! Regarde !

Je souris quand j'observe la poignée de la porte d'entrée s'abaisser. Mes hallucinations sont de plus en plus impressionnantes.

Une odeur de parfum chatouille même mes narines à travers les cloisons.

– Tu peux rentrer chez toi, Pati. Je vais me débrouiller.

– Et s'il n'est pas là, tu vas faire quoi ? Et comment tu vas revenir à East River ?

– Je gère.

– D'accord…

– Hey, Pati ? Merci. Pour tout.

Un silence. Des bruits de pas qui s'éloignent.

Waouh. Pourquoi les gens se droguent-ils ? Pas besoin d'être shooté pour triper.

Soudain, une apparition.

Plus belle encore que dans mon souvenir.

– Saul ! s'écrie-t-elle en m'apercevant.

Je suis assis par terre, juste devant l'entrée, près de la chambre de Savannah.

Elle s'accroupit et m'enlace.

Mirage ou pas, je fonds dans la douceur de ses bras.

29

June
Un peu plus tôt…

Pourquoi cette fichue caisse ne s'ouvre-t-elle pas ?

J'appuie sur le bouton de déverrouillage des portes, encore et encore. Rien n'y fait.

À ma gauche, j'aperçois Pati, qui se dirige droit sur moi.

Allez, poursuis ta route !

Elle s'arrête à ma hauteur.

Je jure intérieurement. Je suis pressée et franchement pas d'humeur à papoter avec elle ou qui que ce soit d'autre.

– Ça va ? s'enquiert-elle, la mine soucieuse.

– C'est une question rhétorique ou la perspicacité, c'est pas ton fort ? rétorqué-je avec hargne, afin qu'elle tourne les talons.

Cependant, Pati n'en prend pas ombrage et me sourit avec indulgence. Il faudra un jour qu'elle me dévoile son secret pour parvenir à rester zen en toutes circonstances.

– June… murmure-t-elle d'un timbre apaisant, comme si elle essayait de dompter un animal sauvage. Ce n'est pas ta voiture…

– Quoi ? Bien sûr que…

Je détaille le véhicule de plus près. La couleur est la même, d'un beau vert métallisé, mais mon Aston Martin s'est transformée en Porsche 911.

La rumeur entendue par Ashley me perturbe vraiment.

Parce qu'il ne peut s'agir que d'une rumeur.

Sevan n'est pas mort.

C'est impossible.

– Je te cherchais… me précise-t-elle. Je voulais savoir si tu étais informée du bruit qui circule, mais vu ton état, je présume que oui.

– Je ne vois pas de quoi tu parles.

– Le frère de Saul serait mort, d'où son absence.

– Et ? Qu'est-ce que ça peut me…

– Je suis au courant, me coupe-t-elle dans un chuchotement. Pour toi et Saul.

– Je ne vois pas de…

– June… Tu peux nier autant que tu veux, ça ne changera rien. Je vous ai surpris à l'infirmerie et Saul me l'a confirmé.

Il y a quelques semaines, cette nouvelle m'aurait fait paniquer. Maintenant, je m'en fiche. L'unique raison pour laquelle je ne souhaite pas que ça s'ébruite, c'est parce que je ne peux pas me permettre que ça remonte aux oreilles de mon père pour le moment. Pas maintenant, alors que je cherche un moyen de sortir ma mère de là.

– C'est tranquille ! me rassure-t-elle aussitôt en observant mon froncement de sourcils. Je sais tenir ma langue, bien plus qu'on ne le pense.

Je la tire par la manche sans ménagement et la conduis à l'écart. Elle se dégage de ma prise en soupirant.

– Il y a des caméras juste au-dessus de nous, me

rappelle-t-elle. (Elle renifle.) Y en a dans chaque recoin de ce lycée, maintenant.

Elle avise les environs tout en réfléchissant.

– Je sais ! s'exclame-t-elle tout d'un coup. Je n'ai pas trouvé de place ce matin sur le parking, ma voiture est garée plus en contrebas sur la route. On y sera plus tranquilles. Suis-moi.

Je lui emboîte le pas, en gardant toutefois une certaine distance afin qu'aucune taupe du maire ne me repère en sa compagnie.

Après un dernier regard méfiant aux alentours, je m'autorise à m'installer dans sa Chevrolet Silverado d'un rouge flamboyant, un pick-up tout ce qu'il a de plus basique dans la région. C'est la première fois que je monte dans son véhicule et j'avoue être surprise par sa hauteur. Cela me change de mon Aston.

Pati semble ridiculement minuscule derrière cet immense volant. Pourtant, dans un sens, ça lui va bien. Petite, mais impressionnante.

– Raconte-moi tout ce que tu sais, réclamé-je lorsqu'elle démarre le moteur pour nous éloigner un peu plus des potentiels curieux.

Elle pouffe.

– Si tu savais tout ce que je sais, tu ferais une syncope.

Son rire s'éteint quand elle constate mon expression fermée.

– Ne t'inquiète pas, June. Comme je l'ai dit à Saul, je suis de votre côté. Tu connais mon point de vue sur les Suprêmes…

Les Suprêmes, le nom stupide que je nous ai attribué à mon groupe « d'amis » et moi-même lors de notre première année de lycée.

– J'en fais partie.

J'en suis même l'instigatrice.

– C'est vrai. Mais tu es différente.

Je ricane avec amertume en secouant la tête. Elle n'a aucune idée de ce qu'elle raconte.

– Je sais beaucoup de choses, réitère-t-elle et mon cœur s'arrête sous l'effet de la panique. Peut-être pas tous les secrets d'Harrington School, mais une bonne partie. Par exemple, je sais qu'Ethan est un enfoiré, incapable de la garder dans son pantalon. Je sais que Meg te tient pour responsable de ses malheurs, je sais qu'Ashley n'est pas aussi fiable qu'elle le prétend, je sais que Saul est un gars bien. Je sais que tu l'aimes. Et qu'il t'aime.

Je lâche un soupir. En effet, elle connaît un tas de sombres secrets, mais, par chance, pas celui que je veux enterrer à jamais.

– Peut-être parce que je suis insignifiante à leurs yeux, les élèves ont tendance à parler en ma présence comme si je n'existais pas.

Elle hausse les épaules devant mon air sidéré.

– Ça ne me gêne pas, au contraire. J'aime les potins, même si je ne m'amuse pas à les colporter.

– Tu sais autre chose ?

– C'est à peu près tout…

Elle ment, ça se voit.

– Et sur moi ?

– Hormis que ton ex t'a trompée, et vice versa ?

– Hormis ça, oui.

– Rien de concret. Juste que tu pleures souvent dans les toilettes quand tu penses qu'il n'y a personne. Mais rassure-toi, je ne connais pas l'origine de ton chagrin, ajoute-t-elle avec empressement en remarquant mes traits figés. Je me doute seulement que ta vie n'est pas aussi rose qu'on l'imagine.

– Eh bien… Tu caches bien ton jeu, soufflé-je avec un certain respect. Tu pourrais devenir la *gossip girl* du lycée. Ton succès est assuré, tu ferais des ravages.

Cette fille m'épate. Savoir, c'est détenir le pouvoir. Elle pourrait changer l'ordre des choses dans cet établissement, détruire des réputations et gravir les échelons pour être au sommet. Elle pourrait même prendre ma place.

Je suis sûre que ce qu'elle m'a narré n'est qu'un dixième des informations qu'elle a récoltées au cours de ces dernières années.

Malgré tout, elle a choisi de se taire. De ne pas en profiter.

Aurais-je eu son altruisme ? Certainement pas.

Une boule d'émotion se forme au fond de ma gorge. Il existe encore des personnes en ce monde qui me donnent foi en l'humanité.

Sevan en fait partie, aussi.

– Tu crois à cette rumeur au sujet du petit frère de Saul ?

Elle acquiesce sombrement.

– Par expérience, je sais distinguer les cancans débiles des rumeurs fondées. Pour colporter un faux ragot, il faut un intérêt. Or, dans ce cas, il n'y en a pas.

– Il ne peut pas être mort ! asséné-je, catégorique.

– Je n'ai pas dit qu'il l'était, mais il s'est sûrement passé quelque chose de grave.

– Je dois en avoir le cœur net ! Laisse-moi descendre ici, je vais aller chez lui.

– Je ne veux pas être désagréable, mais tu vas te faire

repérer en deux secondes avec ton Aston. Ton père est peut-être cool, mais, à mon avis, il ne sera pas content d'apprendre que tu traînes de l'autre côté du pont. Puis, avec toutes ces émeutes, c'est trop risqué.

– Conduis-moi là-bas, dans ce cas. Ta caisse est passe-partout.

Pati me dévisage comme si j'avais pété les plombs.

– Tu as écouté ce que j'ai dit ? C'est trop dangereux. Même en plein jour.

– J'ai besoin de savoir comment va Saul.

– Appelle-le alors !

– Oh, j'y avais pas songé ! grogné-je, sarcastique. Ça fait un mois qu'il ne répond ni à mes messages ni à mes appels.

L'air se bloque dans mes poumons quand je me remémore ses paroles acerbes le jour où il m'a larguée.

Elle a peut-être raison. Pourquoi risquer des ennuis pour un type qui m'a si salement jetée ?

– Ah bon ? C'est inquiétant, ça… réfléchit-elle à voix haute. J'ai vu la façon dont il te dévorait du regard. Il est fou amoureux, ça saute aux yeux.

Je bats des cils pour chasser mon trouble. Mon cœur est d'accord avec elle, il hurle son approbation. Mon cerveau, lui, est plus méfiant ; il sait que je ne pourrais pas survivre à un autre coup.

– Oh, et puis merde ! s'exclame-t-elle soudain.

Elle fait demi-tour et accélère.

– Tu as son adresse ?

J'acquiesce.

– C'est parti ! Allons-y !

Je saisis sa main et la serre dans la mienne en signe de remerciement.

J'ai une furieuse envie de pleurer. Je déglutis et contemple le paysage à travers la fenêtre. Si je pleure maintenant, je ne pourrai plus m'arrêter.

Un silence pesant envahit l'habitacle, seulement interrompu par mes brèves indications.

Théoriquement, je connais le chemin.

Dans la pratique, c'est un peu plus compliqué.

Il faut longer le Howl, ça, c'est évident. Mais dans quel sens ? Un détail qui m'a possiblement échappé.

– C'est par là, t'es sûre ? s'inquiète Pati en s'agitant, tandis que nous progressons sur un sentier étroit, bordé de grands arbres aux branches enneigées.

La bonne nouvelle : ce coin est désert. Il n'y a plus aucun militaire en vue. Franchement, tous ces hommes armés, ces chars et ces artilleries lourdes sont flippants. Au moins, là, on est seules.

Je soupire sans répondre. Parce que non, je ne suis pas sûre, mais le lui avouer ne changera rien à la situation. À part accentuer son stress.

Soudain, des silhouettes encapuchonnées s'élancent dans notre direction.

– Fonce ! hurlé-je. Ne t'arrête surtout pas !

Alors qu'elles arrivent presque à notre niveau, Pati appuie sur l'accélérateur, dépassant les silhouettes avant qu'elles puissent nous barrer la route.

Un éclat atteint le pare-brise et le fissure légèrement.

– Ils nous tirent dessus !

– Je n'ai pas entendu de détonation. Ça doit être des pierres, corrige Pati.

Pendant un instant qui me paraît interminable, nos assaillants nous poursuivent en courant avant de capituler.

Quelques minutes plus tard, Pati stoppe le moteur.

– J'ai besoin de quelques secondes pour… pour me remettre, m'explique-t-elle, le souffle court.

Ses mains sont crispées sur le volant et ses jambes tremblent sans discontinuer.

– On ne peut pas stationner longtemps. Ils pourraient surgir à tout moment. Eux, ou d'autres.

– Même au milieu de nulle part, ça craint West River.

– Ouais…

Ça craint, mais à qui la faute ? À ces hommes encapuchonnés, ou à mon père qui les a gardés cloîtrés de ce côté du mur ? Qui les a laissés livrés à eux-mêmes, sans autre choix que de rejoindre un gang pour espérer gagner quelques dollars ? Ils ont toutes les raisons du monde d'être à cran, surtout quand on vient leur rajouter des militaires et un couvre-feu. Est-ce qu'East River ne craindrait pas tout autant sans nos privilèges ?

J'inspire doucement pour calmer mes nerfs.

– On devrait y aller. À l'arrêt, on est des cibles faciles.

Pati opine vigoureusement et redémarre.

Après quelques minutes, une barrière en bois surmontée d'un panneau *« interdit aux véhicules »* ferme le chemin. Derrière elle, le sentier se poursuit sur plusieurs mètres pour plonger dans une forêt de sapins. Ce n'est définitivement pas de ce côté-ci que vit Saul.

– Je suppose qu'il n'y a pas de route cachée et qu'on doit rebrousser chemin ?

– J'en ai peur.

– Et si les hommes de tout à l'heure nous attendent en embuscade ? Ils doivent savoir que c'est un cul-de-sac…

Je déglutis. Puis je tente de me rasséréner. Je n'ai pas

vu leurs visages, dissimulés sous leurs capuches, néanmoins, d'après leur gabarit, je doute que ce soient des adultes. Plutôt des ados. On est deux, ils étaient quatre ou cinq. Ça ira. Ce ne sont pas des morveux qui vont nous effrayer !

– On n'a pas le choix.

– On est faits comme des rats ! déplore-t-elle en même temps.

Nos doigts s'enlacent dans un besoin de réconfort. Puis elle effectue un demi-tour ; la manœuvre se révèle ardue en raison de la taille du véhicule et de l'étroitesse de la piste. Malgré tout, après de nombreux échecs, elle réussit enfin.

– Bien joué ! la félicité-je.

Je suis douée pour beaucoup de choses, mais la conduite n'est pas un domaine dans lequel j'excelle. Si j'avais été à sa place, nous aurions sans aucun doute fini dans un arbre ou dans Howl River.

Cependant, le plus dur est encore devant nous.

Pati souffle un bon coup pour se donner du courage et je fais de même.

– C'est parti !

Tout le long du trajet qui nous ramène vers la civilisation, la fébrilité secoue nos membres de manière anarchique.

Quand nous parvenons dans la zone où les Westies nous ont attaquées, nous sommes toutes les deux en apnée, comme si retenir notre souffle nous empêcherait d'être repérées.

Ouf ! Ils sont partis !

Ce n'est que lorsque le danger est écarté que nous osons à nouveau respirer.

– Du coup, je suppose que c'est par ici ? me nargue Pati, son sourire retrouvé.

Je bougonne en grimaçant.

– Rappelle-moi de ne plus jamais me proposer pour te conduire quelque part.

– C'est toi qui as insisté ! argué-je de mauvaise foi en lui tirant la langue.

Elle secoue la tête, amusée.

– Ah, je reconnais la route ! m'exclamé-je, tout heureuse d'être dans la bonne direction cette fois-ci.

– Je préfère me taire… marmonne-t-elle.

Je m'esclaffe devant sa mine consternée. Elle me dévisage un instant, troublée par ma réaction, mais se joint très vite à mon hilarité. Rire est un moyen efficace pour évacuer la tension, et nous en avons besoin.

– C'est ici, l'avertis-je lorsque nous arrivons non loin de la berge où est amarré le bateau.

– Il vit sur une péniche.

Puisque ce n'est pas une question, je laisse sa réflexion flotter dans l'air et m'extirpe de son gros pick-up en râlant. J'ai l'impression de sauter d'un premier étage tellement le sol me paraît loin.

J'atterris plus ou moins élégamment dans une flaque de boue.

Rhaaaa !

– Y a quoi de si passionnant par terre ? me questionne Pati en me voyant boguer sur mes bottes encrassées.

– Dc la bouc.

– Ah…

Je contourne la Chevrolet pour m'approcher de la berge.

– Tu crois qu'il est chez lui ?

– C'est ce qu'on va vérifier tout de suite ! décidé-je en bondissant sur le pont de la péniche.

Pati me suit, mal à l'aise.

Je tends l'oreille en la collant au battant.

– Saul ? m'enquiers-je doucement. Saul, t'es là ?

Ma main se pose sur la poignée. Pati s'interpose :

– Tu ne peux pas rentrer chez les gens comme ça !

Ses yeux sont ronds comme des billes tandis qu'elle agrippe mes doigts. Je les libère afin d'actionner la poignée. La porte grince en s'entrouvrant.

– Bien sûr que je peux ! Regarde ! la défié-je avec un grand sourire.

– Imagine si son père est là, chuchote-t-elle d'une voix paniquée et à peine audible.

C'est vrai qu'elle a eu son lot d'émotions pour aujourd'hui. La pauvre, je l'ai entraînée dans mes galères.

Je sens bien qu'elle est réticente à l'idée de me laisser seule et craint que quelque chose m'arrive. Je suis sensible à son inquiétude, mais c'est mon choix, ma responsabilité.

– Tu peux rentrer chez toi, Pati. Je vais me débrouiller.

Je l'enlace pour la saluer.

– Et s'il n'est pas là, tu vas faire quoi ? Et comment tu vas revenir à East River ?

Je la serre plus fort.

– Je gère.

Ça ira. Tout ira bien. Parce qu'il faut que ça aille. Parce que je gère *que dalle*.

– D'accord… abdique-t-elle dans un soupir, habituée à m'obéir sans broncher.

Je l'interpelle alors qu'elle retourne sur la terre ferme.

– Hey, Pati ? Merci. Pour tout.

Le sourire qu'elle me renvoie pourrait éclairer une galaxie.

Mince, j'ai encore envie de pleurer. Je crois que je ne suis pas habituée à tant de gentillesse.

Puis la réalité me rattrape et les larmes me montent aux yeux pour une tout autre raison, cette fois.

Qu'est-ce que je fous ici ? Toute seule, sans moyen de locomotion et à moins de deux heures du couvre-feu ? Je dois être folle.

Si Saul me jette à nouveau, je fais quoi ? Si son frère est bien vivant, que tout le monde va bien, je fais quoi ? Non que je souhaite la mort de quelqu'un. C'est juste… QUE JE PANIQUE.

Allez ! me motivé-je. *Tu n'as pas fait tout ce chemin pour rien. Si son frère et lui sont sains et saufs, au moins, tu seras rassurée. Le principal, c'est qu'ils aillent bien, arrête d'être si égoïste !*

Je pousse davantage la porte en exhalant une grande goulée d'air. Et me fige, la respiration coupée.

Ça ne va pas.

Ça ne va pas bien du tout.

Mon Dieu, Saul !

Je m'agenouille sans plus penser à rien d'autre qu'à lui et, mue par un besoin impérieux, l'entoure de mes bras.

Mon amour, que t'arrive-t-il ?

30

June

Je respire par la bouche tant l'odeur dans la péniche est insoutenable. Un désordre innommable y règne. Des canettes de bière vides jonchent le sol collant et noir de saleté.

Il s'est passé quelque chose de grave. De très grave.

– Ça va aller, je suis là... répété-je en boucle alors qu'il me serre à m'en faire presque mal.

Ses bras m'étreignent comme s'il voulait que nos deux corps fusionnent l'un avec l'autre. Ses doigts crochètent ma peau, même à travers l'étoffe de mes vêtements. La tête enfouie dans mon cou, il psalmodie je ne sais quoi. Ses mots n'ont aucune logique, aucun sens.

– Je suis là...

– Non. Non, t'es pas là. Mais c'est bien ainsi. T'es pas là, mais je peux m'enivrer de ton parfum, de l'odeur de ta peau.

Il relève le nez et saisit mon menton.

– T'es pas là. Mais je te vois.

Ses iris brillent de larmes contenues.

– T'es pas là. Mais je te sens.

Il effleure ma mâchoire.

– T'es pas là. Mais je te touche.

Des larmes dévalent à présent ses pommettes.

– Merci. Merci de me permettre tout ça. Même si c'est pas réel, même si c'est qu'un mira…

Je l'arrête et entoure son visage émacié de mes mains.

– Je suis là, Saul. Bien réelle.

J'essuie de la pulpe du pouce ses joues humides tandis que les miennes se mouillent de larmes.

– Je te touche, regarde. Tu sens mon toucher ?

Il acquiesce avec un sourire lointain, comme s'il était déconnecté du monde.

– Je suis fou.

Il éclate de rire. Un rire qui me glace le sang.

Un sanglot m'échappe.

Sevan est réellement mort. C'est la seule explication. Jamais il ne serait ainsi autrement.

– Sevan est mort… Non. Non. Mon Dieu !

Ce garçon si doux et joyeux est… mort ? Ma trachée se tapisse de tessons de verre, ma respiration se charge de volutes corrosives qui enflamment mes poumons.

J'étouffe.

– Pourquoi je ne la vois pas ? J'aimerais la voir. Dis, tu peux la faire apparaître, s'il te plaît ? me supplie-t-il, les traits ravagés de chagrin.

– De qui tu parles ?

Ses pupilles dilatées fouillent autour de lui. Il m'agrippe par les bras et me secoue.

– Savannah ! Fais-la apparaître ! gronde-t-il. Je veux la voir ! Je veux voir ma sœur !

Sa sœur ? Qu'est-ce que… ?

Le visage de Saul se décompose, stoppant ma pensée. Ses mains caressent chaque partie visible de ma peau.

– Pardon, pardon, pardon ! Je t'ai fait mal ? Ne pars pas.

– Je ne pars nulle part. Je suis là.

– D'accord…

Il soupire, légèrement apaisé.

– Savannah me boude ? J'aurais aimé lui parler aujourd'hui.

– Je ne connais pas de Savannah.

Il m'offre un sourire attendri.

– Bien sûr que si. Elle t'a préparé une omelette au bacon un jour, c'est la meilleure…

– Tu parles de Sevan ?

Il opine vivement de la tête.

Mes sourcils se froncent. *Quoi ? Il est vivant ?*

– Il est où ? m'enquiers-je pour clarifier cet infime espoir.

Saul hausse les épaules.

– D'habitude, elle vient discuter avec moi aussi, tu sais. Elle trouve mon omelette moins bonne que la sienne, mais elle ne se fait pas prier pour l'avaler.

Pourquoi continue-t-il à dire *elle* ?

D'ailleurs, maintenant que j'y pense, même lorsque nous étions enfermés dans la cave, je l'ai entendu dire « elle » en évoquant son frère. Sevan serait donc une fille ? Sa sœur ?

– Elle n'a pas faim, aujourd'hui ? me questionne-t-il doucement.

Je tourne la tête en direction du plan de travail, puis de la table bancale qu'entourent les banquettes.

Des assiettes y sont empilées et recouvertes de moisissure verdâtre.

Ma main se pose sur ma bouche pour dissimuler un cri d'horreur.

Il prépare le repas de Sevan… depuis des jours alors que, visiblement, ce dernier n'est pas là.

Parce qu'il est mort.

– Je devrais boire plus. Elle vient lorsque je suis défoncé. Elle me gronde parce qu'elle n'aime pas quand je suis bourré.

– Oh, mon Dieu, Saul ! éclaté-je en sanglots. Ça va aller. Ça va aller.

– Je devrais boi…

– Tu es déjà assez ivre ! Mais ça va aller.

Qui est-ce que j'essaie médiocrement de rassurer ?

– Tu sais, June… Je suis mort, moi aussi.

Sa confession manque de m'achever.

Je dois rester forte. Pour lui. Ce n'est pas le moment de flancher.

– Non, tu ne l'es pas.

Je prends sa main et la pose sur son pectoral.

– Tu sens les battements ?

– C'est à cause de toi, souffle-t-il d'un timbre éraillé. C'est pour toi. Ce connard bat juste pour toi !

Dans d'autres circonstances, j'aurais couiné devant cette déclaration. Au lieu de ça, ma vue se brouille, ma poitrine se comprime, mon souffle se meurt.

– Mais, crois-moi, je suis vide à l'intérieur. Mon cœur bat, mais il est vide. Tout est *vide* en moi.

– Tu n'es pas vide. Au contraire, tu débordes d'émotions au point qu'elles te bouffent.

– Parce que t'es là. Mais quand t'es pas là, j'suis plus rien. Dès que mes hallucinations s'évaporent, je suis seul. *Vide.*

– Je ne partirai pas. Jamais.

– Tu ne comprends pas. Je suis *vide*.

– Alors, emplis-toi de moi.

Il fourrage ses cheveux, l'air hagard.

– Je ne sais pas comment faire.

– Aime-moi.

Il renifle. Me repousse et se lève en tanguant.

– J'veux pas t'aimer ! crache-t-il. Vas-y, barre-toi, maintenant.

Ses mots me blessent, même si je sais qu'il n'est pas dans son état normal. Il me rejette comme il l'a fait au Golden.

– Je vais boire un coup…

Il titube jusqu'à la table, la contemple un instant, avant de s'écrouler sur le sofa.

– Saul ?

Je me redresse à mon tour et le rejoins.

Je soupire de soulagement en constatant qu'il s'est seulement endormi. En une fraction de seconde, comme à son habitude. Un sourire triste étire mes lèvres ; il faut croire que certaines choses sont immuables.

Je profite de sa sieste pour ranger le bazar qui traîne et tout nettoyer de fond en comble. C'est la première fois que je tiens un balai, une éponge ou une serpillière en main, cependant, je ne m'en tire pas trop mal et cela me permet de m'éclaircir un peu les idées.

Pour commencer, il me faut un alibi pour rester cette nuit. Celui-ci est tout trouvé : Ashley. Cette traîtresse me doit bien ça.

Quant à demain… L'école va poser souci. Si je m'absente sans justificatif, ils appelleront le maire à la première heure.

Il y a aussi maman. Si je ne rentre pas à la maison, que va-t-il advenir d'elle ?

Et Saul : comment le sortir de sa dépression ?

Je jette l'éponge dans l'évier. En fait, le ménage, c'est

nul. Ça met juste en lumière les problèmes que je vais devoir affronter, tu parles d'une éclaircie !

Les premières notes de « Highway to Hell » résonnent. Je m'empresse d'accepter l'appel avant que la sonnerie perturbe le sommeil de Saul, bien que ce dernier semble dormir comme une souche.

C'est le maire. Mon géniteur, mais indéniablement plus mon père. Toutefois, tant qu'il retient ma mère en otage, je m'oblige à taire mon ressentiment.

– Tu n'es pas à la maison, déclare-t-il d'une voix badine qui ne dupe personne.

– En effet, répliqué-je en usant du même ton. Je suis chez Ashley. Je vais dormir là-bas.

– Ah… Et pourquoi n'en ai-je pas été informé plus tôt ?

J'inspire. Déballer des excuses ne me sera d'aucune utilité avec lui.

– Ça ne se reproduira plus.

Il soupire, signe qu'il tolère cet écart.

– J'ai un imprévu qui me contrarie beaucoup et me contraint à m'éloigner quelque temps d'Harrington. Je pars dans l'heure.

Malgré son ton ampoulé, je sens son indignation suinter à travers ses mots.

– Quel genre d'imprévu ? demandé-je, intriguée par la tournure énigmatique de sa phrase.

Pour « contraindre » le maire, c'est que c'est vraiment un cas de force majeure.

– Cela ne te concerne pas. Sois une bonne fille en mon absence. Quant à ta mère, j'ai embauché un infirmier pour ses soins, tu n'as pas à t'en soucier.

Un geôlier pour la mater serait plus exact.

Cependant, cette nouvelle me trouble. C'est la première fois qu'il confie maman à quelqu'un d'autre qu'Esther ou lui-même. Nonobstant ses séjours en institut privé, il n'autorise personne à s'occuper d'elle.

– Son traitement requiert un isolement total, tu ne dois pas l'embêter ou rôder autour de sa chambre.

– D'accord.

Il soupire et raccroche sans un mot de plus.

Ce changement de geôlier est peut-être une opportunité… ou un nouveau problème. Je ne connais pas ce remplaçant, ses habitudes, sa vigilance. Ça pourrait rendre son sauvetage encore plus compliqué.

Je secoue la tête. Je dois d'abord m'occuper de Saul. Une fois qu'il ira mieux, on trouvera ensemble un moyen de sortir ma mère de là.

Je n'ai plus qu'à textoter Ashley et à envoyer un mail au lycée demain pour les prévenir que je suis malade. Ils contacteront peut-être le maire pour confirmer, mais que pourra-t-il faire s'il est loin ? Il se vengera plus tard. Sauf que je n'ai plus l'intention d'être docile, quitte à alerter les autorités, la presse ou je ne sais quoi.

Mais alors, tout le monde sera informé de ton éducation particulière…

Je grogne. J'aviserai le moment voulu. Chaque chose en son temps. Ma priorité, c'est Saul. C'est le seul que je peux sauver dans l'immédiat. Du moins, je l'espère.

La température dans la péniche est brutalement descendue avec la tombée de la nuit. J'ai une légère hésitation en pénétrant dans la chambre de Saul, comme si je piétinais son intimité, cependant, je me ressaisis et m'empare de sa couette.

Une fois celle-ci étendue sur lui, je m'assois contre

lui. Je suis épuisée moi aussi, mais la place à ses côtés est insuffisante pour que je puisse m'y allonger. J'opte donc pour son lit et me sers de mon propre manteau en guise de couverture.

À la différence de Saul, je suis incapable de trouver le sommeil rapidement, mon cerveau refuse de se débrancher, ressassant en continu les derniers événements.

Mon cœur se comprime quand je pense à Sevan – ou Savannah ? Je regrette de ne pas avoir eu l'occasion de passer plus de temps en sa compagnie.

Je suis triste d'avoir manqué l'occasion de découvrir plus amplement cette personne géniale.

Je suis triste pour ce monde qui se voit amputé d'un ange.

Et par-dessus tout, je suis triste pour Saul. *Si triste. Si triste. Si triste.*

Tandis que mes paupières sont gonflées de larmes, le sommeil m'emporte enfin.

31

Saul

Je me réveille la gueule enfarinée, comme à chaque cuite que je prends. C'est-à-dire tous les jours depuis… un moment. Mon crâne pulse : j'ai l'impression que ma cervelle va exploser d'une seconde à l'autre et se répandre sur le tas d'immondices qui…

Ma pensée s'évapore tandis que j'observe mon environnement.

C'est propre.

Je me frotte les yeux. Est-ce une nouvelle hallucination ou ai-je été pris d'une pulsion ménagère pendant la nuit ?

Je me renifle ; apparemment, ma pulsion n'a pas été jusqu'à la douche.

J'étudie la possibilité de me laver. En ai-je le courage et la force ? Non. Je n'en ai pas l'envie non plus. Cette réflexion menée, je décide de me concentrer sur ma gueule de bois.

Soigner le mal par le mal, un petit déjeuner à base de houblon s'impose.

Je grimace en me massant les tempes et ouvre le frigo à la recherche de mon ingrédient principal.

Putain, où sont mes bières ? Je n'ai quand même pas tout bu ?

Je fouille les placards en quête de mon remède. J'ai acheté six packs hier, c'est impossible que tout soit déjà fini.

Mais bordel, qu'est-ce que j'ai foutu cette nuit ?

Je me souviens vaguement d'avoir vu June dans un de mes délires psychotiques. Elle était belle à en crever. C'est fou, mais si je ferme les paupières, je peux presque encore sentir les effluves de son parfum. J'inspire longuement et m'enivre de cette odeur. Puis je fronce le nez quand une émanation âcre me pique les narines.

Ouais, clairement, je pue.

Peut-être qu'une douche chaude me permettra de retrouver mes esprits ?

Je me traîne sans conviction jusqu'à la salle de bains, allume le jet et me glisse dessous.

Ce n'est pas désagréable.

Je rejette la tête en arrière et laisse l'eau frapper mon visage. Je reste ainsi plusieurs minutes, les bras ballants, et me contente d'apprécier cette chaleur apaisante.

Puis je m'attelle à mon shampooing.

Ce n'est qu'au moment de décrasser mon corps que je réalise que je ne suis pas nu.

Je lâche une bordée de jurons.

Mes vêtements étaient probablement sales eux aussi, cependant, ce n'était pas ainsi que j'envisageais de les nettoyer.

Une fois débarrassé de mes habits trempés, je me frotte avec vigueur, oubliant momentanément l'inconsistance de ma vie.

Après un temps infini, je me résigne à sortir. Finalement, ce n'était pas une mauvaise idée, cette douche.

Muni d'une petite serviette, je me sèche sommairement et me frictionne les cheveux tout en me dirigeant vers ma chambre pour prendre de quoi me vêtir. La pluie qui tombe dru dehors tape sur le toit de la péniche comme si elle voulait le pulvériser.

Je m'arrête, un pied en suspens.

June est endormie sur mon lit…

OK… Je viens de franchir un nouveau palier dans ma folie. Même à jeun, je suis pris de démence. À moins que je ne sois encore bourré ?

Ses paupières s'ouvrent ; son regard ensommeillé parcourt la pièce avant de se fixer sur moi. Ses jolis yeux gris s'écarquillent.

– Tu es nu.

– En effet, souris-je en me remémorant la première fois où elle m'a aperçu dans mon plus simple appareil, alors que je voulais tester sa douche de luxe.

J'ai l'impression que c'était il y a une éternité.

– Pour… Pourquoi ? bégaie-t-elle de manière adorable.

– Pour que tu puisses m'admirer.

Elle bat des cils, troublée.

– Ah… Tu es très beau.

J'éclate d'un rire amer avant de secouer la tête.

C'est quel genre de névrose perverse, ça ?

Si je continue à penser à elle, je ne mourrai jamais. Mon cœur n'aura de cesse de se battre pour elle, il s'accrochera désespérément et refusera de capituler.

Je dois y mettre un terme. Tout de suite. Claquer la porte une bonne fois pour toutes et la cadenasser.

– Pars.

– Quoi ?

– Va-t'en et ne reviens plus. Je veux en finir avec tout ça.

– Hors de question.

Je reconnais bien ma June. Ma princesse guerrière.

– C'est ce qu'on va voir…

Je la soulève sur une épaule, étonné de sentir son poids – ma blessure me tiraille comme si je portais véritablement une charge –, traverse le séjour, sors sur le pont, indifférent à ma nudité et à ses protestations, et la jette sur le plancher de bois.

Elle pousse un gémissement de douleur et me traite de tous les noms.

Un sourire triste se dessine au coin de ma bouche tandis que ce fichu organe qui s'agite dans ma poitrine crie son désespoir. *C'est ça, crève, connard !*

Parce que la regarder serait trop dur, que je pourrais trop facilement la supplier de revenir me hanter, je m'éclipse sans me retourner.

Une fois la porte verrouillée, je m'adosse contre le battant.

J'ai détruit ma relation avec June, jusqu'à mettre dehors son illusion. Plus rien, dorénavant, ne me retient ici-bas.

C'est terminé, ma vie peut enfin s'arrêter.

– Saul ! Saul ! hurle June d'une voix menaçante en tambourinant à la porte. Il pleut des cordes et il fait super froid ! Ouvre !

– Va-t'en ! Disparais… soupiré-je avec lassitude.

Je me redresse péniblement. C'est vrai qu'il caille de fou, aujourd'hui ; et je n'ai aucun alcool pour me réchauffer.

M'habiller me demande tellement d'énergie que je repousse l'idée de sortir acheter des bières à plus tard.

D'abord, dormir.

Je récupère ma couette dans le salon et m'affale sur mon lit.

Aussitôt les bruits cessent, plus de plaintes, plus de June.

Lorsque je me réveille, trois heures plus tard, un silence accablant plombe la péniche.

C'est ce que tu voulais, Saul ! C'est mieux ainsi.

C'est vrai, c'est comme ça que cela doit être. Un juste retour des choses.

Maintenant, à moi de me bouger le fion et de défier la mort.

Je m'empare du flingue que mon géniteur a laissé dans le placard de la cuisine.

Ce serait facile de se tirer une balle… Le barillet est plein, qui plus est. J'appuie sur la gâchette et on n'en parle plus, j'ai gagné. Ou perdu, car ma vengeance restera à jamais inachevée. Peu importe ! Je dois en finir. Maintenant.

Vas-y !

Je lève l'arme et la fourre dans ma bouche.

Vas-y !

Ma main est prise de tremblements. Mon cerveau exige que j'en finisse, mais…

Mais je n'y parviens pas. Une force invisible m'en empêche !

Savannah... C'est toi ?

Ça y est, me voilà reparti dans mes psychoses.

Savannah est poussière ! Et toi aussi, bientôt ! Appuie et tu seras délivré de cet enfer.

J'éloigne ma main.

– Je n'y arrive pas…

Je m'écroule sur le sol.

– Je n'y arrive pas, putain !

Puisque là encore, je suis lâche, je vais déléguer. Je n'ai plus qu'à titiller du Black Snakes Blood ou du Death's. Même Jacob suffit. Il a bien essayé de me descendre une fois, je suis sûr qu'il rêve de recommencer.

Mais ai-je envie de lui donner cette satisfaction ? Non, clairement pas ! Je veux qu'il crève avant moi !

Je passe d'une idée à l'autre comme un dingue. Une minute je veux mourir, la suivante je veux me venger. Je perds complètement pied. Je ne sais même pas ce qui se passe dehors depuis le guet-apens au Nation Club. Personne n'est venu à la péniche – tous trop occupés avec cette guerre que j'ai déclenchée, je suppose. Je n'ai pas allumé les infos non plus.

J'enfile mon cuir, mes chaussures et sors.

Bordel, on se les pèle !

Je rebrousse chemin et m'empare de mon bonnet et de mes gants avant de ressortir.

Je vais aller au Nation Club et j'aviserai sur la marche à suivre. Mon regard se pose sur une masse sombre.

C'est quoi, ça ?

Une forme recroquevillée se terre sous une doudoune bleue détrempée.

– Qu'est-ce que c'est que ce bordel ?

Je sors le 45 de ma ceinture.

– T'es qui, toi ? Qu'est-ce que tu fous là ?

La veste glisse, dévoilant un rideau de cheveux mouillés.

Une souris tremblante.

Elle écarte ses mèches d'une main d'albâtre raidie par le froid.

Je recule en chancelant, comme si on venait de me frapper le plexus d'un uppercut.

– June ?

Elle tente de se redresser, mais ses jambes ne la soutiennent pas tant elle est transie de froid.

Je la rattrape avant qu'elle chute.

– June ?

Elle opine, incapable de parler. Ses lèvres sont bleuies par la morsure de l'hiver. *Non !*

Je secoue la tête.

Non, non, non. Ce n'est pas réel. Mon cœur cogne, exprimant sa colère contre moi.

– Ce n'est pas réel.

– Ça suffit… gémit-elle faiblement. Ça fait des heures que je suis sous la flotte, j'en peux plus.

– Si c'est vraiment toi, pourquoi t'es pas rentrée chez toi ?

De l'exaspération enflamme ses iris orageux, lui donnant le regain d'énergie nécessaire pour se maintenir droite.

– Tu vois un véhicule quelque… quelque part ? Pati m'a… déposée hier. Je n'ai… aucun moyen de rentrer. Et… aucune envie, de t'façon.

Elle me frappe le torse.

– Idiot ! (Des larmes sillonnent le long de ses pommettes.) T'es un… idiot !

– Tu n'es pas réelle, insisté-je.

Sa main percute ma joue avec violence.

– C'est suffisamment… réel pour toi, ça… ou t'en veux une… une autre ? formule-t-elle avec rage.

Sa claque est aussi puissante qu'un électrochoc, un cent mille volts en pleine face.

Je reste un instant hébété avant d'accepter l'horrible vérité.

Je ne délire pas, ce n'est pas une hallucination. June est là. Trempée jusqu'à l'os parce que le crétin que je suis l'a foutue dehors sous la pluie verglaçante.

Je range mon flingue, puis la soulève, avec délicatesse cette fois, pour la porter dans mes bras. June se laisse manipuler et s'accroche à mon cou de ses mains gelées. Son corps entier est secoué de tremblements, elle frôle l'hypothermie.

– Je suis désolé. Je suis désolé. Je suis tellement désolé, murmuré-je, l'esprit ravagé de culpabilité.

– J'ai fr… fr… froid…

– Je sais. Je vais te réchauffer. Je suis désolé.

Je la pose sur la banquette.

– Enlève tes vêtements, je vais te chercher des habits secs.

Je cours vers ma chambre, attrape un tee-shirt, un jogging et un pull, puis retourne vers elle.

– Il faut que tu retires tes fringues, June.

– Je… Je… ne… peux… pas, prononce-t-elle difficilement tant elle claque des dents.

– Merde. Tu veux que je m'en occupe ?

Elle hoche la tête.

Je l'aide à se dévêtir, mais elle grelotte si fort que je me sens démuni.

La douche !

– Tu devrais prendre une douche chaude. Viens.

Je la conduis jusqu'à la salle de bains et règle la température de l'eau. Pendant ce temps, June tremble. Encore et encore.

Je jure, pris de panique.

– Mets-toi sous le jet.

Elle crie lorsque l'eau chaude rencontre son épiderme.

Oh, non ! C'est trop chaud.

Je règle à nouveau la température, la différence avec sa peau glacée doit être trop importante.

– Pardon, pardon. Viens, maintenant, ça doit être bon.

Elle se glisse sous le jet, mais continue de trembler. Je l'observe, désemparé. Puis je décide de la rejoindre et de coller mon corps au sien.

– Ça… marche… que… que… si t'es… à poil… ça.

Sa tentative d'humour se meurt dans un frisson qui manque de la faire tomber.

– C'est la deuxième fois ce matin que je me douche habillé. Ça montre à quel point je suis fou, non ?

Elle sourit.

Elle me sourit !

Des larmes me montent aux yeux. Je l'étreins contre mon torse, je ne veux plus jamais la lâcher. Jamais.

Les minutes passant, ses soubresauts s'estompent peu à peu. Ils sont toujours là, mais ils ne la secouent plus comme un prunier.

– Ça va aller.

Elle ricane.

– C'est ce que je n'ai pas arrêté de te dire, hier soir.

– Je pensais que je rêvais éveillé, ça m'arrive souvent dernièrement, lui confié-je.

Je trace du pouce ses lèvres abîmées.

– Si tu savais comme je suis désolé. Je m'en veux tellement.

– Saul… ce que tu traverses en ce moment, c'est… Je ne peux qu'imaginer ta peine, mais maintenant, je suis là. Et tu peux être sûr qu'après tout ça, je ne suis pas près de partir.

Un frisson la parcourt.

– Tu as encore froid ?

Elle acquiesce et j'augmente la température.

– À l'intérieur, me détrompe-t-elle.

– Comment ça ?

– J'ai froid à l'intérieur.

Elle plaque sa main sur son sein gauche au niveau de son cœur, puis sur son ventre, puis plus bas encore.

– Emplis-moi de toi.

Mes sourcils se froncent, je ne suis pas certain de saisir. *Ou j'ai peur de mal saisir.*

– Hier, je t'ai proposé de te remplir de moi pour combler ton vide. Que tu absorbes mon amour, que tu t'en nourrisses et que tu m'ai… (Elle grimace.) Mais tu as refusé.

– Je ne…

Ses yeux me tancent, je me tais.

– Ne me repousse pas à nouveau. Aujourd'hui, c'est moi qui ai besoin de toi. En moi.

Elle se dresse sur la pointe des pieds et effleure mes lèvres des siennes.

– Alors, emplis-moi de toi.

32

June
Un peu plus tôt…

Je souffle dans mes mains gelées et tente de m'abriter sous mon manteau. Je n'ai d'autre choix que d'attendre. Je n'ai pas de voiture, mon sac est à l'intérieur avec mes papiers et mon téléphone. Une chance que j'aie ma doudoune ! Il aurait aussi bien pu me jeter dehors sans, puisque, pour lui, je ne suis que le fruit de son imagination.

Sombre idiot !

– J'ai vu pire. J'ai subi pire. Je peux tenir, me motivé-je en claquant des dents. Un peu de pluie, c'est une broutille en comparaison de la cave. J'ai l'habitude du froid. J'ai l'habitude de l'isolement. En plus, il fait jour. C'est tranquille. Je peux supporter.

Mais il fait si *froid*…

Le vent s'engouffre dans mes vêtements mouillés et les gouttes de pluie s'abattent sur mon corps telles des épines verglacées.

Ce n'est rien, je peux supporter ! Si je dois lutter contre les éléments pour sauver Saul, je les braverai sans peur, sans abdication.

Je me recroqueville pour essayer de garder le maximum de chaleur. Accroupie, enveloppée dans ma doudoune, j'attends. Et j'attends encore. Je m'encourage à résister malgré mon moral vacillant.

Devrais-je chercher un meilleur abri ? Sous un arbre, peut-être ? Mais si Saul sort et que je le loupe ? Non, je dois rester sur le pont et patienter. Il finira par…

Soudain, un bruit de pas retentit, suivi d'une interjection.

Saul. Saul est venu ! Mon calvaire se termine, enfin !

Mes cordes vocales sont nouées par le froid, ma gorge est douloureuse, mes dents s'entrechoquent sans discontinuer… Parler dans ces conditions se révèle ardu. Pourtant, je rêve de le lapider à coups de phrases assassines et bien senties. Peut-être qu'ainsi, ça lui remettrait un peu de plomb dans la cervelle. J'ai essayé la gentillesse, ça n'a pas fonctionné, autant laisser s'exprimer la June garce.

Son obstination à nier l'évidence me sidère. Je discerne le dessillement dans son regard, malgré cela, il persiste à se voiler la face, à se mentir. Je connais la raison de ce refus, je vois l'horreur dilater ses pupilles, mais je refuse de m'apitoyer. Ça ne l'aidera pas, il a besoin d'être secoué.

Alors, je le gifle. La claque résonne, et déjà, sur sa joue, se dessine l'empreinte de mes doigts. Il titube en arrière, frotte sa peau rougie et pousse le plus malheureux des soupirs.

Celui de la résignation et de l'acceptation.

J'ai réussi. Cependant, je n'en tire aucune fierté. Saul est anéanti. Et par ricochet, moi aussi.

Puis, j'ai froid. *Si froid.*

Je me laisse manipuler comme une poupée de chiffon. Il me porte, me déshabille, me conduit jusqu'à la douche. Pendant ce temps, je réfléchis à la façon de le déculpabiliser, du moins en partie.

J'ai peur que cela annihile mes espoirs de nous voir à nouveau réunis.

Cette idée me glace le cœur, bien plus que la pluie battante de tout à l'heure.

– Tu as encore froid ? s'inquiète-t-il lorsqu'un frisson me saisit.

Un pli soucieux barre son front, j'aimerais le gommer du bout des doigts, effacer sa tristesse et la remplacer par l'amour que je lui porte.

J'irais sans hésiter jusqu'à t'offrir mon cœur, si le tien ne bat plus, et mon âme, si la tienne s'est perdue.

Je le contemple avec mélancolie se débattre avec le thermostat pour régler la température de l'eau. Sa mine soucieuse, ses yeux cernés, ses traits ciselés et amaigris. Au fond de moi, j'ai toujours su qu'il ne m'avait pas abandonnée, qu'il m'éloignait de lui pour me préserver, même si j'ignorais les raisons qui l'animaient. Mon cœur le clamait haut et fort. Néanmoins, ce dernier a été blessé, meurtri par ses mots durs, et il réclame à présent d'être réchauffé.

C'est peut-être ça, la solution !

Aimons-nous. Emplissons-nous l'un de l'autre.

– À l'intérieur, lui expliqué-je.

– Comment ça ?

– J'ai froid à l'intérieur.

Je fais glisser ma paume sur mon cœur, sur mon abdomen, puis entre mes cuisses, afin d'être claire sur mes intentions.

– Emplis-moi de toi, murmuré-je d'une voix tremblante.

Il me dévisage avec une expression tiraillée. Un mélange de désir et de crainte.

– Hier, je t'ai proposé de te remplir de moi pour combler ton vide. Que tu absorbes mon amour, que tu t'en nourrisses et que tu m'ai…

Ouais, pas la peine de remuer le couteau dans la plaie.

– Mais, tu as refusé.

– Je ne…

– Ne me repousse pas à nouveau ! le supplié-je. Aujourd'hui, c'est moi qui ai besoin de toi. En moi.

Mon palpitant se déchaîne. S'il m'éconduit, je sais que tout sera fini ; je l'aurai perdu à jamais.

Avec délicatesse, je plaque mes lèvres sur les siennes.

– Alors, emplis-moi de toi, insisté-je avec conviction.

Ne me fuis pas. Je t'en prie, Saul. Ne me fuis pas !

Je retiens un soupir de soulagement lorsqu'il me rend mon baiser. Sa bouche se fait pressante tandis que sa langue cajole la mienne. Ce contact est aussi triomphant qu'un arc-en-ciel perçant les nuages noirs après un orage. C'est chaud, doux, familier. C'est puissant, ardent, émouvant. Il bataille à retirer ses vêtements trempés. Je quitte sa bouche à regret et m'emploie à le délester de ses habits. Une fois qu'il est nu, je le contemple un instant, scotchée par sa magnificence. Un éclat diabolique zèbre son regard avant que ses mains capturent mon corps. Peau contre peau, c'est uniquement ainsi que mon cœur se réchauffe. Mon épiderme brûle d'impatience, il fourmille d'être touché, caressé, aimé. Mon bas-ventre réclame d'être comblé. Je me fiche des préliminaires. J'ai besoin de lui en moi. C'est viscéral, pressant, impérieux, nécessaire.

Mes doigts s'aventurent vers son membre dressé.

– Maintenant, Saul. Prends-moi, maintenant.

À sa moue, je devine une protestation se dessiner.

– Je suis prête ! affirmé-je.

– Hum. Laisse-moi d'abord vérifier.

Aussitôt, ses phalanges glissent entre mes replis avant de s'introduire en moi sans rencontrer la moindre résistance. Il effectue un lent va-et-vient qui me tire un grognement insatisfait.

– Plus que prête, conclut-il avant de s'écarter un instant. Ne bouge pas.

Il tend le bras, farfouille l'étagère au-dessus du lavabo et récupère un préservatif qu'il déroule rapidement. Puis il soulève une de mes jambes et dirige son sexe contre mon entrée. D'une poussée, il est en moi. Je ferme les yeux et me délecte de la sensation.

Enfin. Oui.

– Tourne-toi, exige-t-il après seulement quelques allers-retours. Tu n'as pas assez d'équilibre comme ça.

Il a raison, ce n'est pas confortable. Alors, je m'exécute et me penche légèrement vers l'avant en me tenant au robinet.

– Parfait, murmure-t-il dans un râle tandis qu'il me pénètre à nouveau.

Cette fois, ses mouvements sont plus intenses. Il alterne entre des coups de reins puissants qui me font vibrer jusqu'au plus profond de mon être, et des va-et-vient plus lents, presque torturants, qui m'arrachent des gémissements incontrôlés. Sa main gauche agrippe fermement ma hanche tandis que la droite explore mon corps, caresse mes seins, les pince doucement. Sa bouche dévore mon cou, trace des sillons brûlants sur ma peau. Ses grognements de plaisir contre mon oreille me font perdre la tête alors que nos mouvements deviennent de plus en plus effrénés. Ce moment est si parfait, si inespéré que des larmes me montent aux yeux. Saul est avec moi, en moi.

Chaque coup de bassin apaise mon cœur, chaque gémissement rauque qu'il émet le soigne, chaque caresse le répare.

Ce n'est pas qu'un simple acte charnel, c'est un pansement pour guérir nos âmes meurtries.

C'est une promesse.

Saul et moi.

Ensemble.

Quoi qu'il advienne.

Et pour toujours.

33

June

– Je t'ai fait du mal. Je t'ai fait tant de mal, soupire Saul d'un air misérable une fois que nous sommes habillés.

Je n'ai pas l'intention de minimiser la douleur qu'il m'a infligée, alors je ne le contredis pas. Les œillères, c'est terminé. Dorénavant, nous allons panser nos plaies ensemble et veiller à ne plus jamais reproduire les mêmes erreurs. La vie nous malmène assez, nous n'avons pas besoin d'en rajouter. Au contraire, nous devons faire front commun.

Je pensais qu'évoquer nos tourments ne servait qu'à remuer la « merde ». J'avoue m'être trompée. C'est la garder en soi qui n'est pas sain. Or, pour l'évacuer, il faut pouvoir en parler. Saul a besoin de déverser sa peine, sa rage, de trouver l'oreille qui l'écoutera pleurer son frère. Tout comme j'ai besoin de me délester de ces années de persécution, d'exprimer ma colère envers le maire et de pointer mes regrets.

Je ne veux plus aucun secret entre nous, plus aucun tabou.

– Parler, c'est comme faire caca. Il faut se soulager régulièrement pour rester en bonne santé, lancé-je tout à trac.

Saul éclate de rire.

– D'où ça sort, ça ? Oh ! C'est pas la réplique du drama[1] que tu m'as obligé à regarder durant la tempête ?

J'opine en souriant.

– Avoue que même si l'image est peu ragoûtante, elle n'en est pas moins vraie !

– Hum, hum, confirme-t-il. De sacrés philosophes, ces personnages.

– Donc, notre programme pour ces prochaines heures est tout trouvé : nous allons parler. De toi, de moi, de nous.

Il soupire, mais accepte d'un hochement de tête.

Nous nous assoyons face à face dans son salon miniature. Le silence s'installe. Saul semble mal à l'aise, alors je lui laisse le temps, malgré mon impatience grandissante.

– J'ai du mal à exprimer mes pensées, reconnaît-il après un moment. Les mots restent coincés dans ma gorge.

– Cas classique de constipation verbale. C'est parce que tu t'es trop retenu. Mais une fois le bouchon sauté, ça sera plus facile.

– Encore des métaphores cheloues sur… ?

– Ouais, dis-je en grimaçant. Faut croire que moi aussi je suis un peu tendue.

Le silence retombe.

Et s'éternise.

Puis la voix brisée de Saul s'élève dans la pièce :

– Savannah est morte.

Je fronce les sourcils.

– Savannah, c'était son vrai prénom, celui qu'elle s'était choisi, murmure-t-il du bout des lèvres. Elle était trans. Et ils l'ont tuée pour ça.

1. *Hometown Cha-Cha-Cha*. Série coréenne de 2021.

Je reste un instant silencieuse, assimilant cette révélation. Maintenant je comprends mieux pourquoi Saul était si protecteur avec elle, pourquoi il avait tant insisté pour qu'elle reste cachée des WEN. La confirmation de sa mort me frappe comme un coup de poing. J'exhale doucement pour contenir mes émotions, je n'ai pas le droit de flancher devant Saul. Ce dernier est perdu dans ses pensées.

Une larme roule sur sa joue, il l'essuie prestement. Les yeux rivés sur la fenêtre, il m'explique d'un timbre rauque qui me déchire l'âme :

– Le soir où tu m'as envoyé un nude, y avait mon géniteur, Nichols et Bible.

Je remarque qu'il n'emploie pas le mot « daron » comme à son habitude pour identifier son père, mais celui de « géniteur » ; tout comme moi.

– C'est pour ça que je n'ai pas pu te répondre sur le coup. Puis, ils ont voulu que je les suive jusqu'au Nation Club, sauf que, sur le trajet, je me suis fait choper par l'armée. On m'a mis en garde à vue et interrogé pendant des heures parce qu'un meurtre avait été commis non loin du lieu où j'avais été arrêté. Pendant que je croupissais au fond d'une cellule, Jacob est passé à la péniche. Il a profité du fait qu'il n'y ait personne pour venir fouiller, sûrement à la recherche d'argent ou de trucs à voler. C'est comme ça qu'il a découvert les robes de Savannah, ses photos, tout ce qui prouvait qui elle était vraiment. Alors, il l'a ramenée au club pour que les West Eagles Nation lui fassent son « procès ». Ils l'ont attachée au poteau des tortures, l'ont rouée de coups, puis mon père l'a « licenciée ». Il a balancé son corps dans l'incinérateur à déchets de l'usine de recyclage.

Ma main se plaque sur ma bouche pour éviter que n'en sorte un cri d'épouvante. Mon cerveau refuse de retranscrire en images les informations qu'on vient de lui soumettre et je lui en suis reconnaissante. Je ne veux pas imaginer. C'est trop affreux.

Je digère la nouvelle tandis que Saul continue à fixer le Howl.

– J'ai vu une aurore boréale, l'autre jour. J'ai voulu la partager avec Savannah qui adore ça, alors j'ai couru jusqu'à la péniche pour l'avertir. (Sa voix déraille.) Pendant un instant, j'avais oublié qu'elle était…

J'englobe ses mains dans les miennes.

– Je crois que c'est à partir de là que j'ai commencé à avoir des hallucinations. Parce que c'était trop dur sans elle. (Il tourne la tête vers moi.) Et sans toi.

Du pouce, je caresse le dessus de sa main.

– Quand le cerveau se sent menacé, il réagit pour se sauver. C'était peut-être l'unique façon pour toi de survivre, exposé-je en psychanalyste de supermarché. Mais maintenant, je suis là, pour de vrai. Alors, accroche-toi à ça.

J'exhale un souffle chevrotant.

– J'aurais aimé la connaître, dis-je des larmes plein les yeux.

– Ouais, bah c'est plus possible, déclare Saul en s'essuyant une joue du dos de la main. Elle est morte. Et moi avec.

– Non, toi, tu es vivant !

Il rit. Un rire amer.

– Un cœur qui bat ne fait pas de toi un être vivant. Si tout est mort à l'intérieur, ça ne sert à rien.

– C'est faux. Il n'y a rien de mort chez toi. Si c'était le cas, tu ne serais pas là, devant moi.

– J'y ai songé, et j'y songe encore.

– À quoi ?

– Au suicide. Ce matin, j'ai même foutu un *gun* dans ma bouche.

Je ferme les paupières et déglutis pour ravaler la boule d'épines logée dans ma trachée.

– Moi aussi, j'y ai songé. Et je suis toujours là. Et toi aussi. Tout le monde a des moments de…

– Comment ça, toi aussi ? Quand ça ?

– Il y a peu.

Il écarquille les yeux.

– À cause de moi ?

– De toi, du maire, de ma vie. Mais je me suis accrochée à ce qui m'est cher : ma mère.

– La mienne est morte.

– Elle prend soin de Savannah, à présent.

– Et moi ? Qui prendra soin de…

– Moi. Tu m'as moi, Saul ! Je n'irai nulle part, je ne partirai pas.

Il hoche la tête.

– Tu es la raison pour laquelle mon idiot de cœur bat.

Il me l'avait déjà confessé hier, mais l'entendre le redire, et sobre cette fois, provoque un tremblement dans ma poitrine.

Il lâche un petit ricanement comme s'il se moquait de lui-même.

– Mais tu sais ? Je ne t'aime pas, June.

Aïe.

Malgré la douleur que je ressens, je n'ai pas le temps de m'appesantir là-dessus, puisqu'il enchaîne immédiatement :

– Parce que là encore, ce n'est pas un choix. Cela va

bien au-delà. Je respire pour toi, je vis pour toi. Tu comprends ?

Ses prunelles épinglent les miennes.

– Tu es mon souffle : absolu, vital, indispensable. Ma vie : précieuse, élémentaire, indissociable. Je ne t'aime pas, je te respire.

Sa pomme d'Adam monte et descend ; il est pris par l'émotion.

– Je ne t'aime pas, je te vis, June Harrington.

Nous sommes assis face à face dans une péniche, avec un déluge qui s'abat sur la toiture au-dessus de nous, et je viens de recevoir la plus incroyable des déclarations. La plus splendide, magnifique et sincère de toutes les déclarations d'amour.

– Je te vis aussi, Saul Fox, réponds-je.

Nos regards ancrés, nos mains jointes au milieu de la table qui nous sépare, nous nous contemplons sans plus parler. Le moment n'est plus à la discussion, mais au recueillement. L'acceptation de nos sentiments et ce que cela implique pour notre futur.

Ce chemin, je l'ai déjà suivi. Mais pour Saul, c'est nouveau. C'est la première fois qu'il admet au grand jour ce qu'il éprouve. Peut-être même est-ce la première fois qu'il se l'avoue à lui-même. Pour être passée par là, je sais que c'est un sacré bouleversement, mais également une délivrance.

Ce silence cérémonieux est rompu par la sonnerie du téléphone de Saul.

– C'est Nichols. Si je ne décroche pas, j'ai peur qu'il rapplique ici.

J'acquiesce pour lui signifier que je comprends.

– Ouais. Quoi ? Non, je suis à la péniche, je viens de

me réveiller, ment-il avec flegme. Il se passe quoi ? Hier soir ? Nan, attends, j'allume les infos.

Saul embrasse la pièce d'un regard inquisiteur. Je lui tends la télécommande. Il me remercie d'un signe du menton.

– OK. On se voit plus tard.

Il observe un instant son téléphone, puis lève ses billes noires vers moi.

– Il se passe un truc avec ton géniteur ?

– Euh…

Je réfléchis à toute vitesse, prise au dépourvu par cette question soudaine, quand un élément me revient en mémoire.

– Oh, non, c'est pas vrai ! m'alarmé-je. J'ai oublié de prévenir l'école de mon absence ! Je pensais leur envoyer un mail ce matin pour…

– Il ne s'agit pas de ça. Apparemment, il se passe un truc avec notre cher maire. Tu l'as vu quand pour la dernière fois ?

– Il m'a appelée hier pour me prévenir qu'il était contraint de s'éloigner d'Harrington, mais j'en sais pas plus. Il se passe quoi ?

Saul appuie sur la télécommande. La télé s'allume sur la chaîne locale d'information. Un bandeau flash spécial défile sur le bas de l'écran : « Joseph Harrington, maire de la ville d'Harrington, en lice pour les élections au poste de gouverneur, est suspecté de détournement de fonds publics à hauteur de plusieurs millions de dollars. Le FBI s'est saisi de l'enquête. »

– Je dois rentrer voir ma mère ! m'écrié-je en bondissant du sofa. Voilà notre chance !

– Attends, attends, tempère-t-il. Ne faisons rien de

précipité. Il faut d'abord qu'on en apprenne plus.

– Non ! C'est le moment parfait. Mon géniteur est coincé avec cette histoire de détournement de fonds, le FBI va enquêter… Pour la première fois, il est vulnérable. Et maintenant que tu es là… Je n'avais jamais trouvé comment la sortir de là toute seule, mais à deux, on peut y arriver.

D'un ton empressé, je lui raconte mon bref entretien avec maman ; cela confirme ses suspicions.

– On doit y aller maintenant, pendant que mon père est distrait par ces accusations. C'est peut-être notre seule chance, conclus-je, le cœur tambourinant. Tu t'occupes de l'infirmier pendant que moi je libère…

– Tes vêtements sont encore mouillés.

Je détaille ma tenue. Jogging et sweat oversize de Saul. Ça fera l'affaire.

– Ma doudoune est sèche, c'est le principal.

Constatant ma détermination, Saul capitule et enfile son cuir.

– D'accord. Allons-y… Mais on se fait discrets.

34

Saul

Je ne pensais pas remettre un jour les pieds du côté d'East River. Pourtant, me voici, les bras de June encerclant ma taille, à sillonner les rues de son quartier.

Lorsque nous parvenons chez elle, c'est l'effervescence. Malgré le temps exécrable, des journalistes font le pied de grue sur l'allée centrale. Il y a aussi des agents du FBI et des policiers en faction devant la maison, et même quelques riverains suffisamment curieux pour braver la pluie. S'infiltrer à l'intérieur en toute discrétion risque d'être compliqué.

L'unique pensée qui obnubile June : sa mère.

Le jour où je l'ai larguée, elle a découvert que cette dernière était retenue contre son gré et était probablement droguée. Pendant que je planifiais ma vengeance et ma pitoyable mort, June luttait pour maintenir sa tête hors de l'eau, alors qu'on l'acculait de toutes parts. Elle aussi a traversé son lot d'épreuves. Isolée et seule.

Mais en guerrière courageuse, elle n'a rien lâché. Même pas moi.

À mon tour de la soutenir.

Bordel ! Je ne la mérite pas. Je le sais, cependant, je réalise à présent que je suis incapable de vivre sans elle. Ce que je ressens pour elle défie l'entendement.

Comment un simple « je t'aime » pourrait-il qualifier ce déferlement d'émotions ? Comme je le lui ai avoué, je vis pour elle.

Maintenant, je dois assumer cela. Seulement, je ne sais pas encore comment. Mon avenir est aussi opaque, étriqué et sombre que le cul d'un opossum. Alors, se représenter un avenir à deux… Cela me paraît pour l'instant inimaginable.

Mes atermoiements cessent aussitôt que June s'élance dans l'allée sans cérémonie, son casque de vélo bleu sur le crâne.

Bon, pour la discrétion, c'est raté.

Je retire le mien et la rejoins d'un pas rapide.

Une sirène retentit. Nous nous tournons vers la rue, une ambulance tente de se frayer un chemin parmi la foule de passants et de journalistes.

Au même moment, un agent de police nous interpelle :

– Vous n'avez rien à faire là. Circulez !

– Je suis la fille de Joseph Harrington, gronde June d'un air bravache que je lui connais bien. Où est ma mère ? Que fait une ambulance ici ? Répondez-moi, à la fin !

– Du calme, jeune fille. Tout va bien.

Les ambulanciers sortent un brancard et courent en direction de la villa.

June les suit malgré le flic qui tente mollement de s'interposer.

Mais Baxter Fish, alias le shérif de la ville – et le père de Megan –, arrive à notre hauteur.

– Toi, la princesse d'un politicien corrompu, tu vas redescendre de ton trône !

Sans se démonter, June le fusille d'un regard farouche alors qu'il lui attrape le poignet pour l'empêcher d'avancer.

– Tu étais le premier à t'agenouiller devant lui pour lui cirer les pompes, lui remémore-t-elle. Je suis sûre qu'en fouillant un peu, le FBI aura vite fait de dévoiler tes petites magouilles de shérif véreux.

– Ton père est une sombre merde ! vocifère-t-il en postillonnant.

Il lâche son poignet, June le masse en lui jetant un regard mauvais.

– Il est parti avec ma femme… précise-t-il d'un timbre cassé.

June écarquille les yeux, visiblement choquée par cette nouvelle.

– June Harrington ? demande un homme en costume noir qui se tenait à proximité. J'ai des questions à vous poser, veuillez me suivre.

Il me dit vaguement quelque chose sans que je parvienne à le remettre. À son ton supérieur, je devine qu'il appartient au FBI.

Bien que ma présence n'ait pas été requise, je rejoins June après quelques instants.

– Ça va, ta mère ?

– L'agent vient de me dire qu'ils vont l'emmener à l'hôpital, pour la garder en observation quelque temps, m'explique-t-elle avec un soupir tremblant. C'est bien, c'est une bonne nouvelle, hein ?

Je lui frotte le dos d'un geste apaisant.

– Ça l'est, oui. C'est une très bonne nouvelle qu'elle soit prise en charge et qu'elle ne soit plus sous le joug de ton dar… du maire.

L'agent du FBI, qui assiste à notre échange, ajoute toutefois :

– Attendez les résultats du laboratoire avant de crier

victoire. Vu son état, Mme Harrington était manifestement sous l'influence de médicaments. Nous ignorons encore ce qu'elle avait dans les veines, depuis combien de temps, les effets sec…

– C'est bon, on a compris ! le stoppé-je tandis que la mine de June se décompose. On peut quand même se réjouir qu'elle ne soit plus enfermée dans cette chambre.

Au même moment, j'observe Esther monter dans un véhicule de police.

June ouvre de grands yeux choqués.

– Pourquoi emmenez-vous ma gouvernante ?

– Nous devons l'interroger en tant que témoin, comme vous. Elle pourrait avoir des informations importantes sur ce qui se passait dans la maison.

– Vous allez me conduire au poste, aussi ?

– Non, pas maintenant. Nous comprenons que vous devez être en état de choc. Nous prendrons votre déposition demain, si vous vous en sentez capable. Mais vous devez savoir que les charges contre votre père s'accumulent. Outre le détournement de fonds, nous le soupçonnons d'être le commanditaire d'un trafic de drogue. La Bee, ça vous dit quelque chose ?

Mon sang se fige dans mes veines. Le maire ? Derrière la Bee ? Je fixe l'agent, abasourdi. C'est lui qui a déclenché tout ça ? Cette guerre qui a ravagé West River, qui a fait tant de morts… tout ça à cause de lui ?

Ma tête dodeline sous le choc, comme si l'information refusait de remonter jusqu'à mon cerveau. À mes côtés, June vacille. Je me ressaisis et la soutiens en entourant ses épaules.

L'effroi se peint sur son visage exsangue.

– C'est impossible.

– Et pourtant, les preuves vont dans ce sens. Mais bref, pour l'instant, reposez-vous.

Rha, sa tête me dit vraiment quelque chose !

Je l'ai déjà vu quelque part. Mais où ? Mon esprit est trop dévasté par la révélation pour réussir à se concentrer.

Soudain, ça fait tilt. Le mec louche en trench noir qui rôdait près de la villa avant que le maire nous enferme dans sa maudite cave. C'était lui !

Ça signifie qu'Harrington est sous surveillance depuis un bon moment. Je ne parviens pas à déterminer si je dois exulter ou compatir pour June, dont la vie risque de changer radicalement. Sa mère et elle vont tout perdre dans cette histoire. Mais ce qu'elles perdront en argent, elles le gagneront en liberté, non ?

Je darde sur ma guerrière un regard scrutateur qu'elle me rend, sauf que le sien est indéchiffrable.

Je crois qu'elle-même ne sait plus où elle en est. Il faut dire que, depuis ce matin, elle n'a pas été ménagée. Entre mon délire psychotique qui m'a poussé à la chasser comme une malpropre sous la pluie, puis cette annonce sortie de nulle part… cela fait beaucoup à encaisser.

– On vous rappellera, enchaîne-t-il. Et si votre père tente de vous joindre, vous…

– Je vous contacte immédiatement.

Sur cette affirmation, nous prenons congé.

35

June

En ce moment, je n'ai pas l'impression de vivre ma vie, plutôt de la subir. Depuis un mois, les événements s'enchaînent sans interruption ; je suis secouée dans tous les sens et je ne contrôle rien. Ce que je déteste.

Bien sûr, je suis soulagée. D'abord, pour maman. Bien que son état nécessite encore une surveillance accrue, elle est entre de bonnes mains et c'est encourageant. Le maire est considéré comme un fugitif, ce qui ne manque pas de piment ; cette situation est assez délectable, j'en conviens. Puis, Saul m'a avoué ses sentiments, en témoignent les chatouillis étranges qui taquinent mon ventre.

Malgré tout, je suis épuisée. *Vraiment épuisée.* Comme après un sprint, mon corps est à bout de force et quémande une pause. Je l'entends, je le comprends, seulement, je ne peux accéder à sa demande. Pas encore. Ce n'est pas le moment de plier.

Saul n'a plus que moi. Et, plus que jamais, il lui faut une épaule solide sur laquelle s'appuyer. Bien que la mienne soit fragile, je la façonnerai pour qu'elle s'adapte à chacun de ses besoins. Ce qui est presque comique, c'est que je suis certaine que Saul pense la même chose de son côté. Il tient debout uniquement parce qu'il veut être mon soutien dans les épreuves que j'endure. Deux chaises branlantes qui, adossées l'une à l'autre, se fortifient. Personne ne miserait un dollar sur nous, alors que je suis sûre que nous réussirons à traverser ces difficultés. Car nous sommes ensemble.

Bientôt, nous verrons le bout du tunnel. J'en suis convaincue. Il le faut !

Je bâille pour la troisième fois.

– Tu devrais retourner te coucher, me propose Saul en constatant ma fatigue persistante.

– Il est déjà midi. Je dois passer voir ma mère et Cooper a laissé au moins six messages pour que je le rappelle.

Cooper, c'est le nom du membre du FBI chargé de l'enquête. Cinq jours se sont écoulés depuis ma rencontre avec lui, cinq jours où il ne m'a pas lâchée d'une semelle. Il est persuadé que, comme je suis une fille à papa, ce dernier me contactera sous peu. Je devrais peut-être lui parler de l'éducation particulière que le maire m'a dispensée ; ainsi, il ne serait plus aussi catégorique au sujet de nos rapports parfaits.

Le téléphone de Saul s'allume ; il l'a mis sur silencieux, mais les appels s'affichent sur son écran. On peut y lire le nom de Nichols. Au bas mot, il en a reçu une centaine de sa part.

Comme nous n'avons pas quitté la villa depuis cinq jours, j'ai supplié Saul de ne pas répondre – oui, supplié. Autant dire qu'il a été suffisamment choqué pour accepter sans broncher. S'il décroche, ils l'obligeront sûrement à le rejoindre pour faire je ne sais quoi. Je n'ai pas envie de le perdre dans un règlement de compte débile. Les West Eagles Nation sont finis, en plus. Ils ont été durement touchés en perdant plus de la moitié de leurs hommes dans cette guerre entre gangs.

Saul fixe son portable d'un air hésitant.

Je tends la main vers son visage et caresse l'arête de sa mâchoire.

– Ils se lasseront.

Il secoue la tête.

– Si seulement. S'ils sont persuadés que j'ai déserté, ils me licencieront, même si ça doit leur prendre des décennies. Je ne serai jamais à l'abri. C'est vrai qu'ils sont affaiblis maintenant, mais ils vont se reconstruire, c'est qu'une question de temps. Et une part de moi voudrait en profiter pour frapper pendant qu'ils sont vulnérables… mais je suis fatigué de toute cette violence.

Il observe ses mains comme si elles décelaient des vérités cachées.

– Je veux juste… avancer.

– Tu veux décrocher ?

Le téléphone s'éteint au même moment ; j'exprime mon soulagement dans un soupir. Lorsqu'il se rallume la seconde d'après, je ferme les yeux en pestant intérieurement.

– Je dois savoir ce qu'il veut.

J'acquiesce alors qu'un nœud me tord le bide.

– Ouais… débite-t-il avec un semblant d'impassibilité.

Son interlocuteur beugle si fort que je l'entends sans que le haut-parleur soit activé.

– Putain, s'pèce de p'tite pute ! s'égosille Nichols. On a besoin de toi au Nation et toi, tu fais ta belle chez les Easties, sale pute !

– Qu'est-ce que tu racontes ? rétorque Saul, blême.

– Ta gueule de fiotte est passée à la télé. Tu la niques bien la fille du maire, hein ! On t'a tous vu l'enlacer devant chez elle. Et pendant que tu trempes ta bite, nous, on crève ! Sale traître. Putain de vendu ! Tu savais que c'était Harrington derrière la Bee, hein ? Ça se trouve, tu l'as aidé dans son plan pour détruire West River.

– J'ai appris en même temps que toi l'implication du maire dans la distribution de la Bee. Et comme toi, je ne sais rien de plus.

– J'vais te croire, ouais. Et pourquoi tu répondais pas au tél si t'as rien à cacher ?

– Parce que j'étais occupé à la tremper, comme tu l'as dit toi-même. C'est pas un crime de baiser ! s'énerve-t-il en me lançant un regard d'excuse.

Mes oreilles saignent à écouter leur langage de charretier. Pas besoin d'être si vulgaire ! « J'étais en train d'honorer ma petite amie », ce n'est pas plus joli ?

– Ouais, bah tes vacances sont finies ! Raboule ton cul au Nation. On va niquer les BSB, tout le monde est…

Une explosion retentit, suivie de tirs et de hurlements flippants.

– Putaiiiiin ! À couvert ! Saul, raboule ton…

– Nichols ?

Un grésillement, puis la communication coupe.

– Ils doivent subir une nouvelle attaque, lâche-t-il.

– Tant mieux ! Ce sont des monstres.

– Moi aussi. J'ai tellement de sang sur les mains, June.

Il ouvre ses paumes devant moi.

– Tu vois comme elles sont sales de mes péchés.

Il les frotte l'une contre l'autre.

– On a tous les mains sales, Saul. Moi aussi, j'ai fait des trucs moches. Tu crois que mon comportement a été exemplaire ces dernières années ? Je n'ai pas volé mon surnom de garce hautaine. J'ai rabaissé, humilié, dénigré, simplement parce que j'en avais le pouvoir et que mon père m'avait mis dans le crâne que c'était ainsi qu'il fallait que j'agisse.

– Tu as des circonstances atténuantes.

– Toi aussi, répliqué-je du tac au tac.

Il renifle.

– Tu ne sais pas la moitié de ce que j'ai dû accomplir pour les WEN. Déjà, j'ai mis un traceur sur ton téléphone. Et sur ta caisse. Vérifie par toi-même, si tu veux ! m'exhorte-t-il lorsque je soupire. J'avais pour mission d'en apprendre un max sur toi et de m'infiltrer dans le bureau du maire pour dénicher des informations.

Je lève les yeux au ciel.

– OK, pour le mouchard, je n'étais pas au courant, et alors ? Tu l'as dit toi-même, on t'y a forcé. Quant au reste, tu ne m'apprends pas grand-chose. T'es nul en espionnage, je t'ai grillé en deux secondes.

Il se mord la lèvre, son regard s'attendrit pendant un instant.

– Ouais…

Puis il se renferme.

– Mais ça ne change rien. J'ai ôté des vies, directement ou indirectement.

Je soupire.

– D'accord, nos mains sont sales. Les tiennes plus que les miennes, si ça te fait plaisir. Mais il ne tient qu'à nous de nous repentir, de devenir meilleurs. On peut y parvenir, ensemble. Tu souhaites toujours être médecin ?

Il ricane.

– Je sais plus ce que je veux.

– On va faire en sorte d'obtenir nos diplômes cette année, que ce soit dans ce lycée ou dans un autre, puis on s'inscrira à la fac tous les deux.

– Depuis quand tu es si optimiste ? se moque-t-il avec un rictus en coin.

– Il me faut de l'espoir pour tenir… Pour réussir à surmonter le fait que celui à qui j'obéissais sans ciller est la cause du chaos à West River depuis tout ce temps et que je n'ai rien fait pour tenter de l'arrêter. Maintenant que je me suis libérée de son emprise, je le vois clairement, et… ça me rend malade. Tout ce qu'il a fait pour vous garder cloîtrés de l'autre côté du mur… Tout ce qu'il n'a *pas* fait pour vous aider… Et désormais, la Bee, qu'il a lui-même fait circuler… C'est abominable.

– Le chaos, c'est ce qu'il voulait, justement, reprend-il d'une voix douce. Contrôler le quartier grâce à l'armée, monter les gangs les uns contre les autres et qu'ils s'entre-tuent. Ainsi, il faisait place nette.

Mon géniteur est monstrueux. Et pendant des années, j'ai été trop aveuglée pour le voir. Pour agir. Je me suis comportée comme il l'attendait, en laissant parler ses préjugés. Désormais, je subis un « juste retour de bâton », comme l'affirment certains, et ils n'ont sûrement pas tort : dès que je mets un orteil dehors, on me saute à la gorge en m'insultant.

Aucun des Suprêmes n'a pris de mes nouvelles, aucun professeur ne s'est inquiété de mon absence. Le silence.

June Harrington n'est plus.

Déchue.

Humiliée.

Méprisée.

Et c'est peut-être tout ce que je mérite.

– On devrait se tirer de cette ville et passer notre diplôme ailleurs. Plus rien ne nous retient ici ! affirmé-je avec conviction. Des bons lycées, y en a partout ! Et ma mère pourrait nous rejoindre dès qu'elle ira mieux.

– On irait où ? Et avec quel argent ?

– N'importe où.

Quant à l'argent, c'est un problème auquel je n'ai jamais été confrontée jusqu'à présent. J'ai tendance à oublier trop facilement que, dorénavant, chaque dollar est précieux.

– Je peux vendre certaines de mes affaires personnelles. Celles qui ont échappé à la saisie.

Saul ne répond pas, ses traits expriment une intense réflexion. Ainsi qu'une certaine lassitude.

On a besoin d'une trêve tous les deux. C'est urgent.

– Mais tu sais ce dont je rêve, là, tout de suite ?

Il redresse la tête, un éclat de curiosité zèbre ses iris.

– J'aimerais qu'on se gave de cochonneries en matant un truc marrant à la télé. Pourquoi pas un dessin animé ?

– Tu veux mater un dessin animé ? Maintenant ? Et ta mère ?

– On passera plus tard. J'ai envie de décompresser un peu.

– Savannah adorait ça aussi... souffle-t-il en s'installant contre mon flanc tandis que je fais défiler la liste des films sur l'écran.

– C'était quoi, son dessin animé préféré ?

– *Toy Story*. Elle ne loupait jamais une rediffusion.

– Tu veux le regarder ?

Il opine et essuie ses yeux.

Très vite, nous sommes pris par l'histoire. Saul se détend petit à petit et finit même par rire aux éclats à plusieurs reprises.

Ce rire, c'est mon avenir.

Et je ferai tout pour que nos vies soient teintées de ce son si merveilleux.

36

June

Je contemple la rue déserte de mon quartier à travers la fenêtre de ma chambre, essayant d'ignorer le journal qui traîne sur mon bureau. En première page, la photo du maire menotté fait la une : « **ARRESTATION SPECTACULAIRE :** Joseph Harrington appréhendé dans un aéroport privé alors qu'il tentait de fuir le pays. » L'article détaille comment le FBI l'a intercepté avec des valises remplies de cash et de faux papiers d'identité. Il a été transféré au centre pénitentiaire fédéral en attendant son procès. C'est à trois heures de route d'ici.

Sa cavale n'aura pas duré longtemps. Contrairement à son procès, qui s'annonce titanesque.

– Tu devrais aller le voir, déclare Saul comme s'il avait le pouvoir de lire dans mes pensées.

Sa voix est douce mais ferme. Je me détourne de la fenêtre pour l'observer. Il est appuyé contre l'encadrement de la porte, les bras croisés sur sa veste en cuir. Beau à tomber.

– Pourquoi ? Il ne mérite pas que je me déplace.

– Pour toi. Fais-le pour toi, confronte-le comme tu rêves de le faire.

Je soupire. Depuis quelques jours, cette idée me trotte dans la tête. Aller voir le maire, lui dire ses quatre vérités, tourner définitivement la page. Mais l'appréhension me tenaille encore le ventre.

– Je ne sais pas si j'en suis capable.

– Ma princesse guerrière. Tu es la personne la plus forte que je connaisse, m'encourage-t-il en s'approchant pour prendre mes mains dans les siennes.

Ses yeux brillent de détermination. Cette flamme qui m'a fait tomber amoureuse de lui.

– D'accord, cédé-je finalement. Allons-y demain…

Avant que je me dégonfle.

Mon petit ami opine en me dédiant son magnifique sourire craquant et indécent.

Une idée germe en moi.

– Mais tu m'accompagnes au parloir dans ce cas, j'aimerais te présenter à mon géniteur.

Saul éclate de rire.

– Un dernier pied de nez ?

– Tu as tout compris.

***

Le lendemain matin, nous prenons la route sur la Sportster. Mes bras s'enroulent autour de la taille de Saul avec une familiarité qui me fait sourire malgré mon anxiété. Je repense à la première fois où je suis montée derrière lui, transie de froid et de peur, m'accrochant à ce 3B comme à une bouée de sauvetage. À l'époque, je le croyais aussi glacial que la température hivernale. Je ne pouvais pas avoir plus faux.

Le vent froid me fouette le visage à travers la visière, je l'abaisse aussitôt pour me protéger. Puisque sa moto est à présent notre seul moyen de locomotion, hormis si l'on prend les transports en commun, je me suis offert un magnifique casque… d'occasion. Au moins, ce n'est pas un casque bleu de vélo.

Comme durant notre première virée, mon cœur pulse fort – non plus de terreur, mais d'une détermination froide. Je vais lui montrer qui est la véritable June Harrington.

Je me concentre sur le vrombissement du moteur, sur la chaleur qui émane du corps de Saul, sur tout sauf notre destination. De temps en temps, il pose sa main gantée sur la mienne et la serre doucement.

Lorsque nous arrivons enfin, le centre pénitentiaire fédéral se dresse telle une forteresse de béton et d'acier. Des miradors surplombent l'enceinte, leurs projecteurs balayant la cour même en plein jour. Les murs gris s'élèvent sur quatre étages, percés d'étroites fenêtres aux barreaux épais.

L'entrée principale ressemble à celle d'un bunker. Trois sas de sécurité successifs, chacun gardé par des agents armés. L'air est saturé d'une odeur âcre de désinfectant qui me pique la gorge.

Une gardienne nous fait déposer nos effets personnels dans des casiers métalliques. Téléphones, bijoux, tout y passe.

Le parloir occupe une vaste pièce rectangulaire. Une vitre blindée la coupe en deux parties égales. De notre côté, une douzaine de box sont alignés, séparés par des cloisons. Des néons grésillent au plafond, donnant à l'endroit un aspect encore plus sinistre.

Une porte métallique s'ouvre de l'autre côté. Joseph Harrington fait son entrée, escorté par deux gardiens. La combinaison orange ne parvient pas à entamer sa posture aristocratique. Il avance comme s'il se rendait à une réception mondaine, le menton relevé, le regard hautain.

Ses yeux trouvent les miens et un sourire condescendant étire ses lèvres tandis qu'il s'installe face à moi. Il ne jette pas un seul regard vers Saul, comme si sa présence était insignifiante. Il joint ses mains menottées sur la table, tel un P.-D.G. présidant son conseil d'administration.

– June, enfin tu te décides à venir me voir, déclare-t-il comme s'il m'accordait une audience. J'ai tant de choses à te dire, tant de projets à te confier.

Son ton est celui qu'il utilisait lors des dîners mondains, quand il exposait ses grandes idées pour la ville.

– La situation est délicate, mais tout n'est pas perdu. J'ai pris mes dispositions. Ton mariage avec Niels assurera la continuité de notre lignée. Une fois l'affaire étouffée, nous pourrons…

– Mon mariage ? le coupé-je, abasourdie par son délire.

– Les arrangements sont déjà pris. La fusion de nos familles renforcera notre position. Tu comprends l'importance de…

– Tu es complètement fou.

Il me contemple comme si je venais de roter pendant son discours d'investiture.

Ça a quelque chose de jouissif. Je n'ai jamais osé parler ainsi à mon géniteur, et je réalise à cet instant à quel point ça fait du bien. À quel point j'en avais besoin.

– Cette attitude ne te mènera à rien. Tu as des responsabilités envers notre nom, notre héritage. Je t'ai éduquée pour…

– Pour être ton pantin ? Pour perpétuer ta dynastie de monstres ?

– Je t'interdis de…

– Tu ne m'interdis plus rien ! Tu as tout détruit. Maman, la ville, des milliers de vies avec ta drogue. Tu n'es qu'un tyran pathétique qui se cache derrière de grands discours pour dissimuler la noirceur de son cœur.

Ma main trouve celle de Saul. Chaude, rassurante. Le regard du maire s'arrête enfin sur nos doigts entrelacés. La confusion traverse son visage, puis le choc, et enfin le dégoût.

– C'est donc ça ? commente-t-il d'un ton doucereux. Tu crois me blesser en t'abaissant avec une racaille de West River ? Ta pseudo-rébellion est…

– Elle ne s'abaisse pas, l'interrompt Saul d'une voix posée. Elle s'élève. Elle s'est libérée de vos chaînes toute seule. Je ne suis que celui qui a eu la chance d'être là pour le voir.

Tandis qu'il prononce ces mots, son pouce caresse le dos de ma main avec une tendresse qui me chavire.

Je pivote vers lui et ancre mon regard au sien.

– Tu n'es pas juste là pour voir. Tu es tout ce qu'il ne pourra jamais comprendre. Tu es mon futur.

Le sourire qu'il m'offre en retour pourrait dégeler la banquise. D'ailleurs, c'est ce qu'il fait. L'austère Joseph Harrington, plus froid qu'un iceberg, se lève brusquement, son visage déformé par la rage.

Lui qui ne perd jamais son sang-froid bouillonne littéralement. Saul enserre un peu plus fort nos doigts. Je retiens un instant mon souffle, luttant contre des années de soumission, puis redresse le menton et le dévisage sans frémir.

– Tu es MA fille ! Tu me dois tout ! Sans moi, tu n'es…

– Sans toi, je suis libre, le coupé-je en me levant à mon tour. Sans toi, je peux enfin être moi-même. Tu n'es plus rien. À ton tour de goûter au supplice de l'enfermement. Tu vas finir tes jours en cage, comme tu le mérites.

Il frappe la vitre de ses poings menottés. Les gardiens se précipitent.

– Tu en subiras les conséquences ! Je vais prendre mes dispositions, tu verras ! hurle-t-il tandis qu'ils l'entraînent. Tu n'es qu'une…

La porte se referme, étouffant ses cris. Je reste un instant immobile, le cœur battant, les jambes flageolantes.

Puis, une fois ma contenance retrouvée, je me tourne vers Saul et lui lance un sourire victorieux.

Je l'ai fait.

BORDEL, JE L'AI FAIT !

– On rentre ?

Il embrasse mes doigts et me guide vers la sortie. Les hurlements du maire résonnent encore derrière nous, mais ils ne m'atteignent plus. Je suis libre.

***

C'est enlacés dans mon grand lit king size que nous établissons nos plans pour l'avenir. Pour la première fois, nous dessinons notre futur à deux.

– Et Hawaï, tu aimes ?

– Je préfère le froid, me rappelle Saul.

– Et moi, je veux être au bord de la mer.

– On n'a qu'à choisir un lieu froid au bord de la mer, ça doit bien exister. Là où vit Edward Cullen, c'est où déjà ? Le temps a l'air dégueulasse.

J'arrondis les yeux sans cacher mon incrédulité.

– Tu connais *Twilight* ?

– Je connais plein de choses, rétorque-t-il avec arrogance.

Je pouffe.

– Ta réputation de mauvais garçon vient de prendre un sacré coup.

– Oui, OK, je l'ai vu. Mais c'est à cause de Savannah. Elle adorait !

– N'empêche que c'est mort ! Tu ne m'enverras pas dans un trou paumé comme Forks. On devrait viser plus au sud. La Californie, par exemple !

– Trop ensoleillé, contre-t-il aussitôt.

Je tape son torse en riant.

– Arrête de te prendre pour un vampire ! C'est bon pour l'organisme, on a besoin de vitamine D. Puis San Francisco a un climat…

– Trop chaud.

– Rha, t'es agaçant !

– Et pourquoi pas New York ? propose-t-il. Tu aimes les grandes villes. Tu veux la mer, elle y est. Tu auras tes étés ensoleillés et moi mes hivers enneigés.

New York ? Mais oui ! New York ! C'est parfait !

– New York… New York… NEW YORK ! J'adore l'idée ! Partons demain ! On trouvera bien un lycée où finir nos études et dès que j'ai le feu vert des médecins, je transfère maman dans un hôpital là-bas.

– Ne mets pas la charrue avant les bœufs. On doit d'abord trouver l'argent pour…

Il a raison, bien sûr. Mon « demain » est un peu trop précipité. Un départ ne s'organise pas en une soirée, j'en ai conscience. Le principal, c'est qu'on soit sur la même longueur d'onde.

– Alors, on s'en va ?

Il acquiesce, puis me dégaine son sourire de tombeur.

– Avant toute chose… déclare-t-il avec malice. Je t'aimerais nue, chevauchant ma queue. Que penses-tu de ce programme ?

– J'approuve totalement…

37

June

– Alors, tu vas au lycée pour vider ton casier ? s'enquiert Saul en croquant dans une pomme.

Nous sommes tous les deux lavés, habillés et prêts à sortir. Enfin, lui est opérationnel. Moi, je lambine, peu encline à retourner au Joseph Harrington School.

Même si c'est pour la dernière fois…

Parce que nous partons ! C'est officiel ! Après la tempête, le soleil finit toujours par réapparaître. Notre providence vient de ma tante maternelle. Dès qu'elle a eu vent de la situation de sa sœur, elle a repris contact avec nous – mon père avait coupé les ponts avec elle, plusieurs années auparavant. Je ne la connais quasiment pas, et réciproquement, pourtant, elle n'a pas hésité un instant à nous venir en aide. Comme quoi, tout n'est pas pourri dans ce monde, c'est rassurant.

Après une longue discussion, où nous lui avons partagé nos projets, elle a fait les démarches nécessaires pour nous transférer Saul et moi dans un lycée de New York. Elle-même habite à New Haven, à quelques centaines de miles plus au sud de la Grosse Pomme.

Je me place devant Saul et le défie du regard.

– Seulement si tu n'en profites pas pour te sauver de l'autre côté du pont sans moi.

Il n'essaie même pas de nier ses intentions.

– Je dois retourner à West River récupérer quelques affaires et passer au Nation Club.

Le bruit court que les WEN ont été exterminés, il veut voir de ses yeux si la rumeur est fondée.

– Je sais. Mais je t'accompagne.

– C'est trop dangereux. Les militaires font des rafles, et les gangs…

– C'est vrai, oui.

Il me sourit tendrement, content que j'accepte sa décision sans rechigner.

– Du coup, tu ne penses pas que c'est encore plus dangereux si je m'y rends à pied ?

Ma voiture ayant été saisie, comme la plupart de nos biens, je n'ai pas d'autre choix que la marche. Je n'ai aucune envie de crapahuter dans la neige pendant des heures, mais je suis suffisamment déterminée pour le faire.

– Tu ne vas pas faire ça ? Tu es têtue, mais pas au point de mettre ta vie en danger, hein ?

Je le toise sans sourciller.

– Rappelle-moi pourquoi mon cœur ne bat que pour toi, déjà ?

– Parce qu'il sait qu'on ne doit jamais se quitter. Ma présence est obligatoire où que tu ailles. Enfonce-toi ça dans le crâne, Fox.

Il lâche un grognement vaincu.

– Enfile ta doudoune, je te conduis au lycée.

– Tu viens avec moi au lycée ?

– Yep. Puis, on nous a déjà vus à la télé ensemble. Autant continuer à alimenter leurs ragots pour les semaines à venir, non ? Pense à leur petite vie monotone.

Je lève les yeux au ciel.

– De toute façon, ils seront tous au stade. C'est bien pour ça qu'on y va aujourd'hui.

Quelques minutes plus tard, nous sommes stationnés sur le parking du lycée. Celui-ci est bondé, mais je sais que la plupart des élèves assistent au match de football.

– Allez, on se dépêche. Je n'ai aucune envie qu'on nous grille ici.

Saul hoche la tête. À sa nonchalance, je sens bien qu'à l'inverse de moi, il se fiche éperdument de qui pourrait croiser notre route.

Je pousse un long soupir lorsque nous parvenons sans encombre à mon casier ; je n'avais pas réalisé que je retenais mon souffle.

– Je vais en profiter pour vider le mien également, me prévient Saul. Même s'il n'y a pas grand-chose dedans.

Ses lèvres se posent brièvement sur les miennes.

– J'arrive. Pas de bêtises en mon absence.

Le casier de Saul est dans le couloir d'après. Je le regarde s'éloigner pendant un instant, puis me remets à la tâche. C'est fou ce qu'on peut accumuler en peu de temps. Du maquillage, des produits pour les cheveux, quelques cours et manuels, de… l'argent ?

Je m'empare de la liasse. Il y a au moins cinq cents dollars. Une broutille pour la June d'avant, une fortune pour celle qui s'applique à compter chaque billet.

Je les fourgue dans ma poche en retenant un couinement ravi.

– June ?

Je rentre la tête dans mes épaules. Qui que ce soit, je sais d'ores et déjà que je ne souhaite pas le voir.

– Mais oui, c’est bien toi !

Des bras m’encerclent. Je me tourne et me détache de cette étreinte non consentie.

– Pati… Ça faisait longtemps.

Mon regard se plante sur la silhouette flanquée à sa droite.

– Et Megan Fish. Quelle chance.

– Comment va ton papa ? s’enquiert celle-ci d’une voix sirupeuse.

– Et le tien ? contre-attaqué-je aussitôt. Il a été démis de ses fonctions de shérif à ce qu’il paraît… C’est pas trop dur ?

– Au moins, le mien n’est pas en prison !

– C’est vrai… Mais ça ne saurait tarder, souris-je, chafouine.

– Vos échanges sarcastiques m’avaient manqué ! déclare Pati avec impassibilité. Comment va Saul ?

– Très bien, confirme ce dernier en arrivant à notre hauteur, les mains dans les poches.

A priori, le contenu de son casier était limité.

Il enroule un bras protecteur autour de mes épaules et je me sens fondre sous ce geste attentionné.

La tête de Meg est désopilante. Même Pati, pourtant au courant de notre relation, écarquille ses petits yeux marron.

– Vous sortez réellement ensemble ? crache Meg. Vous vous êtes bien trouvés ! Un criminel, avec la fille d’un escroc.

Mon sac sur son dos, Saul l’ignore et se dirige vers la sortie, m’entraînant avec lui.

– En plus, ils ont montré aux infos hier que le maire avait dans son jardin une cage planquée dans une sorte de bunker souterrain !

La prise sur mon épaule se resserre tandis que je cille.

– Ne la calcule pas, me chuchote-t-il.

– Il s'en servait pour enfermer des gens ? Ta junkie de mère ? Son personnel ? Il les torturait, aussi ? T'étais son assistante ? Je suis sûre que tu participais à ses séances, détraquée comme t'es.

Dans un sens, elle n'a pas tort. J'y participais bien, mais pas de la manière dont elle le conçoit. Et c'est tant mieux : qu'elle m'imagine en bourreau plutôt qu'en victime me convient parfaitement.

– Ça suffit, dit Pati d'un ton las. Ne juge pas sans connaître, tu ne…

– Toi, si tu veux finir l'année avec nous, tu ferais mieux d'arrêter de l'ouvrir à tout bout de champ !

Saul me force à accélérer l'allure. Je devine que cette conversation l'agace fortement et qu'il est à bout de nerfs.

– Ton père a détruit notre famille ! T'es au courant ? vocifère Meg comme une possédée pendant que nous cheminons vers l'extérieur. Il couche avec ma mère, ce salaud !

Nous refermons la porte du lycée sans nous retourner.

Mon père a détruit bien plus que ça.

La ville entière.

Ma mère.

Moi.

Et je ne laisserai pas Megan ajouter sa pierre à l'édifice.

38

Saul

– Je te préviens tout de suite. Hors de question que tu me suives jusqu'au Nation Club, c'est bien trop risqué. Tu m'attendras à la péniche, OK ?

D'expérience, je sais qu'il y a souvent un fossé entre les rumeurs et la réalité. C'est d'ailleurs ce qui me pousse à aller vérifier par moi-même ce qu'il reste du club, j'ai besoin de m'assurer que les WEN sont du passé. Mais je dois y aller seul. J'ignore ce que je vais trouver là-bas, c'est bien trop dangereux d'impliquer June.

June hoche la tête en boudant. Ça l'embête de devoir me quitter, ne serait-ce que pour une heure. Depuis nos retrouvailles, on ne s'est plus lâchés d'une semelle, mais là, c'est une question de vie ou de mort.

Même si la péniche est loin d'être un endroit sécurisé. En témoigne le décès de Savannah.

Savannah. Je me demande si la douleur dans ma poitrine sera un jour plus supportable ? Il n'y a pas un instant où celle-ci disparaît. Elle me poursuit, et me plonge quotidiennement dans un bain de souffrance indescriptible.

Mais pour June, je voile le chagrin qui me nécrose et résiste du mieux que je peux. Surtout, ne pas sombrer, ne pas me laisser dévorer par ce gouffre de désespoir. C'est une lutte perpétuelle contre moi-même, c'est harassant et, parfois, j'ai envie de baisser les bras. Puis, j'observe June et mon moral remonte aussitôt. Quand son visage s'illumine d'un sourire, c'est la plus belle des récompenses. Et je me rappelle pourquoi mon cœur bat.

– C'est non négociable, June ! l'avertis-je avec sérieux. Sinon, je te plante ici sans remords.

Elle enfile son joli casque de moto en grommelant. À ça de me faire un doigt, je le sens.

Je ris dans ma barbe et, dès que ses bras m'encerclent, nous prenons la direction de West River. La neige est tombée ces deux derniers jours, redonnant au paysage sa beauté hivernale. Les arbres et les toitures sont saupoudrés de flocons, le sol est recouvert d'un manteau blanc, le froid est vivifiant sans être glacial. C'est le temps idéal pour flâner et s'amuser dehors, faire des batailles de boules de neige ou de la luge. Lorsque nous étions plus jeunes, Savannah et moi, c'était notre saison préférée.

Je soupire et tente de me concentrer sur la route. Le checkpoint n'est plus une formalité comme avant ; même avec June à mes côtés, nous devons justifier de ma présence de ce côté du pont. Après plusieurs longues minutes, ils finissent par nous autoriser à circuler.

Afin de contourner les contrôles intempestifs de l'armée, j'emprunte un chemin moins fréquenté qui prolonge notre course de quelques miles, mais qui nous permettra d'éviter un nouvel arrêt forcé. On l'appelle la « rue des camés », un coin un peu isolé sans bâtiments où les junkies ont élu domicile. De part et d'autre, des tentes ou des cabanes de fortune sont dressées.

La prise autour de ma taille se resserre ; June est

sûrement inquiète. Pourtant, il n'y a aucun danger, en tout cas beaucoup moins que sur l'artère principale où les militaires et les gangs s'affrontent jour et nuit. La plupart des désœuvrés qui se trouvent ici sont inoffensifs : ce sont juste des paumés abîmés par la rudesse de la vie. Je ne peux pas les blâmer, la drogue est parfois l'ultime recours pour s'évader de la réalité. Malheureusement, cette échappatoire a un prix. Et il n'est pas que pécuniaire. On dit qu'une fois l'euphorie passée, la descente est si horrible que le besoin de replonger devient viscéral. Le début d'un cercle vicieux et inéluctable.

Soudain, je cille et freine en dérapant sur l'asphalte enneigé.

Je soulève ma visière et embrasse les environs d'un regard interloqué. Je n'ai pas rêvé. Elle était là.

Savannah était là !

– Qu'est-ce qui se passe ? crie June, qui commence à paniquer.

J'ai peur qu'elle me prenne pour un fou. J'ai beau scruter les lieux, sa silhouette a disparu.

– Saul !

– Désolé. J'ai cru voir quelqu'un.

– Qui ?

Si je lui dis que j'ai encore des hallucinations, elle va probablement flipper, mais je me dois d'être honnête.

– Savannah, avoué-je en lui jetant un regard en biais.

La compassion grime ses traits, cependant, elle aussi fouille les alentours. En vain, puisqu'elle n'est pas là. Elle est morte. *Morte. Morte. Morte.*

MORTE !

Si mon putain de cerveau dysfonctionnel et tordu

pouvait assimiler cela et cesser de me torturer, ce serait sympa…

– Je ne vois rien… déclare-t-elle d'une voix douce qui me donne envie de me rouler en boule et de chialer comme un gosse.

Ma gorge se noue.

– Je sais.

Évidemment qu'il n'y a rien. Pourtant, pendant un instant, elle avait paru si réelle.

June me frotte le dos dans un geste apaisant.

– Ton cerveau refuse de faire le deuil parce que tu n'as pas pu lui dire au revoir correctement ni l'enterrer dignement. C'est compréhensible, Saul.

– Mais j'ai vu son corps calciné sur la vidéo et ses phalanges accrochées au Nation Club. C'était elle, y a aucun doute possible. Alors, pourquoi je continue de la voir partout ?

June se penche en avant et embrasse ma joue glacée. Elle non plus n'a pas la réponse, je le devine dans ses prunelles tristes.

Je lui offre un sourire qui se veut rassurant tandis que mon cœur se brise en mille morceaux, puis redémarre.

Quelques instants plus tard, June tire sur ma manche.

– Cepapendealabassda ?

– Quoi ?

– Penny, là-bas !

Pour la deuxième fois en l'espace de cinq minutes, je dérape sur la chaussée glissante en freinant plus qu'il ne le faut.

– Où ça ?

June m'indique de son index une fille vêtue d'un haillon bleu en guise de manteau. Je ne distingue que ses longs cheveux noirs et emmêlés. De dos, c'est difficile de la reconnaître, mais le gabarit correspond. Elle semble avoir encore maigri.

Peu désireux de laisser ma bécane sans surveillance, je fais demi-tour et me stationne à quelques pas d'elle, puis je bondis sur le trottoir. Mes baskets s'enfoncent dans la poudreuse.

Penny ne se retourne pas à mon approche. Soit elle ne m'a pas remarqué, soit elle s'en fout tant elle est déconnectée du monde.

J'ai un coup au cœur en posant ma main sur son épaule. Depuis la mort de Savannah, j'ai délaissé toutes mes recherches la concernant ; en vérité, depuis des semaines, je n'ai pas songé à elle. La culpabilité m'étreint.

– Penny ?

Je la force à pivoter dans ma direction. Le visage d'une jeune femme se dessine lorsqu'elle redresse la tête. Elle a une vingtaine d'années tout au plus et des cernes violacés trahissent la dureté de sa vie. Mais ce n'est pas Penny.

Elle lui ressemble, mais ce n'est pas elle.

Je ravale ma déception dans un soupir dépité.

Je n'ai aucune idée d'où elle se trouve à l'heure actuelle ni si elle est encore en vie.

– Ce n'est pas Penny, lâché-je, le timbre enroué.

June baisse les yeux vers le sol.

– Je suis… Je suis… désolée, murmure-t-elle dans un souffle.

– Ne le sois pas.

Mes mains tremblent, je les dérobe à sa vue en les fourrant dans les poches de mon cuir.

– J'en avais oublié jusqu'à son existence, trop obnubilé par ma misérable vie. C'est moi qui suis désolé d'être un mauvais ami. Son téléphone est constamment éteint, sa boîte vocale est saturée par mes messages qu'elle n'écoute pas. Je n'ai aucun moyen de la joindre. Je ne sais pas où elle est, ni même si elle est vivante.

Les planques sont innombrables, les junkies se comptent par milliers. Elle peut être n'importe où.

Je penche le cou vers l'arrière et scrute le ciel encombré.

Je ferme les yeux, la tête toujours levée vers les nuages.

Je hais cette ville !

39

Saul

– N'ouvre à personne, rabâché-je pour la millième fois.

J'ai l'impression d'être un vieux qui radote, mais je ne suis vraiment pas rassuré de partir au Nation en laissant June seule à la péniche. Certes, c'est mieux que si elle m'accompagnait, pourtant, je regrette d'avoir accepté qu'elle vienne à West River avec moi. Elle aurait dû m'attendre chez elle. Je préfère la savoir entourée de ces vautours de journalistes plutôt qu'être la cible facile d'un membre de gang.

– Vas-y ! me lance-t-elle, agacée. Plus vite tu pars, plus vite tu rentres.

Elle a raison. Bien sûr qu'elle a raison.

Arrête de flipper ! Il ne va rien lui arriver !

Sauf que la dernière fois que j'ai laissé un être cher seul à la péniche…

J'exhale doucement. Pas de pensées négatives !

– D'accord, d'accord… Mais si tu as le moindre sou…

– Saul ? Dégage !

Elle joint le geste à la parole et me pousse vers la sortie.

– Tyran !

– Tu ne m'apprends rien. Ouste !

Je bougonne, mais obtempère et enfourche ma Sportster. Sur la route, je m'efforce de mettre mon cerveau en veilleuse, au risque de finir dingue.

Lorsque je ne suis plus qu'à quelques mètres du Nation Club, ou de l'endroit où devrait se trouver le Nation Club, je ralentis.

C'est quoi ce bordel ?

Lors de la première attaque, le bar avait subi des dommages en raison d'un incendie. Un cocktail Molotov avait été jeté à l'étage à travers la fenêtre de la chambre de Tad. Le rez-de-chaussée avait été relativement épargné et, à l'extérieur, seul le niveau supérieur était noirci par la fumée. Mais le bar tenait bel et bien debout !

À présent, c'est un amas de ruines. Et je pèse mes mots. Comme si le club avait été rasé à l'aide d'une tractopelle ou d'engins explosifs.

Je contourne le tas de débris et le ruban jaune qui le délimite, et me dirige vers le champ, terrain de jeu des West Eagles Nation. Je porte ma main à la bouche dans un réflexe, à la fois surpris et fasciné. L'emblème des WEN, sa fierté, son immense totem a disparu. Le poteau des tortures qui avait été brûlé lors de la première attaque, mais qui, dans mon souvenir, tenait toujours debout, a été tronçonné !

C'est donc vrai. La rumeur disait vrai.

Je tends ma paume pour toucher ce qu'il en reste, puis retiens mon geste. Tant de personnes ont péri, attachées contre ce tronc. La plupart n'étaient pas des enfants de chœur, cependant, il y avait aussi des innocents. Bien trop d'innocents.

Torturés, humiliés et battus à mort.

Sonné, je m'assois dans la neige et contemple d'un

œil hagard l'anéantissement de ce qui m'a tant fait peur pendant des années.

C'est terminé.

Les West Eagles Nation ne sont plus.

La prise de conscience me frappe comme un coup de poing. D'après Nichols, tous les membres restants étaient réunis ici. La menace qui a hanté ma vie entière vient d'être anéantie, mais trop tard. Si seulement j'avais su protéger Savannah plus longtemps, nous aurions enfin pu vivre sans craindre ces dégénérés.

J'espère qu'ils ont tous crevé comme des chiens !

Il ne manquera plus que mon géniteur...

– Vous n'avez rien à faire ici ! tonne une voix derrière mon dos.

Je me redresse d'un bond. Un militaire me toise avec sévérité.

– T'es un WEN ? m'interroge-t-il en me détaillant de pied en cap.

Je secoue la tête.

– Non. Je voulais juste savoir si ces chiens étaient tous morts.

– T'es quoi alors ? Un BSB ?

– Je suis un simple étudiant, un des transférés au lycée Joseph Harrington School.

Je n'ai absolument pas envie de finir au poste pour un interrogatoire, du coup, je tente de l'amadouer. S'il me pense inoffensif, peut-être qu'il me foutra la paix.

– Qu'est-ce qui s'est passé ici ?

Le militaire hausse les épaules ; je remarque qu'il n'est pas beaucoup plus âgé que moi.

– Un règlement de compte, je suppose. Maintenant, tire-toi d'ici avant que je t'embarque !

J'acquiesce et me barre sans me faire prier.

En chemin, j'hésite à bifurquer vers l'usine de recyclage. Elle ne se trouve qu'à quelques miles d'ici.

Est-ce glauque de vouloir se recueillir là où Savannah a rendu son dernier souffle ?

Avant même d'avoir tranché sur la question, je suis déjà devant l'usine. Elle est composée de plusieurs hangars juxtaposés et peints en blanc.

J'inspire vivement et descends de ma moto. Après quelques pas, je me fige, incapable d'avancer plus loin.

Une fumée grisâtre s'échappe d'une tour. C'est l'incinérateur.

C'est là que Savannah repose…

Je fixe le nuage vaporeux, tétanisé par cette brutale réalité.

Mes jambes se dérobent, je tombe à genoux.

Ce lieu est si impersonnel, triste, morose, tout le contraire de ce qu'était ma sœur. Joyeuse, lumineuse et vive.

Venir était une mauvaise idée.

Je recule en chancelant jusqu'à ma bécane.

Venir était une mauvaise idée.

Je suffoque tandis que ma respiration se perd dans mes poumons.

Venir était une mauvaise idée.

Lorsque je parviens à la péniche, je n'ai aucun souvenir du trajet écoulé. June m'accueille avec un sourire, puis pâlit quand elle constate mes traits dévastés.

Je m'effondre dans ses bras sans plus retenir mes larmes.

Elle ne me pose aucune question, elle m'enveloppe

de ses bras et accueille ma peine pour la faire sienne. Nos sanglots se mêlent, nos plaintes déchirées s'unissent comme si, inconsciemment, nous n'attendions que ça : pouvoir déverser cet excès d'émotions qui nous submergent depuis trop longtemps.

Ce n'est que bien plus tard que nos joues sont sèches. Je n'ai jamais autant pleuré de ma vie. June a les yeux rouges et gonflés, mais, bordel, son sourire est resplendissant de sincérité. Évacuer ce trop-plein a dû lui faire du bien.

Et, étonnamment, à moi aussi. J'ai la sensation d'être libéré d'un poids invisible qui me lestait le cœur.

Puisque la soirée est déjà bien entamée et que nous sommes crevés, nous décidons de passer la nuit ici.

***

Au matin, je n'ai même pas le souvenir du moment où le sommeil m'a emporté. Comme à mon habitude, j'ai dû m'endormir comme une souche sans même m'en rendre compte.

June est allongée, nue, à mes côtés. Il fait un peu frais malgré le chauffage réparé qui tourne à fond, alors j'étends, non sans regret, la couette sur son corps. Je m'extirpe en douceur du lit afin de ne pas la réveiller.

Son visage est si paisible. Je souhaite qu'elle soit ainsi pour toujours, détendue, heureuse.

Et, pour la première fois, le destin nous sourit.

Grâce à la tante de June, devenue sa tutrice légale, nous avons un endroit où loger gratuitement, un lycée où finir nos études et quelques économies à notre disposition. Rien d'extraordinaire comparé au train de vie que menait June auparavant, mais cela nous permettra de vivre le temps de trouver un job d'appoint. En outre, les WEN sont de l'histoire ancienne et son géniteur est hors course. Ne reste que le mien, dont je vais devoir m'occuper tôt ou tard. Je me promets de le retrouver un jour et de le tuer : je ne le laisserai pas vivre impunément.

Tandis que je m'affaire, concentré sur la préparation du petit déjeuner, June sort de son hibernation. Elle n'est plus nue, dommage. Mais mon sweat lui va à merveille. J'adore lorsqu'elle porte mes fringues. Elle a aussi couvert ses jambes de mon unique pantalon de survêtement. Hormis pour le sport, je n'en mets jamais. J'ai horreur de ça. Les jeans, c'est la vie.

Elle m'enlace et pique ma joue d'un baiser.

– On mange et on y va ? lui proposé-je.

Plus tôt, j'ai empaqueté les souvenirs que je désirais emporter. Quelques photos, une clé USB qui contient des vidéos de Savannah et moi, sa peluche préférée, son poster de *My Hero Academia* qui ornait la porte de sa chambre, ses affaires qui, autrefois, appartenaient à maman, ainsi que quelques fringues à moi. Le reste est bon à jeter, tout comme cette épave.

Elle lève son verre de lait.

– À nous New York !

– À nous New York ! répété-je en trinquant avec elle.

Un peu plus tard, nous sommes sur le départ. Suis-je nostalgique de quitter cet endroit ? Du tout. Cette page qui se tourne définitivement est salvatrice. Mon sac sur le dos, j'ouvre la porte avec un sourire conquérant. Notre futur nous attend !

– C'est parti ! lancé-je à June, qui me serre fort la main.

Une ombre se meut à ma droite.

Un choc.

Un cri.

Un liquide gluant qui coule sur mon front et dévale le long de mon visage.

Je chancelle tandis que ma vue se brouille.

Puis soudain, je m'écroule.

Emporté par le néant…

40

Saul

Je cligne des paupières, mes cils sont englués par je ne sais quoi. Quant à mon crâne, j'ai l'impression qu'il va exploser d'un instant à l'autre. La douleur est intense du côté droit, au-dessus de ma tempe. Je glisse ma main dans mes cheveux, elle en ressort rouge de sang.

C'est quoi ce délire ?

Et où est…

– June ? June ?

Je me redresse péniblement, désorienté, et vacille jusqu'à la salle d'eau. J'ai une gueule à faire peur et du sang partout ; néanmoins, ma plaie ne paraît pas très grave.

Impossible cependant de me rappeler comment je me la suis faite.

– June ? crié-je plus fort, ce qui me provoque un éclair de douleur.

Est-elle rentrée à East River ?

Pourquoi ai-je la sensation qu'un détail m'échappe ? Comme si un pan de ma mémoire avait été effacé.

Mes pensées sont confuses et embrouillées, je tente de me concentrer.

On avait prévu de retourner à East River pour récupérer les affaires de June. Ensuite, on mettait le cap sur New York.

Mon sac à dos est toujours là.

On allait sortir… June me tenait la main quand j'ai ouvert la porte et…

Une ombre est apparue ! J'ai reçu un choc, puis le trou noir.

– June ? m'écrié-je, paniqué, en fouillant la péniche.

Mais je sais qu'elle n'y est pas.

Non. Pas encore !

La terreur qui me submerge est si violente que je ne parviens plus à respirer. Je suffoque, en manque d'air. La main sur la poitrine, le corps courbé, je tente de reprendre mon souffle. Je dois garder mon sang-froid. Et agir de manière réfléchie.

C'est ça. Réfléchis. Vite.

Réfléchis vite et bien !

RÉFLÉCHIS, BORDEL !

Son téléphone !

Le cœur au bord des lèvres, tremblant de tous mes membres, je m'empare de mon portable afin de localiser le sien. L'ombre qui m'a assommé a kidnappé June. Et ses intentions ne sont clairement pas bienveillantes.

Le visage patibulaire de mon géniteur m'apparaît comme un flash révélateur. Je ferme aussitôt la porte à ces images morbides qui cheminent dans mon esprit. S'imaginer le pire ne sert à rien.

Le traceur indique une zone non résidentielle aux alentours de la scierie de South District. À cet endroit, hormis quelques bâtiments désaffectés et la forêt, il n'y a rien.

Sans attendre, je me rue vers ma moto.

Je n'ai aucune idée de la durée que j'ai passée dans

les vapes ni du temps qui s'est écoulé depuis. Trente minutes ? Une heure ? Plus ?

Le nombre de choses qui ont pu arriver pendant cette période me déchiquette les entrailles. Je ne dois pas y penser. Juste foncer la libérer et tuer cet enfoiré, qui qu'il soit.

J'installe mon téléphone sur son support, ainsi je peux conduire tout en ayant l'itinéraire devant moi.

Je zigzague entre les voitures sans aucune précaution. Dans la précipitation, j'ai oublié l'indispensable : me munir d'un flingue. Je me fustige mentalement. Qui part délivrer sa petite amie en débarquant les mains dans les poches ? Putain, faut vraiment être con pour venir sans arme ! Mais trop tard pour faire demi-tour, chaque minute compte. J'improviserai sur place.

Ou tu te feras tuer. Et June par la même occasion.

Une musique résonne dans mes oreilles, je suis si surpris que je fais une embardée et manque de m'encastrer dans une bagnole. C'est June qui m'appelle.

Le micro intégré à mon casque fonctionne mal, je ne suis pas certain qu'elle parvienne à m'entendre, alors je hurle en décrochant :

– June ? June, t'es où ?

– June ? June, t'es où ? me singe une voix familière que je ne remets pas sur l'instant.

Néanmoins, ce n'est pas mon géniteur, comme je le soupçonnais. Je ne sais pas si cela doit me rassurer ou non.

– T'es qui, toi, connard ? Si tu touches un seul de ses cheveux, t'es mort !

– Rho, Fox, tu me déçois ! Tu reconnais même pas ton vieux pote ?

Jacob ?

Je fixe la carte sur mon téléphone. Plus que sept minutes de trajet.

– Attends, je mets le mode vidéo. Ce sera plus marrant comme ça, se gausse-t-il.

La tête de Jacob s'affiche en gros plan. Il tourne la caméra et mon cœur s'arrête. June est attachée à une poutre et son visage est tuméfié. Il l'a frappée. Il a osé lever la main sur elle. Je vais l'éviscérer, ce fumier !

– On n'a plus le poteau des tortures, mais ça fera l'affaire, tu ne penses pas ? Après ton pédé de frangin, ta pute de gonzesse ! Elle est pas belle la vie ? À ton avis, qu'est-ce qu'on devrait lui faire ? Son daron est responsable de la Bee après tout. Le sang des Harrington doit couler ! À cause de lui, tous nos frères sont morts ! Tous ! Bible, Nichols, Fritz, Brett, Tad... putain, ils sont tous morts !

Il s'approche d'elle et lui balance un poing dans l'estomac. Le mien se tord et un goût de bile remonte le long de ma trachée comme si je venais de recevoir le coup.

June gémit.

– T'as vraiment un gros problème d'infériorité, souffle-t-elle d'une voix saccadée.

– Ta gueule, salope ! J'vais te baiser devant ton mec, tu sais ça ? J'vais te baiser et tu vas kiffer parce que t'es une pute. Dis, Fox, tu l'as déjà enculée ? J'vais pas m'gêner, moi. Oh, putain, je sais exactement comment la finir ! J'vais lui déglinguer le fion avec Lucille.

Il s'empare de sa batte de base-ball cloutée et l'agite devant elle.

– J'me demande jusqu'où je peux la lui enfoncer. Tu

crois que ça peut lui ressortir par la bouche si je m'y prends bien ?

Trois minutes. *Ne te focalise pas sur ce qu'il raconte.* Il ne sait pas que je suis en chemin, j'aurai l'avantage de la surprise. Et s'il n'a que Lucille comme arme, je peux le gérer. Surtout qu'il a l'air d'être seul avec June.

– Et si je faisais un live pour en faire profiter le monde entier ? Petite pute d'Harrington, ça te dit d'être la star du jour ? T'aimes ça, les caméras, hein ? J'suis limite trop gentil avec toi : grâce à moi, tu vas avoir l'Oscar de la plus grosse salope. Cool, non ?

June crache à ses pieds, ce qui provoque un éclat de rire chez Jacob. Ce mec est fou.

– Garde ta salive, tu en auras besoin pour crier. Merde ! Putain, comment on lance un live sur ce machin ? s'énerve-t-il en bidouillant le téléphone de June, ce qui coupe la communication. D'après le GPS, j'arrive à l'endroit indiqué. Je retire mon casque et détaille les environs.

La pression monte. Je ne vois rien hormis des arbres ! Je m'attendais à trouver un bâtiment abandonné ou une usine désaffectée, il y en a quelques-uns dans le coin. Sauf que c'est le désert.

Je saisis mon portable et examine la carte de plus près. Non, c'est bien là.

Une fois descendu de ma bécane, je tournoie en quête d'indices. Rien, rien, rien.

Puis, soudain, derrière la cime d'un sapin, je discerne une sorte de cabanon. Il est difficilement repérable avec toute cette neige accumulée.

C'est là. C'est forcément là qu'ils sont !

Mes mains tremblent, mon cœur rugit, toutefois, je

tente de museler tous ces sentiments qui parasitent mes pensées. Je n'ai aucun plan d'attaque hormis celui de défoncer la porte à coups de pied, puis de faire de même avec la face de Jacob jusqu'à ce que mort s'ensuive.

– Salut, fiston ! susurre une voix râpeuse derrière moi.

Je bondis, ravale un cri, puis blêmis.

Chayton Fox.

Chayton Fox est ici !

Je détaille ses traits tirés, son aspect négligé. Il pue l'alcool, pour ne pas changer. Sauf que, contrairement à moi, il n'est pas venu les mains vides ; il tient dans l'une d'elles un 357 Magnum automatique. Alors, sans réfléchir, j'enfonce mon poing dans son nez.

Il grogne en tenant son pif qui gicle, puis pointe son flingue entre mes deux yeux.

– OK, celui-là, je l'ai mérité. Mais ne t'avise pas de recommencer, chuchote-t-il, sinon, je serai moins clément. Maintenant, allons sauver ta greluche.

J'ai envie de lui sauter à la gorge, mais ses dernières paroles me retiennent. Je ne comprends pas. N'est-il pas le complice de Jacob ? Il essaie de me la faire à l'envers, c'est ça ? Pourquoi m'aiderait-il ? Ça n'a pas de sens. La seule raison de sa présence en ces lieux serait qu'il soit de mèche avec Jacob ; il devait monter la garde.

Je serre les poings contre mes flancs. J'ai échoué avant même de commencer.

– Tu sais combien ils sont à l'intérieur ?

– Tu as tué ton enfant.

– Bordel, revois ton sens des priorités ! s'agace-t-il. Plus on attend, plus on risque de se faire repérer. Ils sont combien ?

À quoi il joue, putain ?

Je lui réponds uniquement parce que je suis désespéré.

– Y a Jacob. A priori, il est seul. Sauf si tu es avec lui ?

– Je suis de ton côté, m'assure-t-il, et je n'ai d'autre choix que de le croire.

À cas désespéré, mesures désespérées.

Faire taire mon ressentiment me demande un effort titanesque. Je parviens à contenir mes pulsions parce que je sais que la vie de June est menacée.

– S'il est tout seul, ça sera du gâteau.

J'acquiesce, tout en me promettant de l'envoyer saluer Lucifer dès que June sera hors de danger.

– À trois, on y va. Un, deux…

Le vieux défonce la porte à coups de pied et s'infiltre dans la pièce sans attendre. Il n'a jamais su compter. Puis il tire sans me donner l'impression de viser.

Jacob réplique. Merde, il est armé !

Et moi, je suis le guignol de service.

– Dans ma ceinture. Prends le flingue.

Sale con ! Tu ne pouvais pas me prévenir avant ?

Je saisis l'arme et m'engouffre à mon tour dans le cabanon.

Il est éclairé par une ampoule au plafond qui oscille et ombre la pièce par intermittence. June est au milieu, les mains et les chevilles liées à une poutre qui soutient la toiture. Je me rue vers elle malgré les échanges de tirs.

– Chay, qu'est-ce que tu fous ! On est du même bord ! éructe Jacob.

– June ? m'alerté-je devant son état inconscient. June !

Je m'assure qu'elle respire toujours ; un soupir

soulagé gonfle mon torse quand je comprends que c'est le cas.

Une balle fuse si près de ma tête qu'un bourdonnement me chatouille l'oreille.

– J'vais te buter !

À la différence de Jacob, j'ai appris depuis mon plus jeune âge à manier un flingue. Je me tourne, vise son buste et tire.

Je suis toujours troublé par la vitesse à laquelle la mort s'abat sur quelqu'un. En une fraction de seconde, tout est fini.

Tout comme pour Tad, Jacob s'effondre sans même un cri.

– Elle est morte ? questionne le vieux puant sans une once d'empathie.

Je secoue la tête.

– Putain, de toutes les nanas qui existent sur terre, il fallait que tu t'entiches de la fille d'Harrington ! T'en loupes pas une !

Quand il arrive à ma hauteur, je remarque que du sang pisse de son bras gauche. Il suit mon regard et un sourire carnassier étire ses lèvres, comme s'il était fier d'être blessé.

– Détache-la, on se tire.

– Y a pas de « on », connard !

Je dirige mon flingue vers lui.

– Tu l'as tuée.

– On en reparlera plus tard si…

– Pas de « plus tard » qui tienne !

Au moment où je m'apprête à l'expédier en enfer d'une main tremblante, Jacob se relève d'entre les morts, son Glock 17 entre ses doigts ensanglantés.

Tout se déroule en un millième de seconde.

Il tend le bras vers moi. Je ferme les yeux, attendant l'impact qui ne vient pas, malgré le coup de feu. Lorsque j'ouvre les paupières, mon père s'est interposé. Chayton Fox est étendu devant moi, une fleur de sang s'épanouissant sur sa poitrine.

Jacob, affaibli, pointe à nouveau son arme vers moi, mais je suis plus rapide. Ma balle le percute en pleine tête.

Cette fois, cet enfoiré est vraiment mort.

Une odeur ferreuse me pique les narines tandis que je m'accroupis près du vieux. Il est en vie, mais plus pour longtemps. Et, putain, j'ai envie de chialer. Je ne comprends rien à ce que je ressens – la haine pour ce qu'il a fait à Savannah se mélange à une douleur que je ne veux pas reconnaître.

Je le hais ! Alors, pourquoi est-ce que mon cœur saigne ?

– Pa… Pourquoi ? Pourquoi t'as fait ça !

– Mon… fils…

Il s'étouffe dans son sang. Ses yeux, d'habitude si durs, me fixent avec une douceur que je ne leur ai jamais vue. Je déteste ça. Je déteste qu'il me regarde comme un père maintenant, après tout ce qu'il a fait.

Dans un ultime élan d'énergie, il sort de sa poche un Post-it.

– T…

Son bras retombe, inerte, et sa bouche se tord sur ce début de syllabe qui n'aura jamais de fin. Il est mort.

Je déroule ses doigts qui s'agrippent au morceau de papier, le récupère et le glisse dans ma poche sans le regarder. Je ferme ses paupières, la gorge serrée par des émotions que je refuse de nommer, avant de retourner auprès de June.

Ses pupilles dilatées papillonnent, mais elle ne semble pas distinguer quoi que ce soit.

– Je suis là. Tout va bien, la rassuré-je en la libérant de ses entraves et en la couvrant de mon blouson.

– Je savais que tu viendrais, souffle-t-elle avec un rictus fatigué. Je savais.

C'est l'esprit engourdi que je la soulève dans mes bras pour la sortir de cet endroit. Un maelström d'émotions me noue la gorge. Du soulagement, bien sûr. Mais aussi un sentiment immense de perte que je n'arrive pas à m'expliquer.

Il a tué Savannah sans une once de remords, mais il n'a pas hésité à me protéger en sacrifiant sa vie. Pourquoi ne l'a-t-il pas fait pour Savannah également ?

Je ne lui pardonnerai jamais cet acte odieux !

Les doigts gelés de June caressent mon visage et essuient mes joues humides.

Je ne m'étais pas rendu compte que je pleurais…

41

June

Trois jours se sont écoulés depuis que Jacob m'a enlevée. Je suis encore un peu sous le choc, c'est vrai, mais globalement, je vais bien. Puisqu'il est mort et qu'il ne reste à présent plus un seul WEN debout, tout ceci est de l'histoire ancienne. Saul et moi n'avons plus à nous inquiéter du gang.

Puis, comme je le lui ai déjà dit plusieurs fois, je savais sans l'ombre d'un doute qu'il me retrouverait. Dès que ce monstre l'a assommé et m'a forcée à monter dans son véhicule, je me suis souvenue du mouchard installé sur mon portable. Alors, je me suis raccrochée à ça pour ne pas céder à la panique. Saul allait me délivrer, ce n'était qu'une question de temps. Je devais juste tenir le coup et faire en sorte que Jacob ne me tue pas tout de suite.

Pourtant, j'ai bien cru mourir plusieurs fois. Surtout lorsqu'il a commencé à me frapper. Au premier poing balancé, j'ai pensé que ma mâchoire allait se décrocher. Puis, quand les coups se sont mis à pleuvoir sans discontinuer, j'ai prié pour que cela s'arrête. Mais jamais je n'ai supplié ce taré ! Au contraire. Je l'ai titillé en attisant sa rage contre Saul. Si pour une raison ou une autre, le traceur ne fonctionnait pas, il fallait que Jacob l'invite à venir assister au spectacle.

Par chance, Saul est arrivé à temps.

Tout s'est bien terminé.

Sauf pour Saul.

Il a beau me certifier qu'il se réjouit de la mort de son père, je ne le crois pas. Il agit bizarrement depuis. Il est renfermé sur lui-même et passe son temps perdu dans ses pensées.

Et s'il était si content que ça, pourquoi l'a-t-il pleuré ? Pourquoi, le soir même, est-il retourné sur les lieux pour enterrer son corps ? Ce n'est pas le comportement de quelqu'un qui s'en fiche. Chayton Fox était peut-être un mauvais père, mais c'était le seul père qu'il avait. L'unique membre de sa famille qui lui restait. Si Saul nie son chagrin, moi, je le comprends.

Ce matin encore, alors que nous sommes sur le départ, Saul fixe un point imaginaire, l'esprit totalement ailleurs.

J'avise le Post-it rougi qu'il froisse entre ses doigts.

– Qu'est-ce que c'est ?

Il suit mon regard et fixe le papier avec cet air désarçonné qu'il arbore non-stop en ce moment, avant de me le tendre.

32.48341502441433,
-90.26477017933352

– C'est quoi ?
– Des coordonnées GPS.
– Tu as regardé où c'était ?
– Dans le Mississippi.
– Et y a quoi là-bas ?
– Je ne sais pas, souffle-t-il d'une voix lointaine. Je ne sais pas.
Je tourne le papier.
– Oh, tu as vu ! Il y a écrit autre chose sur le dos. C'est quoi ça ? m'enquiers-je en fronçant les sourcils.
– Une liste de courses. Œufs. Bacon. (Beaucoup de bacon.) Lait, me récite Saul avec un timbre éraillé qui révèle une émotion qu'il ne peut contenir.
– Il y a quelque chose que tu ne me dis pas ? C'est à cause de la mort de ton père ?
– Oui. Enfin, non.
Il soupire et ses yeux s'ancrent aux miens.
– J'ai l'impression de devenir fou.
Il récupère le Post-it qu'il brandit devant lui.
– À cause de ça !
– Si tu es curieux de connaître ce qu'il y a à cette adresse, c'est simple : on y va ! Pourquoi te torturer ainsi ?
– Je ne sais même pas ce qu'il y a, là-bas.
– Raison de plus. Puisque la curiosité est en train de te bouffer.
– Ce n'est pas de la curiosité, me détrompe-t-il dans un murmure, c'est de l'espoir.
– De l'espoir ? Comment ça ?
Il hausse les épaules pour toute réponse.
– Laisse tomber. Je délire.
Il se lève et m'étreint.
– Je te vis, June Harrington. Je ne te promets pas un

avenir tout rose ni tout beau, mais je ferai tout pour te rendre heureuse.

Il m'embrasse sur le bout du nez.

– Prête pour New York ?

– Seulement si on va d'abord dans le Mississippi. Et n'essaie pas d'argumenter, tu sais que je finis toujours par avoir gain de cause, argué-je devant sa mine ombrageuse. Je vois bien qu'il y a un truc qui te chiffonne. Tu ne veux pas m'en parler tout de suite, c'est OK. Je comprends.

– Ce n'est pas ça…

Il me serre plus fort dans ses bras.

– J'ai juste peur. Je suis en train de me monter des scénarios dans ma tête et je n'arrive plus à penser à autre chose. Mais le truc, c'est que si c'est faux, si…

Il s'interrompt.

Je prends sa tête entre mes mains.

– Si c'est faux, on le découvrira ensemble. Et si c'est vrai aussi.

On s'étreint encore un long moment, avant de sortir de la villa.

La maison sera vendue aux enchères samedi prochain et la plupart des meubles ont déjà été saisis. Ça n'a pas été long.

– Alors, cette fois, on quitte Harrington pour de vrai ?

Sa pomme d'Adam monte et descend sous le coup de l'émotion.

– Pour de vrai, oui.

Nos sacs attelés de part et d'autre de la Harley, nous prenons la route.

Puisque notre itinéraire a changé à la dernière minute, nous décidons de faire le voyage en deux jours.

Nous avons déniché un motel plutôt sympa pour

passer la nuit. Demain, nous partirons à l'aube, afin d'arriver en fin de matinée dans le Mississippi.

– J'ai peur, me souffle Saul en déverrouillant la porte de notre chambre. Peur de ce qu'on va découvrir une fois sur place.

– Tu penses que ton pèr… tu penses qu'il a planqué quelque chose là-bas ? De l'argent ? De la drogue ?

– Pas quelque chose, murmure-t-il si bas que je ne suis pas certaine d'avoir bien entendu. Mais on verra tout ça demain. Il est tard, on ferait mieux de se reposer.

***

Le lendemain, Saul et moi sommes sur des charbons ardents.

C'est dans cette ambiance fiévreuse que nous effectuons les derniers miles qui nous séparent de… de quoi ? De ce qui provoque notre fébrilité, sans même qu'on sache de quoi il s'agit. C'est étrange d'être si impatients et tendus pour quelque chose dont nous ignorons tout. Si ça se trouve, il n'y aura rien. Pas même une habitation.

D'ailleurs, plus on s'approche du lieu, plus je me dis qu'on s'est un peu trop exaltés. Hormis une chaleur humide et collante, des moustiques et des moucherons qui s'écrasent contre ma visière, je ne discerne rien de particulier. Nous progressons sur un chemin de terre bordé d'ormes blancs ou d'une espèce semblable.

Lorsque Saul stoppe la moto et éteint le moteur, je retire mon casque étouffant en poussant un soupir et examine plus en détail notre environnement.

– C'est un camping ?

Des mobile homes sont disséminés entre les arbres. Ce n'est pas du tout ce à quoi je m'attendais. Mais je suppose que c'est mieux que… rien.

J'espère qu'on ne va pas être accueillis par un WEN rescapé.

– C'est ici, m'indique Saul en me désignant un mobile home gris.

Une jeune femme, balai à la main, s'emploie à nettoyer la terrasse. Lorsque Saul la repère, il attrape aussitôt mon bras.

Je me tourne vers lui au moment où, le visage blême, il trébuche et tombe à genoux.

– Saul ! m'écrié-je. Saul !

– Sa… Sava… Savannah…

42

Saul

– Sa… Sava… Savannah…

Ses cheveux ne sont plus noirs, mais auburn avec des reflets dorés. Elle a toujours ce visage angélique que j'ai cru ne jamais revoir. Son air poupin, son regard de biche, son sourire tendre… C'est elle.

Elle accourt vers moi. Des bras m'encerclent tandis que je tombe à genoux dans l'herbe.

– Saul.

Cette voix affectueuse et aimante. C'est elle.

Suis-je en pleine crise d'hallucinations ? Pitié, non. *Non. Non. Non.*

– Saul ! gémit-elle en m'étreignant de toutes ses forces.

Je sens sa chaleur, je respire son odeur.

– C'est vraiment toi ?

Mes mains encadrent son visage, le palpent, en dessinent les contours.

– June ! Tu la vois aussi, hein ? Dis-moi que tu la vois ? m'écrié-je, la gorge nouée.

– Je la vois, Saul. Ce n'est pas une vision, m'assure-t-elle, des trémolos dans la voix. Tu ne rêves pas. Elle est là.

– C'est bien moi, oui. Je suis vivante !

J'ai peur d'y croire. Depuis que j'ai vu la liste de courses au dos des coordonnées GPS, je n'ai pas arrêté d'envisager cette possibilité. Comment mon géniteur aurait-il pu être en possession d'une liste écrite par Savannah ? Avec les mêmes ingrédients qu'elle s'amusait à griffonner tout le temps, alors que je les connaissais déjà par cœur. C'est à partir de ce moment-là que j'ai commencé à espérer. À espérer comme un fou et à en *devenir* fou. Je n'avais plus que son image en tête. Et si… Et si elle était vivante ?

Je l'ai désiré si ardemment que je doute que ce soit réel.

June s'accroupit à son tour.

– Elle est réelle, me confirme-t-elle, comme si elle lisait dans mes pensées, tandis que des larmes glissent sur ses pommettes.

– Je suis contente de te revoir, June ! On n'a pas eu droit à des présentations en règle : moi, c'est Savannah, sa petite sœur.

June opine avec un sourire.

– Alors comme ça, toi et Saul…

– On est ensemble, oui.

– C'est cool. Super cool, souffle Savannah sans pouvoir retenir son émotion.

Je caresse ses cheveux.

– Merde, c'est vraiment toi ! réalisé-je soudain. Je ne rêve pas !

Savannah me tord le nez. Je grogne tandis que son gloussement joyeux s'envole dans les airs.

– On va devoir te le répéter combien de fois, idiot ! C'est bien MOI !

Un sanglot m'échappe.

– Non, non ! Ne pleure pas ! Si tu pleures, je pleure. Voilà, t'es content, je pleure !

Je ris. Pleure. Mes spasmes se mêlent à des éclats de joie incontrôlables. C'est du grand n'importe quoi. C'est indescriptible. C'est… magique, merveilleux. Inespéré.

Un cœur peut-il exploser de bonheur ? Il pulse si fort qu'il résonne dans chaque cellule de mon corps, le fragmentant en un milliard d'étoiles lumineuses.

Je ne sais pas combien de temps nous restons ainsi, enlacés tous les trois. Mais chaque seconde qui s'écoule possède un goût d'éternité à jamais gravé en moi.

C'est seulement une fois nos larmes séchées, nos cœurs apaisés et nos âmes en paix que nous nous décidons à nous redresser.

Savannah nous invite à nous asseoir autour d'une table en bois sur la terrasse de son mobile home. Je me laisse choir sur l'une des chaises, les membres encore flageolants. June s'installe à mon côté et Savannah prend place en face de moi.

Je suis incapable de détacher mes yeux d'elle.

Savannah est vivante !

Bel et bien vivante !

Comment est-ce possible ? Je baisse la tête sur sa main gauche qu'elle serre dans sa droite comme pour la soustraire à nos regards. Il lui manque deux phalanges.

– Il t'a coupé les doigts…

Son annulaire et son auriculaire.

– Il m'a sauvé la vie, Saul. Papa m'a sauvée. Il était au courant de mon secret et préparait notre fuite en cachette depuis des mois quand Jacob m'a chopée.

– Je ne comprends pas.

Et c'est vrai, je ne comprends rien.

– J'ai vu ton corps brûler. Il a tourné une vidéo.

– Je ne me souviens pas bien de cette journée. Jacob est venu à la maison, il te cherchait et il était persuadé que tu te planquais quelque part. Moi, je voulais juste qu'il se tire, donc quand il a commencé à fouiller la péniche, je l'ai laissé faire. Plus vite il constatait ton absence, plus vite il s'en irait. Dès qu'il a fourré son nez dans mon armoire, j'ai tiqué. Je l'ai empêché d'y accéder en lui disant qu'un mec de plus d'un mètre quatre-vingts ne pouvait pas se tenir dans un espace si étroit. Ça n'a pas plu à ce connard et il a balancé tout son contenu par terre, dont une boîte à chaussures où je cachais mes robes et mon maquillage. Il y avait aussi deux ou trois clichés…

Savannah prend une inspiration tremblante.

– Je sais, je n'aurais pas dû. C'était imprudent, ces photos, mais…

Je saisis ses mains chaudes entre les miennes pour la réconforter et lui offre un sourire compréhensif.

– Bref. Après ça, tout est confus. Il m'a frappée, jetée dans son coffre de voiture et conduite au Nation Club. Il y avait que deux, trois gars au début, c'est eux qui m'ont désapée et attachée au poteau. Jacob a ameuté toute la bande et leur fête a commencé. Papa est arrivé un peu après, j'étais déjà bien amochée. J'ai vu l'horreur se peindre sur son visage quand il m'a aperçue. C'était pas feint, il était vraiment choqué. Mais il devait donner le change, alors il m'a rossée comme les autres, en riant fort.

Sa voix se fêle sur ces dernières paroles et je maudis Chayton Fox.

– Il y a eu des sirènes au loin. Nichols avait peur que des militaires débarquent alors papa s'est proposé pour finir le travail dans un endroit isolé.

– Papa ? Depuis quand tu l'appelles comme ça ?

Elle hausse les épaules et me sourit d'un air attendri.

– C'est notre père, Saul. Alcoolique, connard, assassin, mais c'est notre père. Sans lui, je ne serais plus de ce monde.

– Sans lui, tu n'aurais jamais subi tout ça ! Sans lui, tu n'aurais pas eu à vivre dans la peur des WEN. Sans lui, on…

– … ne serait pas nés, déclare-t-elle avec tendresse.

Je ferme les paupières.

Ne l'aime pas, s'il te plaît. Il est mort. Chayton Fox est mort, par ma faute, et si tu l'aimes, je vais te briser le cœur en te l'annonçant.

– Alors, qui a été jeté dans cet incinérateur ? questionne June, jusque-là silencieuse.

– Un employé de l'usine, souffle Savannah d'un ton gorgé de culpabilité. Il l'a défiguré et fait passer pour moi. Mais je n'en sais pas plus, je n'étais pas avec papa à ce moment-là. Il m'avait déposée dans un abri un peu plus tôt. J'étais toujours nue et je n'arrêtais pas de perdre connaissance. Quand il est revenu me chercher, ses vêtements étaient pleins de sang et il m'a dit : « Tout est réglé. À partir de maintenant, tu es morte pour tout le monde, c'est compris ? »

– Saul t'a pleurée pendant des semaines, il a vécu un enfer ! gronde June. Il a failli en crever ! Pourquoi ne pas l'avoir mis dans la confidence ?

– J'aurais tellement aimé te le dire, gémit Savannah tout en essuyant ses joues humides. Je n'ai pas eu le choix. Il m'a transportée ici alors que j'étais encore dans un état de semi-conscience. Les premières semaines, je ne savais même pas dans quelle ville nous vivions, ma blessure à la main s'était infectée, là où papa…

Elle s'arrête un instant et cache sa main amputée de ses deux doigts ; je l'agrippe pour l'enserrer dans les miennes.

– Bref, j'avais beaucoup de fièvre, poursuivit-elle tandis que je serre les dents pour contenir ma rage. Sans compter toutes mes autres plaies. Papa n'était jamais là, il me laissait seule la plupart du temps et je n'avais aucun moyen de te joindre, je n'avais plus de téléphone et je n'arrivais pas à me souvenir de ton numéro. Je lui demandais tout le temps d'aller te chercher et de te mettre au courant de la situation. À chaque fois, il me répondait « bientôt ». Puis, il y a quelques jours, il m'a annoncé que le moment était venu et qu'il allait te récupérer. Je suis presque sûre qu'il t'espionnait.

– Pourquoi a-t-il attendu si longtemps ? s'énerve June, toujours aussi remontée. C'était quoi, son but ?

– Peut-être qu'il avait peur qu'en n'ayant pas l'air si accablé que ça, tu attires les soupçons ? Et encore plus si tu quittais la ville pour me rejoindre ? Je ne sais pas… Il faudra le lui demander quand il arrivera…

À cette remarque, les billes affolées de June percutent les miennes.

– Il est où, d'ailleurs ?

Je ne réponds pas. Je n'y parviens pas. Cependant, mon expression coupable est suffisamment explicite.

– Ah… Je vois. Il est mort, c'est ça ? devine Savannah, et j'entends sa voix qui vacille.

Je libère sa main et fixe la table, incapable d'affronter la douleur dans ses yeux. Je sais qu'elle lui pardonnait plus facilement que moi, qu'elle gardait espoir qu'il change.

– Saul ?

Je refuse de croiser son regard. C'est trop dur.

– Je vais vous laisser. Vous avez besoin d'être un peu seuls, tous les deux, déclare June en se levant. Je vais visiter les environs. Ça a l'air paumé, ce trou.

Elle pose une main sur mon épaule, se penche et embrasse ma joue.

– Ça va aller.

Je voudrais lui dire de rester, mais je sais qu'elle a raison. Ce moment d'intimité est nécessaire pour Savannah et moi.

Une fois June éloignée, Savannah prend place à côté de moi.

– Ton silence, c'est pour maintenir le suspense ? Parce que c'est pas…

– Désolé.

J'exhale un soupir résigné, je pivote vers elle en armant mon regard sur le sien, puis je lui déballe tout. Sur ce que j'ai vécu depuis la découverte de son décès jusqu'à aujourd'hui. Savannah m'écoute sans intervenir, épouvantée par ce que je lui décris. Que ce soit ma réaction, ma descente aux enfers, mon désir de vengeance, la zizanie que j'ai semée au sein des WEN et les attaques qu'ils ont subies, ma séparation d'avec June, mes hallucinations, ma rage, je lui explique tout dans les moindres détails avant de lui narrer les derniers instants de vie du vieux.

Je lui en veux toujours. Mais je m'en veux plus

encore. Ma culpabilité a un goût d'amertume et de solitude qui me colle au palais.

– Ce n'est pas ta faute, conclut Savannah en m'étreignant.

Je sais qu'elle est triste à cause de la mort de notre… de celui qui représentait l'unique figure paternelle qu'elle ait connue, mais elle ne s'épanche pas sur son chagrin.

– Je crois qu'on ne s'est jamais fait autant de câlins, plaisante Savannah en essuyant ses cils perlés de larmes. Bon, tu as faim ?

– Ça dépend. Plat du chef ?

– Et comment !

Au loin, j'aperçois June, penchée dans les herbes hautes en train de ramasser je ne sais quoi.

– June ! Omelette bacon, ça te dit ?

Elle crie un « oui » retentissant et accourt vers nous en s'époussetant. Lorsqu'elle s'approche et que nous pénétrons à l'intérieur du mobile home, elle m'interroge du regard. J'acquiesce à sa question muette et en profite pour lui donner un baiser. Qui s'éternise un peu plus que la bienséance ne le voudrait.

– Pitié ! Mes yeux innocents ! geint Savannah.

Elle brandit sa spatule et nous menace avec.

J'explose de rire devant sa mine outrée.

– Ça aurait pu être super *cute* si la grosse langue de mon frère n'avait pas tenté de s'infiltrer dans ta bouche, se plaint-elle à June.

– Je conteste ! Déjà, je n'ai pas une grosse langue. (Je la tire pour la lui montrer.) Et j'embrasse avec volupté, d'abord. June peut en attester !

– Je vais voluptueusement te foutre ton bacon dans

le fondement si tu recommences à vouloir fourrager la bouche de ma belle-sœur devant moi.

June rigole et me met une main aux fesses.

Savannah écarquille ses grands yeux dorés.

– Je crois qu'on va devoir établir des règles au plus vite ! Parce que si vous comptez m'infliger vos élans d'amour, j'estime avoir un droit de regard sur le choix des prénoms de mes neveux et nièces. Puisque j'aurai indirectement participé à leur conception.

Je plisse le nez tandis que je sens mes yeux s'humidifier.

Ça m'avait tellement manqué, ces discussions lunaires. C'est comme une gigantesque bouffée d'air après une apnée forcée qui aurait fait se rétracter mes poumons.

Nous déjeunons, ou plutôt, nous nous empiffrons comme si nous avions été privés de nourriture pendant des années. Le bruit des fourchettes contre la céramique est seulement interrompu par quelques gémissements appréciateurs.

Savannah nous observe avec bienveillance et tendresse, à l'instar d'une mamie fière de ses petits-enfants.

– Tu ressembles à une vieille, comme ça. T'es flippante, grommelé-je en avalant ma dernière bouchée de bacon.

– J'ai la sagesse d'une âme éternelle.

Je secoue la tête alors qu'un rictus plisse mes commissures.

– Sieste ? propose-t-elle, une fois le repas terminé.

Qu'est-ce que je disais ! Une vraie mémé.

– Si tu nous prends par les sentiments.

– Ça vous dirait d'aller pique-niquer ce soir au bord du Mississippi ? La rivière n'est qu'à cinq minutes à pied.

– Carrément ! s'exalte June.

***

Plus tard, alors que le soleil accablant laisse place au crépuscule et adoucit l'air d'un vent léger, nous nous retrouvons autour d'un feu de camp.

C'est Savannah qui a tout organisé. Elle est même allée acheter des chamallows à griller pour l'occasion.

– Votre prochaine destination, c'est New York, alors ? C'est cool.

Le « cool » de Savannah regorge de mélancolie.

– Et toi, c'est quoi tes projets ? la questionne June.

Elle fait tourner son chamallow sur le feu.

– Moi ? Je ne sais pas. Retourner au bahut me semble un bon début.

– Et tu as le nom d'une école précise à l'esprit ?

– Je n'ai pas beaucoup quitté le campement, je ne connais encore rien de la région.

June bat des cils.

– Euh… De quelle région tu parles ?

– Bah, du Mississippi…

– Mais on va à New York. La Grosse Pomme !

– Oui, vous deu…

– Non, nous trois !

Elle nous examine tour à tour pour jauger notre sérieux.

– Vraiment, Savannah ? Tu pensais qu'on allait te laisser dans ce trou paumé ? m'exaspéré-je.

– Je ne sais pas. Je ne fais pas partie de vos plans.

– Plus on est de fous, plus on rit ! C'est ce qu'on dit, non ? Donc, va *googler* les écoles du côté de Brooklyn, ordonne June de son ton péremptoire que j'adore – surtout qu'elle ne l'utilise pas avec moi –, tout en textotant sur son portable.

Elle redresse le menton de son écran.

– Voilà, ma tante est sur le coup, elle va te trouver le meilleur collège qui soit pour finir ta scolarité.

– On va à New York, alors ? Tous les trois ? s'enthousiasme Savannah en bondissant du rondin de bois sur lequel elle était assise. J'en ai toujours rêvé ! Y a plein d'associations pour les LGBTQIA+ ! Et mon pote North, il parlait de déménager dans le Bronx avec ses parents ! On pourra peut-être se retrouver là-bas !

Je souris de la voir si emballée par ce projet. June et moi, lorsque nous en avons discuté un peu plus tôt, craignions sa réaction. Après tout, on lui impose un choix auquel elle n'a pas pris part.

– OOOOOH ! s'écrie-t-elle d'un coup. On a des feux d'artifice dans le mobile home ! Ça mérite d'en lancer quelques-uns, non ?

– J'adore l'idée ! approuve June tandis qu'elle se love contre moi, son dos collé à mon buste.

– Je vais les chercher ! Mais, par pitié, pas de cochonneries en mon absence !

Nous rions de bon cœur en l'observant s'élancer vers le petit chemin de terre. Je pose mon menton sur le crâne de June pendant que mon regard se perd sur le reflet de la lune dans la rivière.

Les paysages magnifiques ne valent la peine que s'ils sont partagés avec ceux qu'on aime.

Une boule de lumière éclate dans le ciel à cet instant, confirmant ma pensée.

Car, quand on est accompagné des gens qu'on aime, la vie se pare de ses plus belles couleurs.

Épilogue

June
Sept ans plus tard...

– Tu as vu les infos ? Ils ont rasé les murs qui séparaient West River d'East River dans la ville d'Harrington.

– Harrington ? Ah oui ! Ce n'est pas l'endroit où y a eu des émeutes, il y a quelques années ?

– Si ! Et c'est aussi là que la Bee est apparue pour la première fois.

– C'est vraiment une merde, cette drogue ! Dire que c'est le maire lui-même qui l'a foutue sur le marché ! Quel connard !

– Grave ! C'est un gros taré.

– Heureusement qu'ils l'ont chopé et qu'il croupit en prison !

– Une de mes internes est sa fille, déclare mon chef lorsqu'il m'aperçoit.

– Naaan ! Tu blagues ? Qui ça ? s'exclame le groupe de nouveaux internes, fraîchement débarqués, et avides d'informations croustillantes.

– Moi, interviens-je en pénétrant dans la salle de repos où les internes de garde s'adonnent à leur passe-temps favori : cancaner.

Je grogne en me dirigeant vers la cafetière.

– Et non, je ne donne pas d'autographes.

Beckman, spécialiste en orthopédie et mon chef

direct, glousse. Comment cet idiot peut-il gérer tout un service ? Il est plus gamin qu'un enfant de 10 ans. Par chance, je l'adore, ce vieux croûton.

– Je vous présente June Harrington, vous la connaissez tous de réputation, non ? s'amuse-t-il. C'est l'un de mes meilleurs éléments. Et, accessoirement, c'est aussi la fille de Joseph Harrington, celui sur qui vous commérez depuis tout à l'heure.

– Lui non plus ne signe pas d'autographes, les avertis-je d'un ton pince-sans-rire.

Je pousse un soupir silencieux. Depuis que la ville d'Harrington fait à nouveau la une des journaux pour avoir mis fin à la séparation des quartiers, je suis soumise aux bavardages incessants de mes collègues. Ça finira par se tasser, comme lors du procès du maire qui avait fait grand bruit il y a cinq ans. On a parlé que de ça pendant des semaines. Le responsable de la Bee enfin jugé.

Verdict : cent quarante-deux ans de prison, dont soixante-dix ans incompressibles.

C'est donc ainsi que s'achève cette histoire. Et c'est très bien comme ça.

Je me tourne vers mes collègues et leur souris. Pas d'un de ces sourires factices dont j'avais l'habitude avant, lorsque je me sentais menacée : celui-ci est bel et bien sincère. Parce qu'à présent, je suis bien dans mes baskets. Super bien, même. C'est bête à dire, mais je m'aime. Avec mes qualités et mes défauts. J'ai appris à accepter mes faiblesses, suffisamment pour en faire une force. Et puis, je suis toujours imperméable à la critique d'autrui ; seul l'avis de mes proches m'importe.

– Si vous voulez des scoops : il a le pied grec, il

préfère les avocats aux tomates et le gratin de pâtes aux frites et, selon une source peu fiable, il prévoit de sortir un livre intitulé *Comment arnaquer le contribuable en dix leçons*.

Beckman éclate de rire. Je le soupçonne d'avoir cafté mon identité juste pour entendre ma repartie.

– Sur ce… (Je les salue d'un signe de tête.) J'espère avoir embelli un peu votre journée avec tous ces potins exclusifs.

– N'est-elle pas merveilleuse ? lance mon supérieur aux nouveaux arrivés, médusés. Merci, June ! Un vrai boute-en-train, on ne s'ennuie jamais avec elle.

– C'est tout moi, conclus-je en passant la porte, ma tasse de café à la main.

Je secoue la tête, amusée. Il n'est pas net, ce chef !

Il me reste une petite heure avant de pouvoir rejoindre Saul au DNA, un bar situé non loin de notre lieu de travail et qui est un peu le QG de tous les internes et les médecins du Gardian Hospital Center.

Saul aussi est interne, mais pas dans la même unité que moi. Monsieur Le-numéro-un-de-sa promotion – je suis sûre qu'il triche ! – a été choisi par sa boss pour l'assister au service pédiatrique.

Je m'enferme dans une salle inoccupée – c'est mon endroit attitré lorsque je veux me planquer – et décide de m'y installer pour tuer le peu de temps qu'il me reste avant la fin de ma garde.

Pour patienter, je bombarde mon petit ami de messages. Avec les années, j'ai fini par comprendre que sa spécialité était de lâcher des « vu ». Néanmoins, aujourd'hui, il est d'humeur taquine et me répond par des émojis.

Saul
👅 🦪 🏄

Saul
👅 🍌 🍒 💦

C'est moi ou ?

Je fronce les sourcils et pianote :

June
C'est un truc cochon ou je rêve ?

Saul
Pas besoin de rêver quand tu m'as moi.

Je lève les yeux au ciel face à tant de modestie.

– Où est June ? s'élève soudain une voix bourrue dans le couloir. Je la cherche partout depuis dix minutes. Il y a un patient en salle trois pour elle.

Je regarde l'heure. Il me reste cinq petites minutes. Si je signale ma présence, je ne sortirai pas d'ici de sitôt.

– Elle est déjà occupée avec un patient, déclare son interlocutrice. En plus, elle a fini sa garde.

Je crois reconnaître Sulli, une crème d'infirmière, gentille, serviable et toujours prête à me couvrir. Elle me fait penser à Pati. Je me demande ce qu'elle est devenue. Je m'en veux un peu d'être partie d'Harrington sans même lui avoir dit au revoir ou qu'on soit restées en contact, toutes les deux. En tout cas, j'espère qu'elle est heureuse, elle le mérite.

Quelques instants plus tard, deux coups retentissent à la porte.

– Sawyer est parti, la voie est libre, souffle Sulli derrière le battant.

– Merci, je te revaudrai ça.

Je me faufile hors de la pièce et déguerpis en vitesse de l'hôpital avant que X ou Y m'interpelle pour lui filer un coup de main. C'est toujours au moment de partir qu'on réclame en urgence ton aide.

Dès que je pousse la porte qui mène vers l'extérieur, je suis saisie par le froid. Saul est ravi, les hivers à New York n'ont rien à envier à ceux d'Harrington. Et même si la neige est moins fréquente et abondante, les températures sont souvent glaciales comme aujourd'hui. Je m'emmitoufle dans mon écharpe et frotte mes mains pour les réchauffer.

Une fois la route principale traversée, je n'ai que quelques mètres à parcourir pour atteindre le DNA.

À peine ai-je mis un orteil dans l'établissement qu'une odeur de nachos mêlée à celle de la bière me titille les narines.

Aussitôt que mon regard repère mon petit ami, mon cœur s'emballe et mon souffle se coupe, me donnant l'impression de tomber un peu plus amoureuse de lui à chaque fois que je le vois…

***

Saul

Je contemple avec avidité les hanches de June qui chaloupent tandis qu'elle chemine vers moi.

– Pas trop fatiguée ? lui demandé-je alors qu'elle s'assoit entre Taj et moi.

– Si, je suis claquée, soupire-t-elle.

– Il y a la soirée de Savannah après. Ça ira ?

Elle ferme les paupières et met sa tête sur mon épaule.

– J'avais presque oublié. Tu es allé chercher ma mère ?

– Oui, je l'ai déposée chez Savannah. Tu n'as pas à t'inquiéter.

Maggie est malheureusement atteinte de démence précoce. Les trop nombreux psychotropes et autres merdes qu'on lui a injectés ont endommagé son système neuronal. Parfois, rarement, elle est lucide. Mais la plupart du temps, elle ne nous reconnaît pas et est incapable de se gérer toute seule. Elle n'a jamais pu quitter le centre de soins. June s'occupe d'elle dès qu'elle a un moment de libre. Elle peut oublier de manger, de dormir, mais jamais elle n'oubliera de passer voir sa mère. J'ai souvent la rage contre ce connard d'Harrington. Alors que June, elle, accepte son sort sans jamais se plaindre, sans même une parole haineuse envers son géniteur. C'est comme si elle l'avait rayé de son monde et qu'il n'existait plus à ses yeux. Quand je dis que c'est une guerrière !

– Tu finis ton verre et on y va ? me suggère-t-elle.

– C'est le mien, précise Mario, un de nos meilleurs amis attablés avec nous.

Lui aussi est interne. En fait, toute notre bande de potes est composée d'internes. Quand on a commencé nos études de médecine à New York, on s'est trouvé une famille. Sept potes inséparables. Parfois, je plaisante avec June en lui disant qu'on a quitté un épisode de *Sons of Anarchy* pour un de *Grey's Anatomy*. Notre vie a tellement évolué ces dernières années. Elle n'est pas parfaite, elle a ses hauts et ses bas, mais elle nous convient. Pour rien au monde je ne voudrais en changer.

– Passe le bonjour à Savannah, commente Nora en portant à sa bouche sa chope de bière lorsque nous la saluons en partant.

Elle et Mario ne peuvent se joindre à nous ce soir. Les trois autres – Jaden, Ivy et Taj – nous accompagnent. Je n'aurais jamais imaginé que Savannah s'intégrerait si naturellement à notre groupe. C'est June qui l'a présentée lors d'une soirée, et le courant est tout de suite passé. Depuis, elle fait partie de la bande.

Après un véritable chemin de croix, ma petite sœur a finalement reçu son nouvel état civil. *Savannah Fox. Sexe : féminin.* C'est ce que nous fêtons, aujourd'hui.

Son parcours a été semé d'embûches et, franchement, elle en a bavé, que ce soit avec des membres du corps médical trop portés sur le jugement ou avec l'administration. Toutefois, elle n'a jamais rien lâché. Prenant exemple sur June, elle s'est blindée et a montré une force de caractère incroyable et une pugnacité à toute épreuve.

– Tu lui as pris quoi comme cadeau ? me questionne Taj tandis que je m'installe derrière le volant.

J'ai encore ma moto. Hélas, elle n'a pas aussi bien vieilli que son propriétaire. Elle a toujours une panne quelque part, ce qui, assurément, n'est pas mon cas. Bref, elle est plus souvent au garage que sur les routes.

– Il va te répondre que c'est lui, le cadeau, soupire June qui attache sa ceinture de sécurité en me lançant un clin d'œil.

Je grimace, l'herbe coupée sous le pied, tandis qu'à

l'arrière, nos amis ricanent bêtement.

Le trajet se déroule dans un chahut inimaginable. Ça rit, ça se charrie, ça crie, ça rit plus fort.

C'est dans cette ambiance survoltée que nous débarquons chez Savannah. La pauvre, elle va regretter de nous avoir invités.

– J'ai apporté du vin, se vante Ivy dès que North, l'ami fidèle de Savannah, ouvre la porte.

Au début, j'avais peur pour leur amitié. Avec toute la haine que j'ai vue dans les gangs envers les personnes trans, j'imaginais que North, ayant grandi dans le même environnement, pourrait rejeter Savannah. Mais je m'étais complètement trompé. Non seulement il était déjà au courant, mais il n'a jamais cessé d'être là pour elle. D'après June, ces deux-là sont plus qu'amis. Elle est certaine que c'est une relation « plus plus ». Si c'est le cas, alors tant mieux. C'est un mec droit dans ses bottes et cool. Cependant, tant que Savannah ne m'en aura pas informé, cela restera de l'ordre de l'hypothèse : ça ne me regarde pas.

– Moi, j'apporte les snacks ! surenchérit Taj.

– Et moi les gâteaux, rajoute Jaden.

– Et moi j'ai ramené Saul, se marre June.

Je soupire.

– Sauve-moi ! me plains-je à North. J'en peux plus de leurs pépiements.

– Ta sœur est avec Maggie dans la cuisine.

– Oh, maman est dans la cuisine ?

Sans attendre de réponse à sa question rhétorique, June traverse la pièce sans un regard pour les invités déjà présents. Aucun ne s'en formalise, ils la connaissent suffisamment maintenant pour ne pas en prendre ombrage. La plupart sont des amis de fac de Savannah – elle étudie la psychologie – et d'autres sont des amis de l'association dans laquelle elle bosse le week-end et qui vient en aide aux personnes trans.

Au bas mot, nous ne sommes pas loin d'une petite vingtaine dans son appartement.

Après avoir salué tout le monde, je me dirige à mon tour vers la cuisine. June est penchée derrière sa mère et lui attache délicatement les cheveux. Cette scène m'en rappelle une autre, dans un passé qui me paraît si lointain que j'ai du mal à réaliser qu'il a existé, où June brossait avec tendresse la chevelure de Penny. Mes lèvres s'étirent d'un sourire nostalgique. Tout le monde n'a pas la chance d'avoir un nouveau départ tel que June et moi. Penny, par exemple. Elle est morte aussi tristement qu'elle a vécu. C'était peu après notre installation à New York. Overdose, dans une ruelle infâme de West River. Seule, comme elle le redoutait. Au moins, grâce à Cooper et à mes supplications pour la retrouver, elle a maintenant une sépulture à son nom.

– Maman, tu as mis quoi dans tes cheveux ? la gronde doucement June. C'est tout gras.

– De la mayonnaise, grimace Savannah avec une moue penaude. Désolée, elle a été plus rapide que moi.

– Ce n'est pas grave, on les lavera tout à l'heure. Puis les œufs, c'est pour les rendre plus soyeux. Hein, maman ?

Celle-ci triture la mie de pain étalée sur la table en riant, indifférente à ce que raconte sa fille. Elle est en période « off » dernièrement et elle ne dort pas très bien selon le personnel soignant. J'espère qu'elle ira vite mieux. Chaque journée « on » est un don du ciel pour

June, elle resplendit de joie dans ces moments-là.

– Bon, on est là pour un atelier coiffure ou pour faire la fête ? maugrée North en tirant la langue à Maggie qui l'imite, tout heureuse.

– T'es jaloux parce que t'as pas un poil sur le caillou, se moque ma guerrière.

North jette une œillade à Maggie avant de passer une main sur son crâne rasé et de murmurer :

– Sache que dans ma poche, orienté droit vers toi, mon majeur te salue.

June glousse et aide sa mère à se redresser.

– Viens maman, c'est la fête, aujourd'hui. On va danser.

– Danser, danser, danser, danser, danser, répète Maggie en tourbillonnant.

J'attends que tous quittent la cuisine pour coincer Savannah dans une étreinte écrasante.

– Saul. Toujours dans l'abus. J'ai besoin… de… respirer ! me réprimande-t-elle alors que je la serre plus fort.

– Je voulais juste que tu saches que je suis trop fier de toi ! Et encore plus fier de t'avoir comme sœur.

– Nan, t'as pas le droit, Saul ! J'ai passé près de trente minutes à me maquiller, c'est pas pour finir en clown parce que mon frère sombre dans le sentimentalisme. Juuuune ! Viens chercher ton homme avant qu'il me fasse pleurer ! râle-t-elle en battant des cils.

Avec la musique à fond, je ne suis pas sûr que sa tactique de défense fonctionne.

J'embrasse le sommet de sa tête et desserre mon étreinte, mais la garde contre moi. Parce que les bras de Savannah, c'est ma *safe place*. Toutefois, je la relâche lorsque je sens une main me tirer vers l'arrière d'un geste brusque.

– Laisse ma belle-sœur tranquille, toi. Et viens plutôt me câliner, ordonne ma petite amie d'un ton qui ne souffre aucune contestation.

Je pivote vers elle et lui dégaine mon sourire. Celui qui la fait craquer même après tant d'années. J'observe avec délectation ses joues qui rosissent.

– Te câliner, hein ?

– Pitié, attendez que je sorte ! s'exaspère Savannah en quittant la pièce d'un pas rapide.

J'attire June vers moi. Enfin tous les deux. Enfin rien qu'à moi.

– Et si on s'éclipsait discrètement dans la chambre ? plaisanté-je.

– Ta sœur va nous tuer, si on fait ça.

– Oui, mais on aime vivre dangereusement, toi et moi.

– C'est pas faux, approuve-t-elle d'un air malicieux.

Elle se mord la lèvre, aguicheuse.

– En épitaphe sur nos tombes, je veux qu'il soit noté : « Même dans la mort, ils s'aiment encore. »

Sept ans ont passé depuis cette nuit pluvieuse où nos mondes se sont percutés. Un paumé de West River et une fille d'East River. Tout nous séparait – les préjugés, la haine, un mur. Mais on a choisi de voir au-delà. De grandir ensemble. De s'aimer malgré tout.

– Rien que pour cette magnifique épitaphe, je suis prête à braver la colère de ta sœur.

Je caresse sa joue avec tendresse.

Certains ont des milliards de projets comme se marier, avoir des enfants, une voiture, un chien, un poney ou je ne sais quoi. Nous, nous sommes différents. Nous n'avons défini qu'un seul et unique objectif dans notre vie : être heureux. Et nous tenons à nous y appliquer chaque jour qui passe.

De toutes les manières possibles…

Playlist

« BTS Cypher 4 » : BTS
« Perfect Ten » : Tone Stith, Kenneth Paige
« Love Yourself » : Eminem
« P.I.M.P. » : 50 Cent
« Hate You » : Jungkook
« Death with Dignity » : Sufjan Stevens
« Wild Flower » : RM
« Daddy's Little Girl » : Speech Debelle
« Hypnotize » : The Notorious B.I.G.
« One Way Ticket » : ONE OK ROCK
« We Won't Be Falling » : Xueran Chen
« Hit 'Em Up » : 2Pac, Outlawz
« Up and Down » : Doja Cat
« To Each His Own » : Talos
« Shook Ones, Part 1 » : Mobb Deep
« Warriors » : Imagine Dragons

Remerciements

Cette histoire est la première que j'écris dans ce genre. Quitter la comédie romantique pour un univers plus sombre était un peu effrayant pour moi. Mais tout au long du processus d'écriture, les encouragements de mes amies m'ont permis de mener cette duologie à son terme, avec beaucoup plus de facilité que je ne l'aurais imaginé. Merci à mon fidèle quatuor : Fatima Teixeira (Pati), Emmanuelle Beauvais (ou Mayo), Adji Doum (Adjinn pour les intimes) et Jessy Canovas Poali (notre Marseillaise), merci pour votre soutien sans faille. ♥

Un grand merci aussi aux éditions Addictives, qui ont cru en cette histoire : Juliette, mon éditrice de choc, mais aussi Anthéa et Anaïs, pour tous vos précieux conseils.

Et comme toujours, merci à vous, lecteurs, sans qui cette aventure ne serait pas possible.

Extrait

Isla A. Rowley

The Ultimatum

1

Lucy

Welcome to Crest Hill. Lycée privé et prisé de notre chère ville de Hope Springs, USA. Ou plutôt… *welcome back to* Crest Hill. Cet endroit qui a contribué à renforcer mon identité, à épicer davantage ma personnalité, mais qui a aussi creusé quelques failles sous la surface, me rendant paradoxalement encore plus forte. Celui qui m'a aussi appris à être sensible, piquante, garce, empathique, impitoyable, gentille, généreuse, égoïste, parfois cruelle ou inflexible. Celui qui… m'a arraché une partie de ce cœur qui bat encore sous mes côtes.

Mes lunettes de soleil sur le nez, j'embrasse d'un regard mélancolique la façade du lycée qui m'a vue grandir et m'affirmer. Huit ans que je n'y ai pas remis les pieds. Huit ans à me jeter corps et âme dans mes études au MIT puis dans ce job que beaucoup m'envient dans l'entreprise familiale. Huit ans de plaisirs éphémères dans des bras tout aussi éphémères, là aussi à corps perdu, d'ailleurs. Huit ans à tenter d'oublier. Qui je suis. D'où je viens. Et qui *il* est… Surtout qui il est.

Soudain, un bras s'enroule autour de ma taille et me serre contre un corps doux et fin que je reconnais instantanément comme celui de ma sœur. Elle aussi transpire l'assurance. En même temps, le sang des Langford coule dans ses veines également. Ce sang qui nous a appris à nous façonner afin d'être aptes à évoluer dans ce monde qu'est le nôtre et surtout, à en prendre les rênes. Tricher. Manipuler. Peu importe la façon tant qu'on gagne… Et ce n'est pas moi qui contredirai ce dernier point.

– Ces murs regorgent de tant de souvenirs, murmure Line, comme si elle avait peur de désacraliser un moment de recueillement.

« Recueillement » n'est pas le mot exact. Je parlerais plutôt d'impuissance ou de fatalité. Parce que, en effet, une myriade de souvenirs tourbillonnent entre les parois de mon crâne et, qu'ils soient heureux ou non, ils finissent par se fracasser violemment sur ma poitrine. Ce que, jusqu'ici, j'étais parfaitement parvenue à éviter. En évitant ce lycée de malheur, justement.

Je coule un regard en biais à ma grande sœur qui, tradition familiale oblige, a, elle aussi, fait sa scolarité ici. Si Line n'était pas âgée de deux ans de plus que moi, nous pourrions facilement passer pour des sœurs jumelles tant nous nous ressemblons. Même chevelure de feu, mêmes taches de rousseur constellant nos nez, mêmes lèvres un peu trop pleines. Seuls nos yeux sont différents. Ma sœur possède de grands yeux noisette, contrairement aux miens, plus en amande et d'un vert intense.

– Souris un peu ! râle-t-elle. Dans moins d'une heure, tu auras toute une foule pendue à ta jolie bouche ! Sois fière, tu es l'une des meilleurs majors de promo de cette dernière décennie !

Malgré moi, mon visage se pare d'un sourire. Entre l'orgueil et la joie. Effectivement, je suis fière de moi. Sinon, je ne serais pas revenue ici afin de prononcer un discours lors de la remise des diplômes de cette année. Ni prête à replonger dans mon passé. Ce passé que j'ai tant aimé et amèrement regretté…

– Viens, dis-je avec plus d'enthousiasme. Allons faire baver tous ces étudiants d'envie devant la famille Langford.

– Ah, tu vois ? Là je reconnais ma sista !

– Mouais, j'ai quand même oublié de préciser qu'il faudra sortir l'artillerie lourde du mensonge pour les convaincre de jalouser nos vies, hein.

– Ça me va, réplique-t-elle en haussant les épaules pendant que nous avançons vers l'édifice ancien. Rien de nouveau sous le soleil. Et puis, je compte bien tous les inviter à la fête ce soir. J'ai, comment dire… très faim !

– Je te rappelle combien d'années te séparent de cette nouvelle fournée ?

– Et ? Il n'y a pas d'âge pour devenir une cougar !

– Line, s'il te plaît, pas de vague, soupiré-je, dépitée. Je te rappelle aussi que notre réputation est notre gagne-pain. Je n'ai pas encore envie de devoir m'interposer entre toi et papa.

En réalité, j'envie la liberté de ma sœur. Je la jalouse, même. Seulement, mes chaînes, je les trimballe depuis tant d'années à présent que je ne sais plus comment m'en débarrasser. Et ce n'est pas au sein de l'entreprise familiale que j'y parviendrai. La famille de notre père,

Calum, possède un cabinet de *consulting* qui prospère surtout depuis que ce dernier en a pris les rênes. Comme son nom l'indique, nous vendons des « conseils » à des entreprises, des particuliers, des stars... Peu importe tant qu'ils sont capables de payer cher, très cher nos services. Que ce soient des avis financiers, marketing, juridiques ou d'autres un peu plus officieux, nous aidons nos clients à s'améliorer et à se développer toujours plus. Ou à tout simplement corriger, embellir leur réputation comme le fait le pôle dédié à l'image de nos chères célébrités ainsi que de nos politiciens. Pôle que je dirige. Quant à Line, spécialisée en droit, elle régit toute la partie juridique et Dieu sait que le travail y est conséquent. Mais nous y sommes. À même pas 30 ans... À ces places prestigieuses dans une agence de *consulting* que tout le monde s'arrache et dont la liste d'attente des futurs clients n'a rien à envier au carnet d'adresses d'un prince saoudien. Calum Langford, notre père, a bien veillé à ce que ses précieuses princesses siègent non pas à ses côtés, mais juste en dessous. Voilà pourquoi je me dois de lisser ma personnalité afin de paraître... parfaite. Tout ce que je ne suis pas. Tout ce que chaque Langford n'est pas...

– Ce que tu es rabat-joie. Fais gaffe, tu deviens une mini Calum Langford.

Je grimace.

Si seulement elle avait tort...

***

« Bad Habit » de The Kooks est craché par les enceintes à un volume indécent ; le rez-de-chaussée de notre demeure est bondé de monde. Non pas que les couloirs de notre lycée regorgeaient d'autant d'étudiants… Mais une fête ne serait pas réussie sans ses pros du plan incrust'. Line doit être aux anges. En calculant le moindre de mes gestes, je dérive au gré des notes de musique, des parfums des corps transpirants qui m'effleurent. Entourée de mes anciens camarades de l'époque, invités pour l'occasion, je danse, ris, me remémore les centaines de souvenirs accumulés ces dernières années de lycée. Je vis… juste ce qu'il faut pour feindre de profiter de ce moment. Avec un immense sourire aux lèvres.

Alors que je suis en pleine discussion avec une amie, ma sœur débarque de Dieu sait où. Ses cheveux forment un amas de mèches emmêlées sur le sommet de sa tête. Et, malgré une pointe d'exaspération, je ne peux m'empêcher de rire lorsqu'elle m'adresse un clin d'œil tout en replaçant son chemisier en soie dans la ceinture de son short. Je crois que jamais Line ne pourra être raisonnable… Coulant un bras sur mes épaules, elle se joint à notre conversation quand, soudain, je me sens décoller du sol. Deux mains sur mes hanches me soulèvent et, la seconde suivante, je me retrouve propulsée dans l'eau de la piscine. Un cri de surprise reste bloqué dans ma gorge au moment où un manteau froid me drape, piquant ma peau en sueur. J'effectue quelques brasses sous la surface puis regagne l'air libre pour ensuite m'accrocher au rebord. Mes yeux sont aussitôt happés par le regard plein de jubilation de Shane, l'un de nos anciens camarades de classe.

– J'ai dû attendre plus de neuf ans avant d'obtenir ma revanche, mais ça en valait la peine…

Le souffle court, je m'apprête à répondre, l'insulter, ou même rire avec lui, je ne sais plus trop… Je ne sais plus trop car mon monde vient de se figer. À moins qu'il ne reprenne enfin vie. Ou qu'il n'explose. Oui, c'est ça… Il explose. En un millier de souvenirs, de sensations, de sentiments.

Parce que, là, parmi la foule, je *le* vois. Ne vois que lui. Ne ressens que lui.

Mon ancien meilleur ami. L'homme dont je suis tombée amoureuse. Celui que j'ai également trahi de la pire des manières.

Fennell O'Brien.

Toujours avec cette assurance à fleur de peau, il fend la marée humaine. Puis il s'arrête, son sourire chaleureux et rusé ancré à ses lèvres, pour saluer nos anciens amis qui, eux, se crispent tous de le voir alors qu'il a déserté notre milieu il y a… huit ans. Les doigts agrippés à la margelle du bassin, j'assiste, impuissante, à son intrusion – non, son invasion plutôt – dans mon monde. Parce qu'il s'agit bien de cela… Comme avant, il lui suffit d'être pour tout envahir. M'envahir.

Huit ans que je ne l'ai pas vu. Huit ans que j'ai brisé notre lien, nos cœurs et une partie de mon âme.

Qu'est-ce qu'il fait là ?

À voguer de corps en corps, cette aura solaire enlaçant, comme toujours, le sien. Ses cheveux châtains légèrement plus longs qu'avant retombent en boucles souples sur le haut de son front, accentuant la profondeur de ses iris ambrés. Un voile brun recouvre sa mâchoire et je me maudis aussitôt… L'impression d'à nouveau le sentir sur ma peau me fait perdre toute autre sensation. À croire que ces années loin l'un de l'autre n'ont été qu'un mirage, évaporé en une fraction de seconde dès lors qu'il a fichu un pied chez moi.

Putain, mais qu'est-ce qu'il fout là ?

Le souvenir de son regard meurtri et meurtrier la dernière fois que nous nous sommes vus me hante encore, alors… pourquoi est-il venu ?

Un arc de colère me fouette les sangs. Je ne peux pas croire que je me retrouve encore impuissante face à lui après tant d'années. D'un revers mental, je me recadre et tente de bouger pour ne plus rester prostrée dans l'eau. Seulement, j'avais oublié que si j'étais incapable de m'affranchir de sa présence, la réciproque était également vraie… À peine ai-je esquissé un mouvement pour m'extirper de la piscine que Fennell pivote aussitôt dans ma direction, me coupant net dans mon élan. Les paumes à plat sur le rebord, je m'immobilise, happée par son regard. « Noyée » serait un terme plus adéquat. Mon souffle se tarit au fond de ma gorge, mes poumons refusant soudain d'exercer leur fonction vitale. Parce que son regard, je ne parviens pas à le déchiffrer. Et pourtant… son intensité irradie dans chacun de mes membres.

Les mains dans les poches de son pantalon kaki, il avance jusqu'à moi d'un pas à la fois lent et souple. Ses lèvres s'ourlent d'un sourire tout aussi énigmatique. Je crois bien que pour la première fois depuis longtemps, très longtemps, je perds toute contenance, toute repartie, toute maîtrise quand la sienne se déploie outrageusement au moment où, d'un bond, il plonge dans mon dos. Vive, je me retourne immédiatement afin de lui faire face et, lorsque son visage réapparaît, j'hésite entre me ruer hors de l'eau ou dans ses bras.

– Tu n'as pas l'air heureuse de me voir, ma poupée.

Sa voix… Dieu qu'elle m'a manqué. Dieu qu'il m'a manqué…

– Tu sais parfaitement que c'est faux, parviens-je à lui

répondre d'une voix ferme quand tout vacille dans ma poitrine.

– Effectivement… Je le sais pour ce qui est de ton cœur, mais…

En deux brasses, il me rejoint, pose à son tour une main sur la terre ferme puis la deuxième se replie en un poing qui vient effleurer ma tempe.

– … mais c'est ta jolie petite tête qui m'a toujours donné du fil à retordre, achève-t-il dans un souffle chatouillant mes lèvres.

– Encore faux, Fen'.

Cette fois, un rire s'échappe de sa trachée, illumine aussitôt ses prunelles et éclate sur ma chair. Son bras s'abat soudain sur mes reins et me colle brusquement contre son torse. Nos jambes, toujours en mouvement, s'emmêlent et se repoussent en même temps. Pétrifiée, le sang en feu, je ne résiste pas quand sa prise dans le bas de mon dos s'affermit davantage. Ni quand il incline son visage, son nez frôlant ma pommette avant d'échouer dans mon cou.

– Huit ans, Luc'. Tu me dois huit putains d'années. Huit putains d'années que je compte bien te faire payer.

Pour ne rien manquer
des éditions Addictives, suivez-nous
sur les réseaux sociaux.

Autrice : Solenn Sakly

Edisource – Éditions Addictives
1 bis, avenue de la République – 75011 Paris
Imprimé par Novoprint en Slovaquie
Dépôt légal : juillet 2025 – Achevé d'imprimer : juin 2025
ISBN : 978-2-37126-756-5
Contact sécurité produit : conso@edisource.fr
Réf. contrat : ZWES_002